ज़िंदगी बेनकाब

ज़िंदगी बेनकाब

उलझे विचारों से उठता पर्दा

एस. पी. भारिल्ल

MANJUL
मंजुल पब्लिशिंग हाउस

MANJUL

मंजुल पब्लिशिंग हाउस

कॉरपोरेट एवं संपादकीय कार्यालय

•द्वितीय तल, उषा प्रीत कॉम्प्लेक्स, 42 मालवीय नगर, भोपाल-462 003

विक्रय एवं विपणन कार्यालय

• सी-16, सेक्टर 3, नोएडा, उत्तर प्रदेश, 201301

वेबसाइट : www.manjulindia.com

वितरण केन्द्र

अहमदाबाद, बेंगलुरू, भोपाल, कोलकाता, चेन्नई,
हैदराबाद, मुम्बई, नई दिल्ली, पुणे

यह हिन्दी संस्करण 2021 में पहली बार प्रकाशित

ISBN 978-81-950415-3-4

मुद्रण व जिल्दसाज़ी : रेप्रो इंडिया लिमिटेड

Printed on Print Demand

समर्पण

मेरे पूज्य पिताजी स्वर्गीय श्री रतनचंद जी भारिल्ल को,
जिन्हें इस किताब को पढ़ने की कतई ज़रूरत नहीं थी।

अपनी बात अपनों से

ज़िंदगी बेनकाब किताब आपके हाथ में है, जिसमें आपके उलझे हुए विचारों से निश्चित रूप से पर्दा उठेगा। आप इन पंक्तियों को पढ़ रहे हैं तो इतना तो निश्चित है कि आपके हाथ प्रकृति के अभूतपूर्व, अलौकिक, वैज्ञानिक, व्यावहारिक, तर्कशील सिद्धांत और नियम हाथ लग गये हैं, जो जीवन का सत्य है, जो वस्तु का स्वरूप है, जो मात्र मनुष्यों के लिए नहीं, बल्कि प्राणी मात्र के लिए है, आत्मा और परमात्मा का सच्चा रूप है, जो समय की सीमाओं से बंधे नहीं हैं, बल्कि उससे परे हैं, जो किसी भी धर्म विशेष से सम्बंधित नहीं हैं, बल्कि धर्म को परिभाषित करते हैं, आध्यात्मिकता दर्शाते हैं, जो किसी व्यक्ति विशेष से सम्बंधित नहीं हैं, बल्कि हर विशेष व्यक्ति के लिए हैं।

मैं ये वायदा करता हूँ कि अगर आपने इस किताब को हाथ में पेन/पेन्सिल लेकर कम से कम तीन बार पढ़ा तो जीवन की सारी तकलीफ़ें, परेशानी, टेन्शन, डर, चिंता, आकुलता, व्याकुलता, अपेक्षायें, एहसान, रूठना, मनाना, आपसी सम्बन्ध, लड़ाई झगड़े, क्रोध, अहंकार, मायाचारी, लोभ, लालच, इज़्ज़त, बेइज़्ज़ती सब का हल ही नहीं मिलेगा, बल्कि इनका कारण भी मिलेगा और जीवन का अपूर्व वैभव भी मिल जायेगा।

मुझे विश्वास है कि इस किताब का हर पन्ना आपके दिल और दिमाग को झकझोर देगा, जीवन को आनंदमयी बनाने के लिये उलझे हुये भ्रमित विचारों के मायाजाल को सुलझाते हुये, उल्टी मान्यताओं को तोड़ते हुये, सही दिशा की ओर ले जायेगा, जिससे आप अपनी ही मस्ती में मस्त हो जायेंगे। इस आनंददायी मस्ती के लिए आपको सिर्फ़ एक ही व्यक्ति की ज़रूरत है – वो हैं सिर्फ़ ''आप'' और एक ही चीज़ की ज़रूरत है – वो है यह ''किताब''।

–एस. पी. भारिल्ल

अनुक्रम

मेरी शोक सभा

यह अजूबा ही था और अनहोनी भी। यह भी पता नहीं था कि यह सौभाग्य था या दुर्भाग्य, जब शीतल ख़ुद ही अपनी शोकसभा में बैठा था।

पीछे भीड़ में बैठा शीतल कुमार जिसे कोई देख नहीं पा रहा था, पर वो सब कुछ तमाशा देख रहा था, जो उसके लिए हो रहा था; आज की शाम उसके नाम थी। लोग बहुत प्यार और इज़्ज़त करते थे, समाज में उसकी क्रेडिबिलिटी भी थी, उसके लिए तो ये आयोजन हो रहा था; क्योंकि कोई भी आयोजन बिना प्रयोजन के तो होता नहीं है। वो देख रहा था, उसकी एक छोटी-सी फ़ोटो जो बहुत पुरानी थी, एक छोटे से स्टूल पर रखी थी। उसे लगा – घर वालों ने मेहनत नहीं की, इससे भी अच्छी फ़ोटो तो वह खिंचवा कर गया था। बस, वही पुरानी ही रख दी जो हाथ में आयी, फ्रेम भी ढंग से नहीं हुई है लगता है नौकर को ही भेज दिया होगा। जबकि आज तक जितने घर में मरे थे सबके लिए वह ही गया था फ़ोटो जड़वाने, मिट्टी के ढेर पर गिनती की चार अगरबत्तियाँ लगी थीं, जिनमें एक बुझी हुई थी। आठ-दस गुलाब की पंखुड़ियाँ स्टूल पर बिखरी पड़ी थीं, जो श्रद्धांजलि की फ़ॉरमैलिटी पूरी कर रही थी, जिस सफ़ेद चादर से स्टूल ढँका हुआ था वो भी कोने से फटा हुआ था, जिसे ढँकने की कोशिश करने के बावजूद भी वो अपने छेदों में से झाँक रहा था और स्टूल के चारों पाए भी बराबर नहीं थे; इसलिये वो भी विकलांग की तरह खड़ा हुआ था। हाँ, घर वाले सफ़ेद कुर्ता-पायजामा और टोपी लगाये बैठे थे। ये वही टोपियाँ थीं, जो वह पिताजी के मरने पर लाया था, चलो काम आ गयीं और आगे भी आती रहेंगी। ज़रूरत तो सबको पड़ेगी, इनमें क्या ख़राब होने वाला है?

एक बार आ जाती हैं तो दो-चार निबट जाते हैं।

यशोदा पीछे सफ़ेद साड़ी में मुँह झुकाए बैठी थी, छोटे बच्चों को जबरन बैठाया जा रहा था। बार-बार शीतल की फ़ोटो की तरफ़ इशारा करके और वे समझने को ही तैयार ना थे।

सभा अपने समय से आधा घंटे देर से शुरू हुई, इस आधे घंटे में सब आपस में खुसर-फुसर कर रहे थे और कुछ व्यस्त होने का नाटक कर रहे थे, तो कुछ अपने आप को गमगीन दिखाने की नाकाम कोशिश कर रहे थे। कुछ वाट्सएप पर आँखें गड़ाए थे, तो कुछ फ़ेसबुक पर अपनी अँगुलियाँ घुमा रहे थे, इस मंजर को देखकर शीतल जान रहा था कि उसके जाने से कौन कितना वास्तव में दुखी है और कौन दुखी होने का नाटक कर रहा है और कौन वो नाटक भी नहीं कर रहा है।

शीतल आज ख़ुश भी था और उत्साहित भी, क्योंकि उसे अपने बारे में कुछ ऐसी अच्छी-अच्छी बातें और प्रशंसा सुनने को मिलने वाली थी। उसके गुणों की चर्चा होने वाली थी, उसकी विशेषताओं का विवेचन होने वाला था, जो उसने आज तक सुनी नहीं थीं; क्योंकि शोकसभा में तो लोग बस, प्रशंसाओं का ही पुलिंदा बाँधते हैं।

लोग भी ना, ज़िंदा में तो सामने कुछ कहते नहीं हैं। उनमें ना तो हिम्मत ही होती है और ना ही जज़्बा होता है सच कहने का। बस, सब अपने-अपने मतलब के अनुसार, स्वार्थ के अनुसार बोलते रहते हैं और कुछ तो सामने वाले की प्रतिक्रिया के अनुसार बोलते हैं। मरने के बाद सब के सब पीछे से अच्छी-अच्छी मीठी-मीठी प्रशंसा करते हैं, जो ना तो उस तक पहुँचती है और ना उसका कोई मतलब ही रह जाता है।

कार्यक्रम शुरू होने को था, पर माइक की सेटिंग बैठ नहीं पा रही थी; वह कभी सीटी मारता तो कभी उसकी आवाज़ ही चली जाती। जैसे-तैसे किसी समझदार ने कुछ हिला-डुला कर ठीक कर ही दिया, संचालक ने माइक पकड़ा और बोलना शुरू किया, एक विशेष और अनोखे निर्देश और शर्तों के साथ -

बहुत दुःख की बात है कि हम सबके प्रिय श्री शीतल कुमार जी अब हमारे बीच में नहीं रहे, ये सभा उनको श्रद्धांजलि देने के लिए आयोजित की गयी है, पर आज जिसको भी अपने विचार श्री शीतल कुमार जी के बारे में रखने हैं, वो वक्ता सिर्फ़ सच ही बोलेगा और वही बोलेगा, जो वो श्री शीतल कुमार जी के बारे में समझते थे, मतलब मैं और स्पष्ट कर दूँ - आज हर वक्ता को बस वही बोलना है, जो वो उनके पीछे से बोलता था या उनके बारे में सोचता था या उनके बारे में महसूस करता था। आप उनके बारे में सोचते कुछ और थे और यहाँ कुछ और बोलें, ऐसा नहीं करें। अगर कोई अपने विचारों के ख़िलाफ़ या मन के विरुद्ध बोलना चाहता है तो वो कृपया बोलने ना आयें।

हम उनकी अंतिम इच्छा पूरी करें यह हमारा कर्तव्य है तब ही हम उनके प्रति अपने सच्चे मन से सच्ची श्रद्धांजलि दे पायेंगे। ऐसा वो मुझ से अपने अंत समय में कह गए थे, अगर किसी ने एक शब्द भी झूठ बोला तो उनकी आत्मा आज ही रात उस व्यक्ति से मिलने उसके घर अवश्य आयेगी, अकेले में। मेरा काम उनकी अंतिम इच्छा पूरी करना है और मैं वो काम कर रहा हूँ।

शीतल तो स्तब्ध रह गया और सोचने लगा कि मैंने मरते वक़्त इससे क्या कह दिया? यह तो मुझे पिछले छह महीने से मिला ही नहीं था और मुझे तो अच्छी तरह याद है, मैंने तो इससे क्या किसी से भी ऐसा कुछ नहीं कहा, मेरा क्या दिमाग़ ख़राब हो गया था जो मैं ये कहता, और भला मैं ये क्यों कहूँगा? मैं तो अपने बारे में

वो सुनने आया था, जो आज तक सुना नहीं था कुछ प्रशंसा... कुछ विशेषताएँ..., अरे ये क्या... क्या पागलपन है ये... और रही बात रात को जाने की, मुझे तो खुद को डर लगता है किसी के घर रात को अकेले जाने में। काहे की आत्मा, काहे का प्रेत, काहे का भूत, मैं भी फ़ालतू में ज़िंदगीभर इनके नाम से डरता रहा। टीका, भभूत लगाता रहा, ना जाने डर के मारे कहाँ-कहाँ माथा टेकता रहा और किस-किस पत्थर पर सिंदूर लगाता रहा और किस-किस पेड़ पर तेल चढ़ाता रहा और यहाँ आकर एक दिन में ही सब समझ आ गया, सब बेकार के पाखण्डी पंडों के डरपोक लोगों को डराकर अपनी क़ीमत बढ़ाने और उनसे पैसे ऐंठने के धंधे हैं। ये सब कमज़ोर इंसान के अपने ही बनाये हुए डर हैं, यहाँ तो हम खुद ही परेशान हैं, हमारी परेशानियाँ तो हम ही समझ रहे हैं। हम अपना तो कुछ कर ही नहीं सकते भला दूसरों का क्या बिगाड़ लेंगे? हमें क्या पड़ी है उन लोगों की, और ये लोग यहाँ हमारे नाम पर ही लोगों को फिजूल में डरा-धमका रहे हैं।

अगर हम इनका कुछ बना बिगाड़ पाते तो इनके अपने कर्मों का क्या होगा, हम भी तो अपना कुछ कर नहीं सकते इनका भला क्या करेंगे। इन लोगों ने हमें खिलौने जैसा बना दिया है।

ये धरती के लोग सबको ना जाने क्या समझते मानते हैं, मरते वक़्त कोई यमराज आता है जो हाथ पकड़ कर ले जाता है और लाल किताब में किये-धरे का हिसाब देखता है, फिर वो पूछता है बोलो जजमान कहाँ भेजूँ? ऐसा तो कभी नहीं हुआ मेरे साथ?

अब ये कौन समझाये इन मनुष्यों को जो चला जाता है या भोगता है वो तो बता नहीं पाता और ये सब अपनी-अपनी मनगढ़ंत कहानियाँ गढ़ते रहते हैं बिना किसी तर्क और युक्ति के। धरती के लोग समझते हैं कि वहाँ मनभावन अप्सराएँ होंगी, शराब की नदियाँ बहती होंगी, किसी प्रकार का दुःख नहीं होगा, वहाँ आनंद ही आनंद होगा और ना जाने क्या-क्या...? ये तो हमसे पूछो...

पर यह हुआ क्या? शीतल संचालक की घोषणा सुनकर परेशान हो रहा था।

शीतल का मन तो बहुत कर रहा था कि दौड़कर माइक पकड़ लूँ और कह दूँ कि यह सब झूठ है, मैंने ऐसा कुछ भी नहीं कहा था, आपको जो भी बोलना हो बोलिए मुझे कोई परेशानी नहीं, पर शीतल ऐसा कर नहीं सकता था। उसकी मजबूरी तो यह थी कि वो अपनी उपस्थिति का ज्ञान भी नहीं करा सकता था।

सारी सभा सकते में आ गयी। आपसी सुगबुगाहट भी नहीं हो रही थी पर सब अपने आप में ही भुनभुना रहे थे। इधर-उधर भी नहीं देख पा रहे थे, वरना लोग आँखों से मतलब निकाल लेते। एक शब्द भी कौन बोले इसके विरोध में, जो बोले वो मरे। मतलब वो बोलने वाले थे, जो सच नहीं है। इस निर्देश के विरोध में भी कोई बोल

नहीं पा रहा था, वरना उसका मतलब यह निकल जाता कि आप उन्हें ग़लत समझते हैं या आप इस सभा को झूठ की सभा बनाना चाहते हैं और अब जिन्होंने अपने नाम बोलने में लिखा दिये थे वो भी वापस नहीं ले सकते थे, लेते कैसे? अगर वो नाम वापस लेते, तो इसका मतलब तो साफ़ हो जाता कि वो झूठ बोलने वाले थे।

कुछ सोच रहे थे, क्या फ़र्क़ पड़ता है, किसे पता है, मैं कुछ भी बोलूँ, वो भी निपट गये थे, क़सम से डर तो सबको लगता है और ऐसे समय पर तो कुछ ज़्यादा ही, पंगा कौन ले फ़ोकट में। शीतल सोचने लगा और ना जाने कौन क्या बोलने लगेगा, कहाँ-कहाँ की क्या-क्या बातें उठायेगा, चलो चलते हैं... कौन बैठेगा यहाँ...

उसे वो सब याद आने लगा जो कुछ उसने जीवन में किया, जिनके लिये किया, जिनके साथ किया, जो जिनके बारे में सोचा और किसी कारण कर नहीं पाया, जो ना सोचा और कर गया, जो जानबूझकर किया और जो अनजाने में हो गया; क्या जीवन में हासिल किया और क्या खोया? एक मिनट में उसके मानस पटल पर पूरी ज़िंदगी पिक्चर की तरह चल पड़ी और शीतल खो गया।

शीतल उठने को ही था कि संचालक ने पहले वक्ता को आवाज़ दे दी और शीतल उठते-उठते बैठ ही गया। मन में कौतूहल तो था ही।

संचालक के बुलाने के बाद, दीपक सबसे पहले माइक पर आया, शीतल जी जब देखो तब झूठ ही बोलते रहते थे और जब पकड़े जाते तो बात पलटने और झेंप मिटाने के अलावा उनके पास कुछ बचता नहीं था, पर उन्हें वर्षों तक झूठ बोलने के बावजूद भी ये अहसास नहीं हुआ कि अब कम से कम झूठ बोलना तो बंद कर देना चाहिए। मुझे लगता है कि वो झूठ बोलने को ग़लत ही नहीं समझते थे; बल्कि अपनी होशियारी समझते थे। जबकि इसमें उनकी इज़्ज़त ख़राब होती थी। वे गुस्सैल भी कम नहीं थे, पता ही नहीं चलता था, कब किस बात पर भड़क उठेंगे और चिल्लाने लगेंगे। हालाँकि मेरे उनके साथ के अनुभव बहुत अच्छे नहीं रहे, फिर वे याद तो आयेंगे। भगवान से प्रार्थना है कि उनकी आत्मा को शांति और सद्गति दें।

दूसरी बारी मुरली मनोहर की थी, मुरली थोड़ा सकुचा रहा था, बोलने के पहले माइक पर नाम पुकारा जा चुका था तो बोलना तो था ही।

वो बोलने से पहले थोड़ा ठिठका फिर भी हिम्मत करके बोला - मैंने कई बार कई दिन शीतल जी के साथ बिताये पर वो अपनी बात के पक्के कभी नहीं रहे, हमेशा उनके वादे फ़ेल होते रहे, सवाल इस बात का नहीं है कि आप ने जो कहा वो हुआ नहीं। बात तो इस बात की है कि उन्हें वादा करते वक़्त भी यह पता होता था कि यह पूरा होने ही वाला नहीं है; इसलिये हम लोगों को कभी उन पर विश्वास ही नहीं रहा। वे अपनी बात से गिरगिट से भी तेज़ बदल जाते थे और मज़े की बात तो यह है कि उनके माथे पर इस बात का कोई बल भी दिखाई नहीं देता था। काश! वो

समझ पाते और अपनी इज़्ज़त अपनों में बना पाते, मेरा तो उन पर से विश्वास ही उठ गया था। ग्लानि भरे भावों से मुरली ने बीच में ही अपनी बात ख़त्म की और अपनी जगह आकर बैठ गया।

सभा सकते में थी पर कोई कुछ विरोध करने वाला नहीं था; क्योंकि सब यह समझ रहे थे कि ये तो शीतल की अंतिम इच्छा थी, उनकी अंतिम इच्छा पूरा करना सबका धर्म है। लिस्ट में नाम तो कई लोगों का था, पर लोग बोलने आने को कतरा रहे थे; क्योंकि ये सभा ही कुछ विचित्र थी, पर जिनका नाम पुकारा जा रहा था, उनकी तो मजबूरी हो गयी थी बोलने की, और बोलना भी उसी शर्त के अनुसार था।

संचालक ने बुलाया शीतल के अभिन्न मित्र अभिषेक को और अभिषेक पीछे से सीधा ही आ गया।

शीतल मेरा दोस्त तो बड़ा गहरा था, पर इसमें कोई शक नहीं कि उसे ना जाने किस बात का अहम था अपनेआप पर अपने आगे किसी को कुछ गिनता ही नहीं था। धीरे-धीरे तो उसकी चाल में टेढ़ापन और बात में गुरूर आ गया था; उसकी बातों में मायाचारी और कपटता टपकने लगी थी। सरलता उनके जीवन से मानो ग़ायब ही हो गयी थी और सिर्फ़ मैनुपुलेशन में ही लगे रहते थे। उनके इस नेचर के कारण वो हमेशा भयभीत और शंकित ही बने रहते थे। इसके अलावा उनमें बाक़ी सारी अच्छाइयाँ थीं। उनकी आत्मा को शांति मिले वे स्वर्ग में पधारें, यह हमारी भावना है।

इतना कह कर बिना किसी से आँख मिलाये अभिषेक वापस स्टेज के पीछे ही चला गया।

परिवार से भी किसी को बुलाना तो बनता ही है पर इस माहौल में कोई भी बोलने को तैयार नहीं था; लेकिन बोलना तो था ही शर्त ही कुछ ऐसी थी, तो संचालक ने शीतल की आत्मा को शांति और श्रद्धांजलि देने के लिए उनके बड़े बेटे को बुला लिया; वह क़रीब 34-35 साल का था।

बड़े बेटे ने कहा, मेरे पापा अगर सही निर्णय लेकर, मेहनत से कुछ भी करते तो ज़िंदगी में सफल हो ही जाते; क्योंकि उनमें क्षमता तो बहुत थी पर क्या करें, वो हमेशा शॉर्टकट में ही विश्वास करते रहे और उनकी ज़िंदगी पूरी हो गयी। दुःख की बात तो ये है कि वो हमारे लिए कुछ छोड़कर नहीं गए। हाँ! क़र्ज़ ज़रूर दे गए, जो अब हम चुकायेंगे। हमारे लिए जीवन संघर्ष पूर्ण होगा, कठिन होगा। हमारे सामने पूरा स्ट्रगल है।

उसकी नज़र माँ की तरफ़ गयी, गला रुँधा और आँखें भर आयीं। अब वो चाहते हुए भी नहीं बोल पाया और बैठ गया। ऐसा लग रह था, मानो उसके आँसू अपने बाप के जाने के कारण नहीं; बल्कि अपने सामने आने वाली पहाड़ जैसी परेशानियों के कारण निकल रहे थे। शीतल की पत्नी यशोदा भी अपने बच्चे की आँख में आँसू

देखकर अपने आप को रोक नहीं पायी और ना चाहते हुए भी फूट-फूट कर रो पड़ी, तो आसपास की कुछ महिलायें उसे चुप कराने में लग गयीं।

अब संचालक ने बड़ी भूमिका बनाते हुए विवेक को बुलाया। तेज़ क़दमों से विवेक स्टेज पर आया और बिना भूमिका बनाये बोलने लगा; क्योंकि समय तेज़ी से बढ़ता जा रहा था - शीतल ने कभी अपने समय की क़दर ही नहीं की, इसलिए लगता है समय ने उनकी क़दर नहीं की। सोशल मीडिया पर फ़ालतू की चेटिंग और समय बर्बाद करने के वे आदी हो चुके थे, रोज़ दो-तीन घंटे टी.वी. से चिपके रहना, मोबाइल पर गेम खेलना और कभी-कभी तो पूरी-पूरी रात ताश के पत्तों के बीच निकालना; उनकी आदत सी बन गयी थी।

मैं उनके परिवार के काफ़ी निकट हूँ; इसलिए मुझे पता है कि सच में तो उनकी इज़्ज़त ना तो उनकी पत्नी करती थी और ना ही बच्चे और आख़िर करें भी तो क्यों? जब आप समय की परवाह नहीं करते, तो दुनिया में कोई भी आपकी परवाह नहीं करता। इज़्ज़त कभी माँगने से नहीं मिलती है, इसे कमाना पड़ता है और कमाने का सबसे सही तरीक़ा है अपने समय की क़दर करो, दुनिया आपकी क़दर करने लगेगी। वास्तव में इस लाइन में बात बहुत गहरी छुपी है पर दुर्भाग्य ही है कि व्यक्ति एंटरटेन्मेंट के नाम पर या रिलेक्सेशन के नाम पर अपना बेशक़ीमती समय बर्बाद करता रहता है और समझता है कि मैं एंजॉय कर रहा हूँ।

विवेक ने थोड़ा-सा पॉज लिया और आगे बोलना शुरू किया - 'शीतल जी को दुनिया की इतनी जानकारी थी कि आप किसी भी टॉपिक को छेड़ दो, वो पीछे नहीं हटेंगे, पर दुनिया के हर क्षेत्र की इतनी बेकार की जानकारी इकट्ठी करने की क्या पड़ी थी उन्हें, जिसका वास्तविक लाभ ना तो उन्हें ही था और ना उनके अपने लोगों को, लोग उनसे बात करके बोर हो जाया करते थे और पीछा छुड़ाने की कोशिश करते रहते थे। शीतल जी हमेशा अपनी नाकामी का सेहरा दूसरों पर और परिस्थितियों के माथे ढोते रहे और उन्हें इस स्वनिर्मित गम को भुलाने के लिए 2-4 पैग लगाने का बहाना मिल जाता, तो वे इस युग की शान समझने वाली कसर भी पूरी कर लेते। अध्यात्म और नैतिकता को वे बैकवर्ड समझते थे।

विवेक बेझिझक बोलता ही जा रहा था - सच बताऊँ, उनसे ना तो उनके अपनों को कुछ फ़ायदा हुआ और ना ही सोसाइटी को, शीतल मेहनत का ढिंढोरा तो बहुत पीटते थे, पर काम उनसे होता नहीं था। एक लाइन में कहूँ तो वो आलसी थे, पर मानते नहीं थे, यदि चाहते तो बहुत कुछ कर सकते थे, पर उनकी ज़िंदगी में ना तो कोई बड़ा सपना था और ना ही कोई गोल! ना तो कोई उद्देश्य था और ना ही कोई दिशा। ईगो तो उनमें कूट-कूट कर भरा हुआ था, जो उनकी बात और चाल से भी टपकता रहता था।

अंत में, मैं कहना चाहूँगा कि एक स्वार्थी, मौक़ापरस्त, इंसान ने अपनी ज़िंदगी काट ली और आज हमें छोड़ कर चले गए, भगवान उनकी आत्मा को शांति पहुँचाये, वे स्वर्गवासी हों और भगवान अगले जन्म में उन्हें कुछ सद्‌बुद्धि दें।

विवेक का भाषण थोड़ा लंबा हो गया था, पर दिल को छू लेने वाला था; इसलिए कुछ लोग रुचि लेकर सुन रहे थे और कुछ लोग अपने अंदर ही ताक-झाँक कर रहे थे। कुछ बेसुध से सुन रहे थे, तो कुछ को कुछ भी समझ नहीं आ रहा था, पर झूठ-मूठ में भी गमगीन तो कोई भी दिखाई नहीं दे रहा था।

यह जानते हुए भी कि उसे स्वर्ग मिलने वाला नहीं है, फिर भी सब उसे स्वर्ग पहुँचाने में लगे थे। कोरी भावना जताने में किसका क्या जाता है और किसी की कोई भी भावना से किसका क्या होता है? होता तो वही है, जो उसके कर्मों के अनुसार उसका होना होता है।

सभा में 5-7 लोग और बोलने वाले थे। सभा चल रही थी पर शीतल तो शीतल। वह मन ही मन सोचने लगा, ज़िंदगीभर जिसे मैं अपना एंटरटेन्मेंट का साधन मानता रहा; उसे ये बर्बादी मान रहे हैं। जिसे मैं होशियारी और समझदारी समझता रहा, उसे ये चालाकी समझ रहे हैं। जिसे मैं लोगों को पागल बनाना समझ रहा था, उसे ये वादा ख़िलाफ़ी और बदमाशी समझ रहे हैं। जो कुछ भी कर-कर के मैं अपने आप को मेहनती समझ रहा था, उसे ये सब आलसीपन बता रहे हैं। जिसे मैं अपनी जनरल नॉलेज समझ कर गर्व करता रहा और अपना ज्ञान बाँटता रहा, उसे ये पंचायती और नाकामी समझ रहे हैं। जिन चीज़ों की मैंने कोई क़दर नहीं की वो दुनिया के लिए इतनी महत्त्वपूर्ण हैं?

शीतल मन ही मन बुदबुदा रहा था, हे भगवान! क्या-क्या नहीं कह दिया इन लोगों ने..., अच्छा रहा और नहीं बोले, पर कुछ भी हो शीतल अपने बेटे की बात सुनकर अंदर तक हिल गया था।

आप वो नहीं हैं, जो आप अपने आप को समझते हैं; क्योंकि आप तो हमेशा अपने आप को सही ही समझते हैं और दूसरों को ग़लत। उसके लिए आप दुनिया के यूनिवर्सल सिद्धांतों को भी तोड़-मरोड़ लेते हैं। उन्हें अपने हिसाब से ढाल लेते हैं और अपने आप को दूसरों के सामने नहीं, बल्कि अपने सामने भी सही सिद्ध करने लगते हैं, यह कौन किसको धोखा दे रहा है?

वास्तव में तो ज़िंदगी में अपने कार्यों और दिनचर्या को आध्यात्मिक सिद्धांतों, ईमानदारी, सत्यनिष्ठा, नैतिकता, लोकव्यवहार और क़ानून के अनुरूप तौलना चाहिये, बिना किसी की परवाह किए।

दुर्भाग्यपूर्ण यह है कि हम दुनिया की परवाह करते हैं या ज़िंदगी के सिद्धांतों की ही बलि चढ़ा देते हैं।

शीतल गहरी सोच में डूब गया था और सोच रहा था – अगर भगवान इस सभा का वक्ता होता तो वो तो वह सब भी बोल देता जो मैं छुप-छुप कर किया करता था, जो मैं मन में सोचा करता था, दूसरों के बारे में, वो भी सब सामने आ जाता तो क्या होता? वो तो वो भी बता देता कि किस महिला के बारे में मैं क्या सोचता था, और किस आदमी के बारे में पीछे से मैं क्या-क्या कहता था, वो भी तो पता चल जाता सबको, जो मैं 'किसी से ना कहना' कह के कहता रहा। इस सभा में मेरे अपने लोग तो वो कह गए मैं कहता था या करता था और भगवान वो कह जाते जो मेरे भाव थे, जो मैं सोचता था।

अपने ही गंदे, ग्लानि भरे और सर्व विषय विकारों से भरपूर विचारों के बारे में सोच कर शीतल बुरी तरह डर गया, डर इसलिए गया कि वे भी सबके सामने आ जाते। यह इंसान ग़लत काम करने या ग़लत बात सोचने से नहीं डरता है, जबकि वो सबके सामने ना आ जाए इससे डरता है। यह सोचने से या करने से ज़्यादा बात के खुलने से ड़रता है। यह समझता नहीं है कि दुनिया में कुछ भी छुपता नहीं है आज नहीं तो कल खुलता है। जबकि इसके कर्मबंधन तो भावों से होता है, विचारों से होता है।

हे भगवान! कह कर झटके से शीतल उठा, मानो गहरी नींद से किसी ने अचानक उठा दिया हो, पसीना-पसीना हो गया था, मुँह सूख गया था, हाथ-पैर कंपकंपा रहे थे। समझ ही नहीं आ रहा था, क्या करे, क्या ना करे? बिस्तर से उठा और लड़खड़ाता हुआ बाथरूम की दीवार से टिक गया, वास्तव में यह बड़ा डरावना, भयंकर और जानलेवा स्वप्न था उसके लिए...

रात के 3 बजे थे, पूरा घर खर्राटे ले रहा था। शीतल चुपचाप दबे पाँव वहाँ से निकल कर छत पर आ गया, सर्दियों की अंधेरी रात थी पर शीतल ऊपर से नीचे तक पसीना-पसीना हो रहा था, तेज़ी से घूमने लगा पर साँसें बहुत तेज़ चल रही थीं जो बहुत कोशिश के बावजूद भी नॉर्मल नहीं हो पा रही थीं। विचार चक्र बहुत तेज़ी से घूम रहा था, शीतल को कुछ भी समझ नहीं आ रहा था, पर वो इतना ज़रूर समझ गया...

हमें हमारी ज़िंदगी ऐसे जीना चाहिये कि अगर मौत हमें मौक़ा ना दे और इसी वक़्त हमारी मौत हो जाये और हमारी क़ब्र पर बिना लाग-लपेट के वो सब साफ़-साफ़ लिख दिया जाए जैसा मैं हूँ, जैसा मैं सोचता हूँ और जैसा मेरा जीवन बीत रहा है, तो क्या मैं वो पढ़ने के लिए या सुनने के लिए तैयार हूँ? या भगवान दुनिया के सामने मेरे उन सभी विकल्पों के जाल को, विषय कषाय के भावों को खोल दें, जैसा मैं प्रतिपल सोचता रहता हूँ, तो क्या मैं उसका सामना करने के लिए तैयार हूँ?

हम वो नहीं हैं, जैसे हम अपने आप को समझते हैं, बल्कि हम वो हैं जो सामने वाला हमें समझता है; क्योंकि कहीं ना कहीं हमारा प्रजेंटेशन ही ऐसा हुआ है, जिससे वो ऐसी धारणा बनाने में मजबूर हुआ है। यह बात झूठे आरोप-प्रत्यारोप की नहीं, बल्कि आत्म चिंतन की है।

हमने अपने घर की खूँटी पर अलग-अलग प्रकार के मुखौटे टाँग रखे हैं, और समय परिस्थिति और लोगों के हिसाब से उन्हें बदलते रहते हैं, बदलते-बदलते हम ही बदल जाते हैं और हमें पता भी नहीं होता है कि हमारा असली चेहरा कौन सा है? हम असली इंसान कौन हैं? हम अपने आप में ही खो जाते हैं और अपनी असली पहचान ही भूल जाते हैं।

हम ही अपने ऊपर लोगों और परिस्थितियों को देखकर अलग-अलग रंग चढ़ा लेते हैं और अपना असली रंग भूल ही जाते हैं।

हम परिस्थितियों के अनुसार जीवन के सिद्धांतों को बदलते रहते हैं। सिद्धांत तो अपरिवर्तनशील होने चाहिये और परिस्थितियों को उसके अनुसार ढालना चाहिये जिससे प्रतिकूल परिस्थितियाँ जीवन के सिद्धांतों से मिलकर अनुकूल हो जाएँ, पर हम आसान काम करते ही नहीं, क्योंकि सही को समझना पड़ता है। उसको जीतना पड़ता है। इंद्रियों को क़ाबू करना पड़ता है। आदतों पर क़ाबू करना पड़ता है। आसान काम आकर्षित करता है और सही काम में कष्ट होता है।

दुनिया में भी कोई चीज़ आसानी से नहीं मिलती है, उसके लिये उसकी क़ीमत चुकानी पड़ती है, जो आसान दिखाई देती है वो भ्रम होता है और वो पता तब चलता है जब सब बिखर जाता है।

आसान काम तात्कालिक आराम या सुख दे सकता है पर बहुत पीड़ा देता है, पर सही काम या सिद्धांतों की मजबूत बुनियाद पर टिका काम कदाचित् तात्कालिक थोड़ी तकलीफ़ दे सकता है पर जीवन भर सुख देता है।

बुरी आदतों को पालना आसान है पर उनके साथ जीना मुश्किल है। अच्छी आदतों को पालना मुश्किल है पर उनके साथ जीना आसान है।

सोचते-सोचते पता नहीं वो कब छत पर ही लेट गया और ना जाने कब मुर्गे ने बाँग लगाना शुरू कर दी, चिड़ियों ने चहचहाना शुरू कर दिया और भोर की लालिमा और कान पर मक्खियों की भिनभिनाहट ने शीतल को उठा दिया।

आज शीतल के लिए नयी सुबह थी, नया दिन था, नयी ऊर्जा थी, नयी ज़िंदगी थी। मानो शीतल का आज नया जन्म हो गया था, आमूलचूल परिवर्तन हो गया था उसमें। सबसे बड़ी बात तो ये थी कि उसे लग रहा था उसकी ज़िंदगी की शुरुआत मानो आज ही हुई है।

एक स्वप्न ने ही परिणाम बदल दिए शीतल के, सोच बदल दी शीतल की, व्यवहार बदल दिया शीतल का, ज़िंदगी ही बदल दी शीतल की। ओजस्वी, दृढ़ संकल्पी शीतल ने किया अपने आप में आमूलचूल परिवर्तन। उसने बढ़ा दिये अपने क़दम एक सार्थक, अर्थपूर्ण और महत्त्वपूर्ण ज़िंदगी के लिए, इस प्रतिज्ञा के साथ कि मेरे मरने के बाद कोई मुझे याद करे या ना करे पर मेरी जगह तो ख़ाली हो जाए और

लोग मेरी कमी महसूस करें, जब ज़िंदा रहो भले ही उपस्थिति कम हो, लेकिन जब दुनिया से जाऊँ तो मेरी शून्यता शोर मचाये और मैं इस जीवन में रहकर ही अपने अगले कई जन्मों का अपना काम कर लूँ, जो वर्तमान में मेरे प्रति समय के विचारों, परिणामों के द्वारा संभव है।

कुछ पलों बाद शीतल ने अपने जीवन को कुछ शब्दों में बाँध दिया और एक यथार्थ कविता लिख दी -

मेरे मुखौटे

आज जब सुबह-सुबह
गया मैं आईने के सामने
मुझे लगा कोई आ गया है मुझ से मिलने
मैं थोड़ा ठिठका, ज़रा सा अटका, फिर सँभला
लगा मैं आईने को रगड़ने-पोंछने और दोष देने
बदल दो इसे यह कौन है क्या दिखाता है
क्या बतलाता है
मुझे ही नहीं पहचानता है
तभी पीछे से किसी ने
चपत लगाई
मैं चौंका, घबराया
पीछे मुड़ कर देखा
मुझे मेरी अंतरात्मा ने झकझोरा
मैंने पलक झपकाई, अपने अंदर झाँका
समझ आया
मैं भूल गया हूँ अपना असली चेहरा
टाँग रखे हैं ना जाने कितने मुखौटे मैंने
अपने घर की खूँटी पर
जब ज़रूरत होती है, जिसकी
मैं उठाता हूँ पहनता हूँ चल देता हूँ
फिर टाँग देता हूँ
अगले पल फिर वही सिलसिला
उठाता हूँ, पहनता हूँ

चल देता हूँ, फिर टाँग देता हूँ
खो गया हूँ मैं
लुप्त हो गया हूँ मैं
कहीं इन मुखौटों की भीड़ में
मेरा ना कोई अपना बचा है
मेरा ना कोई रंग बचा है
ना कोई सीमा ना ही कोई समय बचा है
ना कोई विचार ना कोई सिद्धांत बचा है
बचे हैं तो सिर्फ़ ये रंग-बिरंगे तरह-तरह के
हर के लिए अलग-अलग भिन्न-भिन्न
ऊपर से सुंदर अंदर से कँटीले
चिकने-चिकने रंग-बिरंगे मुखौटे
हे!!
अब बस भी करो
थक गया हूँ मैं
उकता गया हूँ मैं
हर पल मरता रहा हूँ मैं
इन्हें बदलते-बदलते
सँभालते-सँभालते
और
भूल गया हूँ मैं
अपना असली चेहरा और अपनी असली सुंदरता
अपनी निर्दोषता और अपनी मासूमियत
अपनी उत्कृष्टता और अपनी संवेदनशीलता
अपनी पारदर्शिता और अपनी सरलता
हाँ!
मैं ऐसा ही हूँ, बिलकुल ऐसा ही
अंदर बाहर से एक ही हूँ,
निश्छल हूँ निःस्वार्थ हूँ,
प्रकट होते अनंत गुण, जिसमें ऐसा

आत्म राम हूँ, पुरुषार्थी हूँ
इसलिए...
उखाड़ दिये हैं सारे दुष्ट मुखौटे मैंने
और
त्याग दिया है
उन्हें पहनने वाले कायर विचारों को
हाँ, मेरे ही अपने कमज़ोर ख़यालों को
मैं निर्दोष हूँ मासूम हूँ
उत्कृष्ट हूँ संवेदनशील हूँ
पारदर्शी हूँ सरल हूँ
और दुनिया के लिए बेपरवाह हूँ
हाँ!
मैं ऐसा ही हूँ, बिलकुल ऐसा ही

और शुरू कर दिया शीतल ने अपना सफ़र...

हाय राम! मेरी इज़्ज़त

मेरी इन लाइनों को पढ़ते समय आपको तीस सेकेंड निकाल कर सिर्फ़ ये सोचना है कि मेरी इज़्ज़त बेशक़ीमती है या दो-कौड़ी की चीज़ है? वो सबसे इम्पोर्टेंट है या उसकी कोई बख़त ही नहीं है? वो बहुमूल्य है या सबसे सस्ती चीज़ है, उसकी सुरक्षा होनी चाहिये या फिर वो गली-गली मारी-मारी फिरती रहे।

क्या हमारी इज़्ज़त इतनी कमज़ोर चीज़ है, जो क़दम-क़दम पर ख़राब हो जाये, लुट जाये? क्या वो इतनी शक्ति हीन है, जिसके मन में जब आये हमारी इज़्ज़त ख़राब कर दे? क्या हमने अपनी इतनी क़ीमती चीज़ की बागडोर हरेक ऐरे-ग़ैरे नत्थू खैरे के हाथ में दे दी है, जो इसका उपयोग या दुरुपयोग कर ले? मतलब इज़्ज़त मेरी और काम में ले रहा है कोई और निर्णय कर रहा है कोई और जैसे भी उसके जो मन में आ रहा है वैसे। जिसका कोई कंट्रोल मेरे हाथ में है ही नहीं, अब कोई और ही नक्की करेगा कि वो मेरी इज़्ज़त ख़राब करे या अच्छी, बढ़ाये या कम करे।

दूसरों से सम्मान की अपेक्षा वो करते हैं, जो अपना खुद का सम्मान नहीं करते हैं। अगर आप अपना सम्मान करते हैं, तो आपको दूसरों से अपने सम्मान की अपेक्षा कैसे हो सकती है? बिलकुल साफ़ बात है, जिसके पास स्वयं जिस चीज़ की कमी होती है वो दूसरों से उसकी अपेक्षा करता है, जो चीज़ आपके पास भरपूर हो तो क्यों आपको किसी और से अपेक्षा हो? क्या ग़ज़ब है! चीज़ अपनी है और उसे पाने की अपेक्षा औरों से है।

हमने अपनी इज़्ज़त को अपने इगो से, अहं से जोड़ लिया है। अहं और इज़्ज़त दोनों अलग-अलग चीज़ें हैं, हमारा ईगो हर्ट होता है तो हम समझते हैं हमारी इज़्ज़त ख़राब हो गयी। इसका मतलब दोनों अलग-अलग हैं ना, तो हम दोनों को जोड़ते क्यों हैं? और वो ईगो भी तो दरअसल, हमने ही बनाया है, उसका क्रिएशन भी तो हमने अपने हिसाब से स्वयं किया है। जैसा हम चाहते हैं वैसा इगो हमने अपने-अपने हिसाब से डिज़ाइन कर लिया है। ये ईगो भी काँच की बनी हुई चीज़ है। बेमतलब किसी का ईगो किसी से टकरा जाता है तो किसी का किसी से, और टूट जाता है।

क्या कभी किसी दो साल के बच्चे ने कहा कि मैंने माँ से दूध तीन बार माँग लिया और माँ दूध नहीं पिला रही है तो मेरी इज़्ज़त ख़राब हो गयी, और वो ही बच्चा जब दस साल का हो जाये तो? और अगर पच्चीस साल का हो जाये और दूध का एक गिलास मिलने में अगर दस मिनट की देर हो जाये तो? चलो ये तो छोड़ो अगर आप किसी के यहाँ मेजबानी करने गये, एक तो आप वहाँ दूध माँगेंगे ही नहीं लेकिन

अगर कोई मज़बूरी आ गयी और आपने माँग लिया और सामने वाले ने देने में देर लगा दी या आपको अनसुना कर दिया तो आपका क्या हाल होगा?

अरे भाई! दूध तो वो ही है और तूने माँगा भी वैसे ही है जैसे जब दो साल का था तब माँगा था, क्या फ़र्क़ आ गया? क्या यह सब हमारा ही बनाया हुआ एक मानसिक हउआ नहीं है तो क्या है?

हमने इस दूध माँगने को भी अपनी इज़्ज़त से जोड़ दिया और फिर उसे अपने अहं से, बस ऐसे ही हमारी झूठी बनी बनायी इज़्ज़त बार-बार हर बार ख़राब होती रहती है।

हम अपनी इस बेशक़ीमती इज़्ज़त का मालिक कभी रिक्शे वाले को बना देते हैं, तो कभी कुली को, कभी सब्ज़ी वाले को तो कभी चौकीदार को। वो कुछ ऐसी-वैसी बात कह देता है, जिससे हम अपनी इज़्ज़त ख़राब समझ लेते हैं। हमने किसी से कुछ कहा और उसने नहीं मानी बस हमारी इज़्ज़त ख़राब। हमने किसी को कोई प्रपोजल दिया, उसने नहीं माना बस हमारी इज़्ज़त ख़राब। किसी ने हम पर ज़रा सा ध्यान क्या नहीं दिया और हमारी इज़्ज़त ख़राब। किसी ने हमारा फ़ोन दो बार क्या नहीं उठाया बस हमारी इज़्ज़त ख़राब। किसी से अगर हमारी गाड़ी ठुक गयी तो हमें दर्द गाड़ी के टूटने का नहीं होता है, बल्कि इस बात का होता है कि एक तो उसने टक्कर मार दी और ऊपर से सॉरी भी नहीं बोला। गाड़ी से पहले हमारी इज़्ज़त टूट जाती है।

किसी सभा में हम नीचे बैठे रह गए और हमारी अपेक्षा थी कि वो हमें स्टेज पर बुलाये और उसने नहीं बुलाया बस हमारी इज़्ज़त ख़राब, जबकि वहाँ बैठे हज़ारों लोगों को इसकी कोई परवाह नहीं है कि किसे बुलाया और किसे नहीं बुलाया और हम अपने ही मन में अपनी ही इज़्ज़त ख़राब मान लेते हैं, जबकि अभी तक हुआ कुछ भी नहीं है।

हाँ, ऐसे में कुछ मनचले लोग भी हमारे मज़े लेने से नहीं चूकते। हमें छेड़ते हैं और फिर हमारी शक्ल देखते हैं, हमारी प्रतिक्रिया देखते हैं कि हमें कितनी तकलीफ़ हो रही इस बात से अगर हमारी तकलीफ़ उन्हें दिखी वो बस वे और खुरेदेंगे और हमें अगर इस बात का कोई असर नहीं होगा, तो वे अपना सा मुँह लेकर चल देंगे। हम भी ऐसे लोगों की बातों में हर दिन आते हैं कि जो हमारे मज़े लेने को तैयार हैं, वो एक बार छेड़ते हैं और देखते हैं कि हमें कितना दर्द हुआ और बस, उससे वे डिसाइड करते हैं, अपना अगला छेड़ने का स्टेप और हम बहक जाते हैं। उनकी बातों में आ जाते हैं। अब ऐसे लोग भी हमें ड्राइव करने लगे।

अगर मैं खुद ही यह डिसाइड कर लूँ कि मुझे तो स्टेज पर जाना ही नहीं है तो मुझे बुरा नहीं लगता, क्योंकि अब ये मेरी अपनी च्वॉइस हो गयी है और जब अपनी च्वॉइस हो गयी है, तो ना तो बुरा लगता है और ना ही इज़्ज़त ख़राब, तो मामला

ना तो स्टेज का है ना सम्मान का, बल्कि मेरी कोरी और नादान अपेक्षाओं, उम्मीदों का है।

मतलब तो साफ़ है लोग ही हमें ड्राइव कर रहे हैं, और हम दुनिया के हर व्यक्ति से ड्राइव हो रहे हैं। परिस्थितियाँ ही हमें ड्राइव कर रही हैं। दुनिया हमें संचालित कर रही हैं और वो भी अपने अपने हिसाब से और हम उससे संचालित हुए चले जा रहे हैं; क्योंकि हमारा अपना तो कोई हिसाब है ही नहीं।

हर क़दम पर हम कितनी कोशिशें नहीं करते हैं, अपनी इज़्ज़त बढ़ाने की? इसी चक्कर में ख़ून-पसीने से कमाया पैसा पानी की तरह कभी शादी-ब्याह में बहा देते हैं, तो गाड़ी-घोड़े ख़रीदने में तो कभी दान-पुण्य करने में तो कभी अपने आप को ही शोकेस करने में, लेकिन आज तक इससे तनिक भी इज़्ज़त बढ़ गयी होती, तो फिर हमें इज़्ज़त की और ज़रूरत क्यों पड़ती? कलमुँही ये इज़्ज़त है कि इकट्ठी ही नहीं होती। मानो इज़्ज़त नहीं हुई पानी हो गया; इधर पिया और उधर निकला, पर वो तो शरीर में अपने तत्व छोड़ जाता है पर ये विष ही छोड़ती है।

अरे भाई, हम कुछ भी कर लें अपने आप की संतुष्टि के लिये। मन ही मन कुछ भी मान लें, लेकिन सामने वाले को तो जो समझना होता है, वो वही समझता है। तुम्हारे करने से या नहीं करने से कुछ नहीं समझता। एक सेकेंड में ये सब चोंचले हैं, कह कर सारे किये-कराये को हवा में उड़ा देगा, और हम बने रहेंगे अपने मुँह मियाँ मिट्ठू। अपने ही बनाये झूठे-मूठे शैल में बैठे रहेंगे।

कुछ लोग इस इज़्ज़त के इतने भूखे देखे हैं, जिनका कभी पेट ही नहीं भरता है, भगवान जाने कितनी इज़्ज़त चाहिये उन्हें लोगों से? कहाँ रखेंगे वो इसे जब अंत समय आयेगा तो ये भी उसी व्यक्ति के बग़ल में जलाये जायेंगे या गाड़े जायेंगे। जिसकी कभी किसी ने परवाह नहीं की जिसकी ज़िंदगी फुटपाथ पर ही बीती है, और जिसने पूरी ज़िंदगी हाथ फैला कर अपना पेट भरा है, हर दूसरे व्यक्ति के द्वारा दुत्कारा गया है, दोनों की राख़ एक हवा का झोंका उड़ा कर ले जायेगा, तब तेरी शान में जो सलवट आयेगी उसकी रखवाली कौन करेगा? फिर राख़ तक उड़ जाने के बाद इसे अपनी फ़ोटो भी इज़्ज़त वाली जगह पर लगवाने की चिंता अभी से है।

जो तुम्हारी इज़्ज़त करते हुए दिखते हैं और तुम बहुत ख़ुश होते हो वे सब स्वार्थी हैं, अपनी अपनी ज़रूरत और स्वार्थ के हिसाब से तुम्हारे सामने तुम्हारी इज़्ज़त करते हैं। अगर ना मानो तो अपनी पिछली ज़िंदगी में ज़रा झाँक कर देख लो।

जीवन भर डर सताता रहता है कि इज़्ज़त कहीं मिट्टी में ना मिल जाये, और जब यह मिलने वाली होती है, तब कुछ कर नहीं पाते, क्योंकि इसका कंट्रोल तो हमने हमारे अलावा पूरी दुनिया के हर व्यक्ति को दे रखा है। वे ही डिसाइड करते हैं हमारी इज़्ज़त के बारे में।

पहले तो ज़िंदगी इज़्ज़त बनाने में लग जाती है और फिर बनी-बनायी को बचाने में लग जाती है, और इसी आकुलता में, गुनताड़े में जीवन व्यतीत हो जाता है।

कभी किसी कुत्ते ने कहा कि मेरी इज़्ज़त ख़राब हो गयी? तुम रोटी दो ना दो, डंडा मारो, मत मारो, जो तुम्हें करना हो करो, फिर तुम्हारे दरवाज़े पर आकर बैठ जाता है, आख़िरकार तुम ही पिघल जाते तो और उसके सिर पर हाथ फेरने लगते हो।

जिस बैल पर तुम दुनिया भर का सामान लाद देते हो, उस पर सवारी करते हो, उसे मारते हो, भगाते हो, उसकी आँख में से पानी आने लगता है। तब तो उसकी इज़्ज़त जाती नहीं है और यदि वो अपने दर्द के मारे थोड़ी सी दुलत्ती मार दे तो तुम्हारी इज़्ज़त ख़राब हो जाती है और फिर तुम उसे हंटर मार-मार कर उसकी पीठ लाल कर देते हो, क्योंकि उस बेचारे मूक जानवर ने तुम्हारी बहुत बड़ी इज़्ज़त ख़राब कर दी, तुम्हारे अहं पर चोट मार दी।

देखो ना कितनी नादान, कमज़ोर और परतंत्र है हमारी इज़्ज़त। जिसे एक जानवर या जानवर जैसा व्यक्ति ख़राब कर सकता है।

''सम्मान वो चाहता है, जो अपने आप को अपमानित समझता है।''

''जीतना वो चाहता है, जो अपने आपको हारा हुआ मानता है उसे कौन जिताएगा, जो अपने आपको जीता हुआ ही मानता है।''

इस झूठी इज़्ज़त को बचाने के लिए हम कभी तीव्र क्रोध का सहारा लेते हैं, तो कभी जी भर के मायाचारी करते हैं और हमारी लोभी प्रवृत्ति तो हमेशा बनी ही रहती है। यह मानते हुए कि इससे मेरी इज़्ज़त वाला काम हो जायेगा।

मेरी आज्ञा के बिना कौन है, इस दुनिया में जो मेरी इज़्ज़त के साथ खेल ले? जब मैं किसी को उसे ना तो ख़राब करने की और ना ही बढ़ाने की परमीशन दूँगा तो कौन छेड़ सकता है? मेरी इज़्ज़त का तो जो करना होगा वो सिर्फ़ मैं ही करूँगा, और वो मेरे अपने आप के आत्म-विश्वास, आत्म चिंतन, मेरी पवित्र सोच और भावना से निर्मित सेल्फ़ रेस्पेक्ट होगी, आत्म-सम्मान होगा। आत्म-सम्मान मेरा सम्मान है, जो मेरे द्वारा ही बनाया या बिगाड़ा जाता है। मेरे आत्म-सम्मान से ही मेरी सेल्फ़ इमेज, आत्म छवि बनेगी।

मज़े की बात तो ये है कि हमने हमारे आत्म-सम्मान की डोर भी बाहरी लोगों के हाथों में दे दी है, वे ही नक्की करते हैं मेरा आत्म-सम्मान और वे ही नक्की करते हैं मेरी सेल्फ़ इमेज, मेरी छवि और उसे बचाता फिरता हूँ मैं। जब मेरा आत्म-सम्मान मैं ही बनाऊँगा तो मुझे उसे बचाने की ज़रूरत ही नहीं पड़ेगी।

''आत्म-सम्मान का मतलब होता है स्वयं के बारे में सकारात्मक विचारों के साथ स्वयं का मूल्यांकन करते हुए, बिना किसी से तुलना किये स्वयं का सम्मान करना, जिसमें किसी अन्य की आवश्यकता नहीं है।''

हम तब सबसे बड़ी ग़लती करते हैं, जब अपने अहंकार को आत्म-सम्मान समझ लेते हैं। तुम अगर आत्म-सम्मान को अपना लेते तो बेशक अहं को तलाक़ दे देते।

तुमने अगर अपनी प्राइस डिसाइड नहीं की तो दुनिया अपना प्राइस टेग तुम पर टाँग देगी। अगर तुमने अपना मूल्यांकन नहीं किया तो दुनिया में तुम्हारे मूल्यांकन करने वालों की होड़ लग जायेगी। मेरे आत्म-सम्मान की मेरे अलावा ना तो कोई रक्षा कर सकता है और ना ही कोई उसे नष्ट कर सकता है, उसकी जो भी गति-दुर्गति करनी होगी वो सब मेरे हाथ में ही है।

अगर आप अपने चरित्र को मज़बूत रखेंगे और अपने आंतरिक गुणों को उभारेंगे जो आप में अंतर्निहित हैं ही, तो आपके पहाड़ जैसे आत्म-सम्मान को कोई हिला ही नहीं पायेगा। मज़बूत चरित्र और आंतरिक गुणों को ढूँढ़ने के लिये और उन्हें समझने के लिए किसी के पास जाने की या गूगल करने की ज़रूरत नहीं है। अपनी आँखें बंद कर दिल पर हाथ रखें और बिना परिस्थिति से प्रभावित हुए आपका मन जिस चरित्र और गुणों की बात करे, जिस दिशा में ले जाने की बात करे, उसे अपना लेना। यहीं से तुम वास्तविक गुण और दुर्गुणों में अंतर भी समझ लोगे।

अब बारी आती है आत्म-विश्वास की, आत्म-सम्मान और आत्म-विश्वास में भी फ़र्क़ है -

आत्म-विश्वास की परिभाषा भी समझ लो अब ''आत्म-सम्मान पूर्वक, स्वयं को गौरवान्वित महसूस करते हुए, हर परिस्थिति में अपने आंतरिक संसाधनों एवं शक्तियों पर पूर्ण निर्भरता एवं विश्वास होना, जिसमें आत्मिक शंका का रंचमात्र स्थान नहीं हो, आत्म-विश्वास है।''

आत्म-विश्वास का मतलब अपने आप पर यक़ीन और विश्वास है, जबकि आत्म-सम्मान अपना मूल्यांकन, विचारों, सोच और नज़रिये से ताल्लुक़ रखता है।

अब आप समझ ही गये होंगे - इज़्ज़त, अहं, आत्म-सम्मान, और आत्म-विश्वास में कितना बारीक अंतर है पर ये है बहुत मज़बूत, अगर इसे नहीं समझा तो सब उलट-पुलट हो जाता है। हो क्या जाता है, बल्कि हो ही रहा है, और मैं इज़्ज़त को अहं के साथ जोड़ लेता हूँ। अहंकार को आत्म-सम्मान समझ लेता हूँ, और मेरे आत्म-विश्वास का तो ठिकाना ही नहीं रहता है, कभी-कभी अपने अहंकार को ही आत्म-विश्वास का सुंदर सा जामा पहना देता हूँ।

कुल मिला कर मतलब तो यह हुआ कि मुझे अपने अंदर कोने में छुपे हुए अहं को, ईगो को, ढूँढ़-ढूँढ़ कर बाहर निकालना होगा, जिन्होंने मेरे ही अंदर बहुत गहरी जड़ें बना रखी हैं।

वास्तव में तो जो अंदर से खोखला होता है वो ही अहंकारी होता है, जिसका आत्म-सम्मान और आत्म छवि छोटी होती है उसका ईगो बड़ा होता है। वो अपने आत्म-सम्मान और आत्म छवि की पूर्ति इस झूठे बने-बनाए ईगो से करना चाहता है।

जिसका आत्म-सम्मान बड़ा होता है वो समुंदर की तरह धीर-गंभीर और शांत रहता है। उसमें गहराई बहुत होती है, लेकिन जो अपना ही सम्मान नहीं करता है, वो छोटे-मोटे उथले नदी-नालों की तरह एकाध बारिश में ही उफनता फिरता है, और अपने इगो की संतुष्टि के लिए इधर-उधर मुँह मारता फिरता है। फिर कुत्ते की तरह एकाध ईगो की संतुष्टि का रोटी का टुकड़ा मिल जाता है तो फिर अगले टुकड़े के लिये लार टपकाता हुआ लोगों की तरफ़ अपेक्षा से देखता रहता है।

अगर और सरल भाषा में समझना हो तो इसे कहेंगे – ''अहंकार ख़राब आत्म छवि है।''

रयान हॉलिडे ने कहा है – ''अहंकार सबसे बड़ा शत्रु है।''

अगर गौर से देखेंगे, तो सारी लड़ाई ईगो की ही दिखाई देती है। चारों ओर अहंकार का संघर्ष ही है। पहले तो हम अपने ईगो को बनाते हैं फिर उसे बनाये रखने के लिए ज़िंदगी भर प्रयत्न करते रहते हैं, उसे पालते हैं, जिसमें हमारी सारी ऊर्जा ख़र्च हो जाती है। जैसे-जैसे ईगो का ग्राफ़ बढ़ता जाता है, वैसे-वैसे जीवन में हर तरह की सफलता का ग्राफ़ नीचे आना शुरू हो जाता है। मज़े की बात तो यह है कि जिन मेटेरियलिस्टिक चीज़ों के कारण मैं अपना ईगो पालता हूँ, जब वे चीज़ें भी ख़त्म हो जाती हैं, तो भी मेरा ईगो जली-जलाई रस्सी की अकड़ के समान बना रहता है, क्योंकि ईगो तो अंदर का दोष है, निकलता वो बाहरी वस्तुओं के कारण है।

एक विशेष बात पर ध्यान देना, ईगो को ख़त्म करने का आशय, दीनता नहीं है; दीनता भी अभिमान का ही दूसरा रूप है। या तो यह अभिमान में पीछे झुकता है या दीनता में आगे झुकता है। दीन-हीन अपने आपको बड़ा विनम्र मानता है, वो दीन-हीन बन कर लोगों को जीतना चाहता है, उसने दीनता को ही अपना विनिंग फ़ॉर्मूला बना लिया है, वो दीनता में ही अपना ईगो पालने की भरपूर कोशिश कर रहा है। अंदर तो उसके ईगो ही पल रहा है, पर वो बाहर से दीनता प्रकट कर रहा है, जिससे लोगों को वो अभिमानी दिखाई नहीं दे।

इस मानव की प्रवृत्ति बड़ी विचित्र है। यह कमज़ोर बन कर सहानुभूति बटोरना चाहता है। जैसे ही इसे सहानुभूति मिलती है, तो यह उस दिशा में और आगे बढ़ने लगता है, अगर चार लोग इसे सहानुभूति पूर्वक पूछ रहे हैं, तो यह बीमार ही बना रहना चाहता है। इसे ठीक नहीं होना है। अगर इसे ग़रीब रहने में लोगों से सहानुभूति मिल रही है, तो यह ग़रीब ही रहना चाहता है, अमीर नहीं बनना चाहता। अगर इसे

ज़िंदगी में असफल होने में सहानुभूति मिल रही है, तो यह असफल ही रहना चाहता है, सफल नहीं बनना चाहता। यह भले ही मुँह से कुछ भी बोले, लेकिन इसे स्वस्थ होने से ज़्यादा प्यारी सहानुभूति लग रही है, अमीरी से ज़्यादा प्यारी सहानुभूति लग रही है, सफल होने से ज़्यादा प्यारी सहानुभूति लग रही है, और यह उसी में संतुष्ट रहने लगता है, और वैसे ही रहना चाहता है।

कई लोग तो दर्द के मारे चीख़ते भी इसलिए हैं कि लोगों की सहानुभूति बटोर सकें, हमने जीवन भर लोगों को इसी सहानुभूति के चक्कर में रोते हुए देखा है।

एक छोटा बच्चा जब घर में खेलते-खेलते गिर जाता है, तो वो चारों ओर देखता है कि कौन-कौन देख रहा है। अगर माँ देख रही है तो ज़ोर-ज़ोर से रोने लगता है, जिससे माँ की सहानुभूति उसे मिल जाये, और अगर उसे लगता है माँ आस-पास नहीं है तो खुद ही अपने घुटने साफ़ करता हुआ उठ खड़ा होता है। माँ भले ही अनपढ़ हो, लेकिन इतनी मनोवैज्ञानिक समझदार तो होती ही है, अगर वो देख लेती है तो तुरंत अपना मुँह फेर कर दूसरी तरफ़ देखने लगती है, जिससे बच्चा उसे देख ना ले और वो अपने आप खड़ा हो जाये, वरना चीख़ें मारेगा।

सहानुभूति लेने की इसकी प्रवृत्ति बड़ी ख़तरनाक होती है, क्योंकि अपनी यह कमज़ोरी इंसान को पता भी नहीं चलती है, और खुद ही उससे ड्राइव होता रहता है। सही काम नहीं करता है, बल्कि वो करता है, जिससे सहानुभूति मिलती है।

लोग तो सहानुभूति दिखायेंगे पर ये आपको समझना होगा कि उनकी सहानुभूति ग्रहण करना है या नहीं, सहानुभूति लेते ही हम वहीं रह जाते हैं जहाँ हैं, क्योंकि हम उसी परिस्थिति में संतुष्ट हो जाते हैं। हम दया के पात्र बने रहना चाहते हैं।

जिनका आंतरिक चरित्र बहुत मज़बूत होता है ऐसे लोगों को, संत-साधुओं को एवं उन पौराणिक महापुरुषों को देखो; ज़रा वो ना तो दीनता में आगे झुकते हैं ना अभिमान में पीछे। बस, अपनी मस्ती में ही झूमते हैं। दुनिया की परिस्थिति को जानते हैं देखते हैं। किसी का उन पर कोई असर नहीं होता है और वे उनसे बेअसर, बेपरवाह, विनम्र, निश्चिंत रहते हुए साक्षी भाव से बड़े सहज रहते हुए अपने आप में मस्त रहते हैं।

कोई भी व्यक्ति बाहरी जड़ आडंबरों को इकट्ठा करने से कभी महान नहीं बनता है। ना ही इस बात से महान बनता है कि उसकी तिजोरी में कितना पैसा है, कितने घर हैं और कौन-कौन सी गाड़ियाँ हैं? कितने हीरे-मोती, सोना-चाँदी और ज़ेवरात हैं? और ना ही इस बात से कि उसके यूट्यूब पर कितने सब्सक्राइबर हैं और फ़ेसबुक पर कितने लाइक्स हैं।

बाहरी जड़ आडंबर की जगह प्रकृति के नियम, वस्तु का स्वरूप अपने ज्ञान की वृद्धि, तत्वज्ञान की प्राप्ति और आत्मिक गुणों एवं अपनी आत्मिक शक्तियों पर नज़र डालो ज़रा और उसे जीवन में ढालो, उसके कारण ही अपने आपको बड़ा मानो

तो तुम्हारी अपनी मस्ती ही कुछ और होगी और तुम्हारे बिना चाहे, बिना इच्छा से, बिना अपेक्षा से दुनिया स्वतः तुम्हारी तरफ़ आकर्षित होने लगेगी, जिसकी अब तुम्हें कोई परवाह ही नहीं होगी और ना तुम पर इसका कोई असर होगा। यह परतंत्र नहीं, किसी पर डिपेंडेंट नहीं, बल्कि पूर्ण स्वतंत्र और स्वाधीन प्रक्रिया है।

''याद रखना दुनिया से बेपरवाह होना है लापरवाह नहीं।''

बस, आपको अब इस झूठे अपने ही बने-बनाये कवच को तोड़ना होगा और पूरी ताक़त से बाहर निकलना होगा। जब आप अपनी इज़्ज़त बढ़ाने-घटाने की परवाह से पार हो जाओगे, इसकी बागडोर दूसरों के हाथों नहीं सौंपोगे तो इज़्ज़त स्वत: आपके आस-पास रहेगी। जब आप मेटेरियलिस्टिक चीज़ों के कारण अपने ईगो और अहं को अपने अंदर नहीं पनपने दोगे तो पूरी दुनिया आपके ईगो को हाथों में सँभाल कर रखेगी। जब आप आत्मिक विकास करोगे और अपने आत्मिक अनंत गुणों के कारण अपने आपका सम्मान करने लगोगे तो आपकी आत्म छवि अकल्पनीय रूप से बढ़ने लगेगी और आत्म-सम्मान आसमान छूने लगेगा, जिससे आपका आत्म-विश्वास बल्लियों उछलने लगेगा।

ना दुनिया में आपका कोई प्रतिस्पर्धी रहेगा और ना ही आप तुलनीय रहोगे, ना ही आप किसी से साथ रेस का हिस्सा बनोगे। बस, रेस होगी तो अपने आप के साथ, और ना ही कोई कारण रहेगा, जिसके कारण आप किसी से ईर्ष्या और जलन करके अपने आप में घुन पैदा करोगे। अब आप अतुलनीय हो गये हो, अब आपको ना तो किसी की दया की ज़रूरत है, ना ही संवेदना की, ना सम्मान की और ना ही कोई सहानुभूति की। आप अपने आप में ही संपूर्ण हो गये हो।

...और अब आप चल पड़े एक महान व्यक्ति बनने की पवित्र राह पर।

आख़िर मैं ही क्यों

1

नंदन की रातों की नींद और दिन का चैन जा चुका था। जब भी उबासी लेता तो कराह निकलती, मुँह से अगर शब्द निकलते तो पीड़ा ही निकलती, भला निकलती क्यों नहीं? बचा जो कुछ ना था, पत्नी के अंतिम ज़ेवर के नाम पर जो मंगलसूत्र बचा था, पिछले हफ़्ते वो भी बिक गया था। उसकी साँस की तकलीफ़ जानलेवा बन चुकी थी। राज-रोग तो ऐसे में सारे हो ही जाते हैं, किडनी भी कोई स्वस्थ नहीं थी। डायबिटीज़ की तो अब गिनती थी ही नहीं, पत्नी का वज़न ही उसकी समस्या बन गया था, जिससे घुटने जवाब देने लगे थे। बड़ा बेटा जवानी में ही एक्सीडेंट में तड़पते हुए दुनिया छोड़कर चला गया था। सब कुछ अस्पताल वालों को चढ़ा देने के बाद भी उसे बचा नहीं पाए थे। उसकी शक्ल याद आते ही आँख में पानी आए बिना नहीं रहता। छोटा बेटा अपनी ही दुनिया में मस्त है शहर में रहते हुए भी अजनबी की तरह रहता है। ख़बर मिली है कि हाल ही में उसने अपना फ़्लैट ले लिया है। नंदन अभी भी पुराने किराये के मकान में ही रहता है, जिसका किराया भी टाइम पर नहीं जा पाता है। वहाँ पानी तीन दिनों में एकबार आता है और बिजली भी दस-बारह घंटे ही आती है। मन्नतों के बाद भी बेटी नहीं हुई थी। सोचा था दोनों बेटे दो आँखों के तारे बन कर रहेंगे पर एक आँख तो फूट ही चुकी थी और दूसरी फूटी-फुटायी-सी ही थी। अगर पूरी तरह से ही फूट जाती तो कम से कम अपेक्षा तो ना होती और उम्मीद क़ायम रहती।

अब यह तो कहने की ज़रूरत भी नहीं है कि जिसका पेटजाया ज़िंदा बेटा भी मरे जैसा हो और ख़ुद की हालात ऐसी हो तो ऐसे में तथाकथित रिश्तेदार पहचानते भी नहीं हैं और अड़ोसी-पड़ोसी मुँह मोड़ने में कसर नहीं छोड़ते। कभी-कभार आमना-सामना हो भी जाये तो या तो कोई उपदेश देंगे या बच निकलने की कोशिश करेंगे, जिससे कोई उनसे कुछ माँग ना लें। चढ़ते सूरज को ही सब सलाम करते हैं, और जैसे ही वो डूबने को होता है सब बहाने बनाते हुए अपने-अपने घरों में घुस जाते हैं।

जिसे हम अर्द्धांगिनी कहते हैं, वो रहती तो चौबीस घंटे साथ है पर मौक़े बे-मौक़े तीखे ताने मारने में पीछे कभी नहीं रहती, उसे भी तो मौक़ा चाहिये ये सोचे-

समझे बिना कि उसके अपने पर क्या बीत रही है। समझ लो, तब तो नंदन पर गाज ही गिर जाती है जब वो आये दिन कहती है –

मैंने तो पहले ही कहा था, यह सब मत करो पर मेरी सुनता कौन है? तुमको तो अपने मन की करनी है। अगर मेरी एक भी मान लेते तो आज हमें ये दिन ना देखने पड़ते, मेरे भाई ने भी तो ख़ूब समझाया था पर तुम सुनते कहाँ हो किसी की।

अपने हालात ख़राब हो तो हरेक उपदेशक तो बन ही जाता है, यह कहते हुए कि ''मैंने तो पहले ही कहा था।'' ऐसे सलाहकार फ्रीफ़ंड में गली-गली में पाए जाते हैं और ना जाने मौक़े बे मौक़े कहाँ-कहाँ से निकल कर आ जाते हैं।

दुनिया का उसूल है धक्का देना, अगर तुम गिर रहे तो धक्का देंगे और तुम चढ़ रहे हो तो धक्का देंगे। ये धक्केबाज लोग होते हैं, लोगों को तो धक्का देकर तुम्हारी मदद करना है। अब यह तुम नक्की करो कि तुम्हें कौन-सी दिशा पकड़नी है।

नंदन की समझ और बुद्धि में कोई कमी ना थी। एक वक़्त ऐसा भी था जब लोग व्यापार की सलाह लेने उसके पास आते थे, और सफल होने पर उसका अहसान भी मानते थे। उसने मेहनत में कोई कसर नहीं छोड़ी थी, पर अपनी कमाई के लिए जो भी व्यापार शुरू करता और क़र्ज़े के साथ बंद करना पड़ता। ना जुआ, ना शराब, ना कोई लत, ना कोई फ़िज़ूल ख़र्च, ना कोई बेमानी, ना कोई ग़ैर क़ानूनी काम, पर ना जाने क्या था उसके साथ जो कुछ बन ही नहीं पा रहा था। कुछ भी हो अब मानसिक रूप से थक गया था नंदन। कुछ भी ऐसा नहीं किया था नंदन ने जिसे मार्क किया जा सके। ऐसे में हिंदुस्तानियों के दिमाग़ में एक ही बात आती है कि मेरी शनि की साढ़े साती चल रही है और राहु परेशान कर रहा है और फिर अंतहीन सिलसिला शुरू हो जाता है – किसी पेड़ पर तेल चढ़ाने का या काले कुत्ते को जलेबी खिलाने का या किसी पाखंडी ढोंगी बाबा या पोंगा पंडितों की शरण में जाकर समर्पित होने का और वो भी पूरी श्रद्धा से, वरना फल ही नहीं मिलेगा और देवता नाराज़ हो जायेंगे सो अलग।

गली-गली में पाये जाने वाले ऐसे लोगों का उद्देश्य किसी भी प्रकार का प्रोपेगेंडा कर, चमत्कार दिखाकर अपने श्रद्धालुओं की संख्या बढ़ाना होता है, ताकि वे अपने स्वार्थ की सिद्धि करें और उन्हें भेड़-बकरियों की तरह हाँक सकें और जो कुछ भी उनके पास बचा-खुचा है उसे भी ले लेना होता है। मरता क्या नहीं करता, उसे जहाँ भी तनिक-सी आशा की किरण नज़र आती है वो वहाँ मुड़ लेता है। ये लोग फ़र्स्ट इम्प्रेशन भी बड़ा ज़बरदस्त मारते हैं, जिससे आप उन पर समर्पित हो जायें। ऐसी कॉमन नब्ज़ पकड़ते हैं, जिससे आपको उन पर विश्वास करना मजबूरी हो जाये।

अब तो दिन और रात एक ही बात नंदन के मानस पटल पर छाई रहती, और उसे यही बात खाये जाती ''आख़िर मैं ही क्यों?'' मेरे साथ ही ऐसा क्यों होता है? मैंने किया ही क्या है ऐसा? मेरी ग़लती क्या है? आख़िर मुझे ये किस बात की सज़ा

मिल रही है? मैंने कभी किसी का बुरा नहीं किया है, किसी का दिल नहीं दुखाया है, ना ही कोई ऐसी-वैसी बदमाशी की, फिर आख़िर मैं ही क्यों?

कल, ना कोई बात ना चीत। बस रोटी बनाते-बनाते शकुंतला शुरू हो गयी - क्या दिया है तुमने मुझे इस घर में लाके! बस तुम्हारी नौकरानी बनी हूँ। कुछ नहीं मिला मुझे इस घर में दुःख के अलावा; मेरी तो ऐसे ही पूरी ज़िंदगी निकल गयी है। तुम्हारे आगे-पीछे घूमती रहूँ, दिनभर चूल्हा-चौका करूँ और रात को सो जाऊँ बस। जब तुम्हारा मन हो अपनी हवस शांत कर लेते हो और समझते हो कि सब काम हो गया। उधर मेरी छोटी बहन को देखो चारों अँगुलियाँ घी में तैर रही हैं उसकी। रानियों की तरह रहती है। मुझे तो शर्म सी आने लगी है उससे बात करने में, क्या करूँ? क्या कहूँ? जब भी बात करो तो वो अपनी ही अपनी गाने लगती है - कल हम सब फलानी पिक्चर देखकर आये हैं। मैंने इस दिवाली पर ये हार लिया है, बेटे-बहू ने इस बार यहाँ घूमने का प्रोग्राम बना लिया है; इसलिए हम सब पैकिंग में बिज़ी हैं। सासू को हमने पिछले हफ़्ते कंगन बनवाए हैं, आजकल डिनर देर से हो पाता है; क्योंकि इनके पास टाइम नहीं है। बिज़नेस में काम बहुत है और उधर हमारा बंगला भी तो बन रहा है तो देर रात फ़्री हो पाते हैं, पर डिनर सबको एक साथ ही करना है, इसलिए सभी को देर हो जाती है और ना जाने क्या-क्या बोलती रही।

मैं तो थक गयी हूँ तुम्हारे साथ रह-रह कर। हे भगवान! वो कौन सी मनहूस घड़ी थी, जब मैंने तुम्हें देखते ही हाँ कर दी। तीस साल हो गए हैं रोते-रोते, कमबख़्त आँसू भी सूख गए हैं पर दुःख कम नहीं हुए। हे भगवान! अब तो उठा ही ले तू, जी लिया जितना जीना था।

वह काम करती जा रही थी और बड़बड़ाती भी जा रही थी। शकुंतला एक बार शुरू होती तो आसानी से चुप ना होती। ऐसे में नंदन बुत बना सुनता रहता, क्या बोले बेचारा? समस्या तो ये भी थी कि नंदन अगर चुप रहकर सुने तो शकुंतला बोलती - क्या ठूँठ की तरह चुपचाप सुन रहे हो और अगर कुछ बोले तो बात-बात में बात और बात की बात पर फिर बात और उस बात पर फिर नयी बात और नयी बात पर फिर पुरानी बात और सारी बातों का पुलिंदा बनकर वो बात परिवर्तित हो जाती चिल्लाने में, चीख़ने में, फिर उठा-पटक में, फिर गयी 4-5 दिन की। बस, यही क्रम होता। तो नंदन ने सोचा कि इससे तो बुत बनकर चुपचाप सुनना ही ठीक है, क्योंकि भारतीय पति-पत्नी की जब भी लड़ाई होती है, जो अक्सर होती रहती है, जो कि शादी का साइडइफ़ेक्ट है, तो बात-बात में बात इतनी इसलिए बिगड़ जाती है कि दोनों उन बातों में से ही कोई बात पकड़ कर उस बात पर लड़ना शुरू कर देते हैं, और बात बढ़ती जाती है। बात बदलती जाती है पर लड़ाई बरक़रार रहती है। लड़ाई की रफ़्तार भी धीरे-धीरे तेज़ होने लगती है और एकाध घंटे बाद दोनों को ही पता नहीं चलता है कि आख़िर लड़ाई किस बात पर शुरू हुई थी? इन भारतीय पति-पत्नी को तलाक़

लेना नहीं है और झगड़े बिना रहना भी नहीं है। ये रहेंगे भी साथ-साथ जीवनभर और झगड़ेंगे भी साथ-साथ जीवनभर।

ज़्यादा नहीं, ये बस थोड़ा सा आपस में ही समझ लें और एक दूसरे की परिस्थिति और स्वभाव समझ कर आपस में एक दूसरे का सम्मान करें तो वास्तव में एक दूसरे के पूरक हो सकते हैं और बोझिल जीवन बहुत ख़ूबसूरत और आसान हो सकता है। जीवन जीने के लिये पति पत्नी के विरोधी नहीं, बल्कि पूरक होने की ज़रूरत है।

कभी-कभी फ़ोटो देखकर 5 साल पहले गुज़रे जवान बेटे की याद आ जाती तो दोनों की आँखें छलक आतीं और दोनों अतीत में खो जाते उनकी आँखों की पुतलियों में अपने बड़े बेटे की तसवीर दिखाई देने लगती, पर शकुंतला पीछे से भी अपने छोटे बेटे को कभी ना कोसती। कोसती कैसे हमने अक्सर पुत्र-कुपुत्र होते हुए देखे हैं, पर कभी माता कुमाता होती नहीं देखी। जबकि वो अगर साथ होता तो नंदन को एक सहारा ही नहीं, बल्कि अपने शरीर का एक अंग मिल जाता, दोनों साथ मिलकर कुछ कर गुज़रते।

जवान बेटा अधेड़ बाप के साथ हो तो जोश-होश, होश-जोश मिल जाते, संग-साथ हो जाता, आपसी जोड़ी बन जाती। हाँ, थोड़ी बहुत नोंक-झोंक होती तो हो जाती, पर उसे अपना सगा बाप कहाँ सुहा रहा था? इसलिए घर छोड़ कर चला गया था। अभी तो उसकी शादी भी नहीं हुई थी, वरना सारे आरोपों का घड़ा पराए घर से आयी कुलच्छिनी बहू पर आ जाता कि आते ही हमारे लड़के को लील गयी और अलग चूल्हा करवा दिया।

बेटे की तारीफ़ करना तो दूर, शुभकामनाएँ देना तो दूर, बल्कि उसे हर काम में रोकना और बात-बात में टोकना, उसके हर क़दम में नुक्स निकालना सिर्फ़ अपना फ़्रस्टेशन निकालना और हर बात में अपने बड़े बेटे की दुहाई देना, वो होता तो ऐसा करता, वो होता तो वैसा कर देता, उसकी ही प्रशंसा के पुल बाँधा करना, नंदन की मानो ऐसी आदत ही बन गयी थी।

विचित्रता तो देखो, जो दुनिया छोड़ कर चला गया और जो कभी आना नहीं है, उसे भूल नहीं पाते हैं और जो सामने है उसे कोसने में कसर नहीं छोड़ते हैं। जो सुन नहीं रहा है उसकी प्रशंसा के पुल बाँधने में और जो सामने है उसकी ख़ामियों के गड्ढे खोदने में कोई कमी नहीं छोड़ते हैं। मरे पूत की बड़ी-बड़ी आँखें दिखती हैं। ऐसे ही लोग जब बेटी ससुराल चली गयी उसे बात-बात में याद करने में और जिस दूसरे की बेटी को बहू बनाकर लाए हैं, उसकी उपेक्षा करने में कोई गुंजाइश नहीं छोड़ते हैं। तभी तो अपने, अपने नहीं रहते और अपने पराए हो जाते हैं, इसलिये वे अपने ग़ैरों में अपनापन ढूँढ़ने लगते हैं।

किसी की किसी के साथ तुलना करना सबसे बड़ा अपराध है। लोग जाने में या अनजाने में ये अपराध अक्सर किया करते हैं, ख़ास तौर पर अपनों में, परिवार में और रिश्तों में। तुम्हें पता भी नहीं चलता है तुम्हारे साथ-साथ जिनकी तुम तुलना कर रहे हो वो अनचाहे आपस में एक-दूसरे के दुश्मन हो जाते हैं।

बस, एक ही लाइन दीमक की तरह नंदन को खोखला कर रही थी, जिसका ना तो उसे उत्तर मिल रहा था और ना ही समाधान। आख़िर मेरे साथ ही क्यों होता है ये सब? बस ये ही उसकी अंतिम पंक्ति होती, उसके विचारों के जंजाल के अंत की, और सारा दिमाग़ बंद हो जाता। हालात तो अब ये हो गए थे – जितना समय ये सब सोचने में, दूसरों को कोसने में, अपने को असहाय और बेबस समझने में, दुखी और परेशान होने में जाता, भूतकाल की गठरी को भारी और भारी करने में जाता, उसी ऊहापोह में उलझा रहता, उसका दशांश भी अब क्या करना है, इसमें ना जाता।

फिर वही अंत आख़िर मैं ही क्यों? और संभवत: इसी लाइन ने उसके दिमाग़ के सारे खिड़की-दरवाज़े बंद कर दिए थे, वो अगर कुछ सोचता तो बस इसी फ़िल्टर से सोचता, अगर सुनता तो भी इसी फ़िल्टर से सुनता। बस, अपने को ही कोसता रहता, या यूँ कहे उसे दयनीय बने रहने में और दुनिया के सामने दया का पात्र बने रहने में अनचाहे रूप से मज़ा आने लगा था। ऐसे में व्यक्ति अपने आपको पाक साफ़ समझता है, उसे अपनी कोई ग़लती समझ ही नहीं आती और ना ही अपना आत्मावलोकन करता और ना ही अपना एनालिसिस, और अपने सारे दोषों का ठीकरा दूसरों पर या परिस्थितियों पर फोड़ने को तैयार रहता है। यही सबसे ख़तरनाक स्थिति होती है, जब कोई व्यक्ति इस जंजाल से निकलना नहीं चाहता है और उसी में उलझा रहना चाहता है; क्योंकि उसे इसी में संतुष्टि मिलने लगती है और अपने आप से ही सहानुभूति लेता रहता है। दिमाग़ को उसी की आदत पड़ जाती है। दिमाग़ अच्छा-बुरा कहाँ समझता है? ये तो बस रमने को ही तैयार रहता है, जहाँ तुम इसे रमाना चाहते हो, और उससे ये बाहर निकलना नहीं चाहता है पर बोलता है कि मुझे इससे बाहर आना है, ठीक होना है, सब सही करना है, तो दिमाग़ कन्फ़्यूज़ हो जाता है कि ये बोलता तो यह कि मुझे इस भँवर से बाहर आना है पर करता तो वही रहता है, सोचता तो वही रहता है। बस, इसलिए कुछ भी नहीं हो पाता है।

ये तुम्हारे ऊपर है, तुम अपने दिमाग़ को कहाँ और कैसे रमाते हो, किस दिशा में ले जाते हो, ये 100% स्वतंत्र और स्वावलंबी प्रक्रिया है।

वक्त किसका कब रुका है? अब दिन, हफ़्ते, महीने तो गुज़रने ही थे, वे तो गुज़रते ही जा रहे थे, चाहे कैसे भी गुज़रें।

कल की रात भी कई रातों जैसी सिर्फ़ करवट बदलते-बदलते ही निकली थी और उजाला होने से पहले ही वो बिस्तर से उठ गया था, पर कुछ समझ नहीं आ

रहा था और समय कट नहीं रहा था तो यूँ ही घर से निकल गया। टहलते-टहलते काफ़ी दूर निकल गया था, क्योंकि ना तो लौटने की कोई जल्दी थी और ना ही लौट कर कुछ करना ही था, बेबस सा, दिशा हीन चलता जा रहा था, बिना सोचे-समझे।

सामने एक मैदान में से ज़ोर-ज़ोर से किसी के बोलने की अस्पष्ट आवाज़ आ रही थी, पर आवाज़ में एक अलग तरह का आकर्षण और कशिश ज़रूर थी। टाइमपास करने, कौतूहलवश, ''चलो देखते हैं, क्या है,'' सोच कर वहाँ पहुँच गया।

2

नंदन ने सोचा कोई धार्मिक सभा चल रही है, उसमें उसका कोई इन्ट्रेस्ट नहीं था; क्योंकि वो इन सब को अब पोंगापंथी समझने लगा था, पर मंच के ऊपर गद्दी पर जो व्यक्ति बोल रहे थे, वे बड़े ही प्रभावशाली दिखाई दे रहे थे। धवल वस्त्र, छोटे बाल, चेहरे पर चश्मा, शांत एवं सौम्य चेहरा और अपने आंतरिक पवित्र विचारों के कारण उनके चेहरे से एक अलग तरह का तेज टपक रहा था। विशिष्ट आकर्षक व्यक्तित्व और मन की सरलता व इनोसेन्सी के कारण उनमें चुंबकीय शक्ति पैदा हो गयी थी। नाम तो उनका किसी को पता ही नहीं था, क्योंकि लोग उन्हें "गुरु भाई" कहकर ही पुकारते थे, और वे पूरी दुनिया में सिर्फ़ गुरु भाई के नाम से ही जाने जाते थे। चाहे अख़बार के विज्ञापन हों, होर्डिंग्स हों उसमें भी सिर्फ़ गुरू भाई ही लिखा होता। लोग उनका असली नाम ही भूल गये थे। स्नेह के सागर, अपार करुणावंत, जन-जन के प्रति उनकी आत्मीयता, सरल परिणाम, असीम वात्सल्य भाव के कारण हरेक को वे अपने लगते इसलिये लोगों के मुँह से चाहते हुए भी साहब, सर जी, बापू, गुरुजी, महाराज, पंडित जी या कोई और विशेषण निकलता ही नहीं था। वे सभी के गुरु थे इसलिये स्वतः उनका नामकरण हो गया था। हाँ, कुछ लोग कभी-कभी उन्हें दादा (बड़ा भाई) ज़रूर कह देते थे। ना जाने उनमें ऐसा क्या था, जिससे सभी को वे अपने ही लगते, चाहे कोई उनसे कभी व्यक्तिगत मिला हो या ना मिला हो। दुनिया उनकी विद्वत्ता, अध्यात्म और दर्शन के प्रति अटूट ज्ञान, तर्क शक्ति और निष्पक्षता साथ किसी भी कठिन से कठिन बात को समझाने के तरीक़े से दुनिया उनकी क़ायल थी। इसके साथ अगर पवित्र भावना और व्यावहारिक ज्ञान का समावेश हो तो कहना ही क्या।

उनकी सभा में निरंतर भीड़ बढ़ती ही जा रही थी। गुरू भाई के पास ना तो कोई प्रोपेगेंडा था ना ही कोई ढोंग, ना कोई चमत्कार और ना ही कोई पाखंड, ना ही कोई तर्क हीन बातें और ना ही अंधश्रद्धा के नाम पर कोई टोटका या विधि।

वास्तव में तो लोग भूखे हैं सच्चे ज्ञान के, जो उन्हें सच्ची शांति और सच्ची निराकुलता दे सके, सच्चा सुख दे सके, पर कुछ तथाकथित पंडित, गुरू, संत, स्वयंभू भगवान, भोले-भाले, दुखी, श्रद्धा के लुटेरे लोगों की भावनाओं का दुरुपयोग और

उनकी बेबस मजबूरी का फ़ायदा उठाकर ना जाने उन्हें क्या-क्या समझाते हैं और ना जाने उनसे क्या-क्या करवाते हैं। श्रद्धा के नाम पर लुटे-पिटे लोग अतार्किक बातें, ज्ञानहीन गप्पों और प्रोपेगेंडा पर ना जाने कैसे-कैसे उलझ जाते हैं और उलझे ही रहते हैं, और वहाँ से निकलने में डर लगता है कि मेरे साथ कहीं बुरा ना हो जाये, पर गुरू भाई ऐसे ना थे।

ऐसे लोगों ने सच्चे पंडित, ज्ञानी गुरुओं और सच्चे संतों की छवि भी धूमिल कर दी है और बस, इसी कारण आज का युवा और समझदार व्यक्ति अध्यात्म और दर्शन को ही ढोंग समझने लगा है और सच्चे आध्यात्मिक ज्ञान से दूर हो गया है, पर भैया ऐसे बिलकुल ना थे।

जैसे चुंबक लोहे की तरफ़ खिंचना चाहे या ना चाहे, पर खिंच ही जाती है। उसमें उसकी एक नहीं चलती है। ऐसे ही नंदन ना चाहते हुए भी खिंचा चला गया, पीछे की तरफ़ जैसे ही जगह मिली बैठ गया, एकटक उन्हें देखे जा रहा था। उनके चेहरे से नज़रें हटा ही नहीं पा रहा था। मन में अंतर्द्वंद्व चल रहा था, कौन हैं, क्या है, क्या कर रहे हैं, क्योंकि ये कुछ सबसे अलग दिख रहा था। मंच पर बड़ा सा बैकड्रॉप लगा था जिस पर सेंटर में सफ़ेद, बैकग्राउंड पर ब्लैक से सिर्फ़ लिखा था - ''मैं''

वे एक ही प्रवाह में बड़े ही शांत स्वर से बोले जा रहे थे, अकेले बोल ही नहीं रहे थे; बल्कि लोगों से पूछ भी रहे थे। ये कुछ इंटरेक्टिव सेशन जैसा था। पहला ही प्रश्न इंजेक्शन की तरह सीधा दिमाग़ में घुसा और नंदन का रोम-रोम खड़ा हो गया।

गुरू भाई ने लोगों से पूछा -

बोलो, हम अपने इष्ट देवता को क्यों पूजते हैं? अपने ईश्वर, भगवान, देव, अल्ला, गॉड, गुरू को क्यों पूजते हैं?

जनता स्तब्ध थी। कोई इस टिपिकल से प्रश्न की उम्मीद भी नहीं कर पा रहा था। आज से पहले ना तो किसी ने इसके बारे में सोचा था और ना ही किसी ने पूछा था। पूरी सभा में सन्नाटा सा छा गया। सब एक दूसरे को देखने लगे, समझ ही नहीं आ रहा था कि इस प्रश्न का उत्तर क्या दें? मामला भगवान का था, सो डर अलग लग रहा था कि बोलने में या सोचने में कोई ग़लती ना हो जाये? वास्तव में लोग किंकर्तव्यविमूढ़ से हो गए थे। ये भगवान का मामला जो ठहरा।

फिर भी एक युवक हिम्मत करके खड़ा हुआ और बोला -

उनसे जो चाहते हैं वो मिल जाता है, हमारी मंशा पूरी हो जाती है।

अब दूसरे ने हिम्मत दिखाई -

वो हमारा कुछ बुरा ना कर दें, इसलिए हम उन्हें पूजते हैं।

तीसरा बैठे-बैठे ही कुछ बुदबुदाया तो बग़ल वाले ने उसे ज़बरदस्ती खड़ा कर दिया -

''सब पूजते हैं इसलिए हम भी पूजने लगे हैं, नहीं पूजें तो कुछ गड़बड़ हो सकती है।''

अब चौथे में भी बोलने की ताक़त आ गयी –

''पूजने में नुक़सान ही क्या है? नहीं पूजेंगे तो कुछ गड़बड़ हो सकती है।''

महिलाओं में से एक की आवाज़ आयी –

''वे कुछ भी कर सकते हैं, सर्वशक्तिमान हैं। हमारा अच्छा या बुरा कुछ भी कर सकते हैं। कैसे भी दुःख-दर्द दे सकते हैं, तो उनकी सेवा-पूजा तो ज़रूरी है। इसलिए हम अपने बच्चों को भी सिखाते हैं कि रोज़ उनकी सेवा-पूजा किया करो, जिससे वो तुम्हारा बुरा ना कर दें।''

वहीं से एक और काले बुर्के में महिला खड़ी हो गयी –

''जनाब, उनकी नज़रें करम हम पर रहें और उनकी इनायत बनी रहे, जिससे सब कुछ ठीक-ठाक चलता रहे और ज़िंदगी अच्छी तरह कट जाये।''

अब पुरुषों में से पीछे से एक अधेड़ सा व्यक्ति उठा –

''गुरू भाई, जीवन में सब कुछ अच्छा चलता रहे, हम सुखी रहें, और अगर कुछ दुःख-दर्द आएँ तो भगवान उन्हें हर लें, वो तो सब कुछ कर सकते हैं, तो हमारा थोड़ा सा काम नहीं कर सकते? वे सबका भला कर सकते हैं। हर इच्छा पूरी कर सकते हैं। जो उनका भक्त होता है और उनकी नज़र जिस पर पड़ जाये। बस, इसलिए उनका नाम लेने से और पूजने से, दर्शन करने से हम उनका ध्यान अपनी ओर खींचने की कोशिश करते हैं, जिससे हमारा सब काम हो जाये और ये ज़िंदगी शांति से कट जाये।''

सामने से एक बोला – ''मुझे बच्चे नहीं हो रहे हैं और व्यापार में घाटा भी बहुत हो गया है इसलिए मैं 10 मंगलवार कर रहा हूँ, वे सब ठीक कर देंगे।''

एक युवक अनायास ही कह उठा – ''दो बार कोशिश कर ली पर एन्ट्रेन्स में नहीं निकल पाया हूँ। पर मैं जानता हूँ अगर उनकी कृपा हुई तो इस बार निकल ही जाऊँगा।''

अब तो बोलने वालों की झड़ी सी लग गयी थी। अब कौन रुकने वाला था, देर तो शुरू होने में थी। जैसे ही कोई बोलता बाक़ी सब अपना-अपना सिर हिलाकर उसमें अपनी सहमति दे देते और अपने आपको उसी बात का हिस्सा बना लेते।

बातें अब लगभग एक सी ही आ रही थीं। बस, शब्द बदल-बदल कर लोग बोल रहे थे। शुरू में तो लोग बोलते नहीं हैं और जब कोई शुरू करता है तो फिर कोई रुकता नहीं है, तो भैया ने सबको हाथ के इशारे से रोक कर फिर एक प्रश्न पूछा –

चलो, एक बात बताओ। हम ये मानते हैं कि हमारे जीवन में जो कुछ भी घट रहा है अच्छा-बुरा, सुख-दुःख, अनुकूल-प्रतिकूल, वांछित-अवांछित, निरोग-रोग, संयोग-वियोग वो सब भगवान की ही देन है, वो ही सब करता है। वो ही सज़ा और आनंद दे रहा है। उनके करने से ही सब कुछ सुख-दुःख हो रहा है? प्रश्नवाचक अंदाज़ में भैया ने कहा।

सबने सिर हिलाते हुए ज़ोर से बोला - हाँ, बिलकुल। भैया एक मिनट के लिये शांत हो गये फिर बोले - और सोच लो एक बार और गंभीरता से सोच लो। मामला गंभीर था, भैया ने भी आज बड़ा प्रश्न छेड़ दिया था।

अब पूरी सभा में कुछ लोगों ने हाँ के मत से सिर हिला दिए, कुछ ने ना के मत में, तो कुछ गोल-गोल, पर स्पष्ट दिख रहा था उसमें से ज़्यादातर अब कन्फ़्यूज़ हो गए थे। क्या करें, आज से पहले किसी ने इस बारे में कुछ सोचा तक नहीं था। जो चल रहा था सो चल रहा था। कुछ तो ऐसा सोचने से भी डरते थे, और कुछ सोचते तो थे पर जवाब ही नहीं मिलता था तो सोचना ही बंद कर देते थे। कभी किसी संत या पंडित या गुरू या मौलवी से पूछते तो वे भी डपट देते और हड़का देते। कहते ऐसी नादानी भरी बातें मत करो वरना श्राप लगेगा और 'वे' नाराज़ हो जायेंगे। ऐसा कहकर वे लोगों की चिंतन शक्ति को और लील जाते।

आज जो हाँ में सिर हिला रहे थे, वास्तव में तो वे भी कन्फ़्यूज़ हो गये थे।

विषय गंभीर और बड़ा था, लोगों की वर्षों पुरानी मान्यता का था और उनकी श्रद्धा से जुड़ा था। लंबी गहरी साँस लेते हुए गुरू भाई जी आगे बढ़ते हुए बोले - यह तो सच है कि वो सर्वोच्च हैं, हमारे परम आराध्य हैं, परम पिता परमात्मा हैं और हम उनके बच्चे हैं, तो प्रश्न यह है कि वो हमारा बुरा कैसे चाह सकते हैं? कैसे हमारा बुरा सोच भी सकते हैं? कैसे बुरा कर सकते हैं? भला कोई पिता भी अपने बच्चों का बुरा कर सकता है? उनके बारे में ग़लत सोच भी सकता है? शक्ति हीन, असमर्थ, सामान्य पिता भी जब अपने बच्चों का बुरा और ग़लत करने की बात सोच ही नहीं सकता तो बुरा करने की बात तो जाने दो, और वो तो परम पिता परमात्मा हैं, सर्वमान्य हैं, सर्वशक्ति संपन्न हैं। वो कैसे अपने बच्चों का बुरा कर सकते हैं?

बात तो सही है, धीरे से खुसर-पुसर की आवाज़ आयी। अब मेरा प्रश्न ये है कि अगर वो किसी का बुरा नहीं करना चाहते और उन्हें अच्छा-अच्छा और दुनिया का सिर्फ़ अच्छा ही करना है, तो किसका अच्छा करें?

अगर तुम ये कहो कि सभी का अच्छा करें, पूरी दुनिया का अच्छा करें, तो लोगों के साथ बुरा होता हुआ तो प्रतिपल दिखाई दे रहा है। लोग दुखी, परेशान हैं, जिसकी तो कोई सीमा ही नहीं है, तो उनके साथ बुरा क्यों हो रहा है? हाँ, एक पिता

भी अपने बच्चे को डाँटता है, धमकाता है पर उसका बुरा नहीं करता, और अगर पीटने में थोड़ी ज़्यादा लग जाये तो खुद तुरंत मलहम लगाता है।

अब गुरू भाई ने पूरा ज़ोर लगाकर कहा – अगर उन्हें अच्छा या बुरा करना ही है तो किसका अच्छा करें और किसका बुरा? इसका मापदंड क्या हो? इसका निर्णय वो भगवान कैसे करें? उन्हें भी कोई तो पैरामीटर निश्चित करना होगा, या बस उनके जब जो जैसे मन में आ जाये वो कर दें? बिना किसी न्याय नीति के?

इसमें कोई शक नहीं है कि – उनका पैरामीटर भी निष्पक्ष, न्यायपूर्ण, नीतिपूर्ण एवं पारदर्शी ही होगा।

सभी स्तब्ध रह गये। सभा में सन्नाटा छा गया, सुई गिरे तो आवाज़ आ जाये। पूरी सभा निरुत्तर थी, भैया जी भी चुप हो गए। उन्होंने चारों ओर दृष्टिपात किया और लोगों के चेहरे के भाव पढ़ने लगे। ऐसा लग रहा था जैसे चेहरे पर कोई प्यारा सा तिल हो, हम उसे अपनी सुंदरता का कारण मान रहे हों, जब डॉक्टर उसे कैन्सर की जड़ बताये तो ना तो उगलते बनता है ना निगलते। एक तरफ़ उसे निकलवाने में सुंदरता में कमी दिखती है और दूसरी तरफ़ ना हटाने में कैंसर से मरने का भय।

हिम्मत करके एक सन्नाटे को चीरता हुआ खड़ा तो हुआ, पर अटकता हुआ बोला – जो उनके दर्शन, सेवा-पूजा, अर्चना, भक्ति करे, दूध-जल, चादर-छत्र चढ़ाये, दिया-धूप, अगरबत्ती-मोमबत्ती जलाये या जो उनकी इच्छा हो वो करे, वो उनका अच्छा करें और बाक़ी का... कहते-कहते वो रुक गया, क्योंकि वो कह तो रहा था पर बोलते-बोलते ख़ुद ही अटक गया। कन्फ़्यूज़ हो गया इसलिए बीच में ही चुप हो गया।

गुरू भाई उसकी बात को समझ कर बोले –

तो जो उनकी सेवा-पूजा नहीं करे वो उनका बुरा कर दें? इसका मतलब तो वे स्वार्थी हो गए, उनकी सेवा करो तो वे तुम्हारा ख़याल रखें नहीं करो तो बुरा करें। अरे ऐसे तो हमारे माता-पिता भी नहीं करते हैं। उनका स्नेह तो हमारे प्रति निःस्वार्थ होता है, इसलिए उसे निःस्वार्थ प्रेम कहते हैं। वे इस बात की कोई परवाह नहीं करते कि उनके बेटे ने उनके लिए क्या किया, क्या नहीं किया, कितनी सेवा की कितना ध्यान रखा और माता पिता अगर बच्चों का ख़याल रखते हैं, तो उसके एवज़ में उनकी अपने बच्चों से कोई अपेक्षा भी नहीं होती है। वे तो बस अपनी निःस्वार्थ, निःअपेक्षा, निःसीमा अपनी ताक़त लुटाते रहते हैं, तो हम क्या कह रहे हैं कि वो परम पिता परमात्मा हमारे इन लौकिक माता-पिता से भी गये बीते हैं? बड़ा-सा प्रश्नवाचक वाक्य उन्होंने पूरा किया।

अब कौन बोलता?

लंबी साँस लेकर भैया ही बोले – ऐसा तो हो ही नहीं सकता कि हम उनकी सेवा–पूजा करें तो हमारा अच्छा करें और ना करें तो वे हमारा बुरा करें? हम उन्हें कौन–सी श्रेणी में खड़ा कर रहे हैं। वे हमारे देवता हैं, महान हैं, सर्वोच्च हैं, परम आराध्य हैं। कोई सामान्य व्यक्ति नहीं और ना ही हमारे दुश्मन जो पूजा–अर्चन से ख़ुश हों और सेवा–पूजा ना करने से नाराज़।

अब एक–एक के चेहरे देखने लायक़ थे। सबके चेहरे पर हवाइयाँ उड़ रही थीं। समझ सब आ रहा था पर समझ कुछ नहीं आ रहा था। सोचने की प्रक्रिया सबकी तेज़ हो गयी थी पर दिमाग़ में चल कुछ नहीं रहा था। बात में न्यायपूर्वक, तर्क पूर्ण स्पष्टता थी पर गले नहीं उतर रही थी। वर्षों पुरानी बिना सोची–समझी मान्यता पर तर्क और सत्य के घन से कुठाराघात जो हो रहा था।

मान्यता तो मान्यता होती है, वो कहाँ देखती है कि वो सही है या ग़लत। दुर्भाग्य है कि लोग उसे ही सही मान लेते हैं। जितना समय बीतता जाता है वे ही मान्यतायें अपनी जड़ें जमा लेती हैं। भले ही वे पूर्णरूपेण निराधार हों।

ये बात गुरू भाई अच्छी तरह जानते थे। ये बात समझना कोई आसान बात नहीं थी। वे लोगों के चेहरों को पढ़ पा रहे थे। उनके चेहरे बता रहे थे कि अभी उन्हें बात पच नहीं रही थी। भैया को इस बात का अंदाज़ पहले से ही था, पर वे तो अपनी बात पर बिलकुल अडिग थे। अडिग क्यों ना होते, क्योंकि उन्होंने कम उम्र में ही भारतीय, पाश्चात्य, दुनिया के सभी दर्शनों का, धर्मों का, बरसों तक अध्ययन, स्वाध्याय जो किया था।

उन्होंने सत् समागमों में ज्ञानियों से, गुरुओं से जो पढ़ा, उपदेश सुना, गुना और फिर उसे अपनी तर्क की कसौटी पर कसा, युक्ति का अवलंबन लिया और काफ़ी गहरा मनन, चिंतन किया था। कोई भी चीज़ गहराई में डुबकी लगाये बिना नहीं पायी जा सकती। उसके लिए तीव्र रुचि और कठोर परिश्रम के अलावा दूसरा कोई उपाय ही नहीं है। उनका तो पूरा जीवन ही इसमें बीता था।

वे किसी के पक्ष व्यामोह में नहीं थे। इसी कारण वे वस्तु के सही स्वरूप को एवं प्रकृति के नियम को भली भाँति समझ कर निराकुल और आनंदमयी जीवन जीने की कला में पारंगत हो गये थे।

थोड़ी देर लोगों के चेहरे के भावों को पढ़ने के बाद शांति भंग करते हुए वे बोले –

मेरी कुछ शंकाएँ हैं, अगर वे ही सब कुछ करने वाले हैं तो हर कार में बड़ी श्रद्धा से हमारे इष्ट देवता की मूर्ति लगी होती है, तो फिर क्यों हमारी कार का एक्सीडेंट हो जाता है? क्यों नहीं उन्होंने बचाया?

किस दुकान में उनकी फ़ोटो नहीं लगी है और कौन है, जो दुकान खोलते ही उन पर अगरबत्ती नहीं लगाता है या दुआ नहीं माँगता है, तो घाटा क्यों होता है? क्यों नहीं वो नुक़सान से हमें बचा लेते हैं।

कौन है जो मरने से पहले उन्हें याद नहीं करता और कभी मरना नहीं चाहता तो फिर क्यों लोग मर जाते हैं? पूरी दुनिया एक साथ प्रार्थना करती है कि ये बीमारी, महामारी ख़त्म हो और सब स्वस्थ प्रसन्न रहें। समय पर बारिश हो, मौसम अपनी तमीज़ में रहे तो क्यों ये बड़े बड़े अस्पताल चल रहे हैं। अकाल पड़ रहे हैं, भूकंप से धरती फट रही है?

ये कैसे संभव है कि परमात्मा हमारी थोड़ी-सी प्रार्थना करने पर या प्रार्थना नहीं करने पर हमें आनंद या सज़ा दे दें, या हमारे प्रति अपने निर्णय को ही बदल दें? ऐसा तो एक सामान्य सा न्यायाधीश भी नहीं करता। वो भी अपना निर्णय किसी ना किसी ठोस आधार पर ही देता है। मज़बूत सबूतों के सहारे ही देता है, किसी मापदंड पर ही देता है, प्रार्थना और अनुरोध पर नहीं। कहते हुए वो हँस पड़े।

सरकार भी यदि किसी को भारत रत्न देती है या कोई मालिक अपने किसी कर्मचारी को निकालता है तो उसका पूरा आधार होता है। वजह होती है उसके पीछे के सबूत-प्रमाण होते हैं या बस जब जिसके जो मन में आए वो कर दे या जिसने जिसकी ज़्यादा लल्लो-चप्पो कर दी उसे पुरस्कृत करें और जो बेचारा ना करे उसे पुरस्कृत ना करें या सज़ा दें? ये तो हम और आप भी नहीं करते, सरकार ही नहीं करती, कोई एम्प्लॉअर नहीं करता। वो तो हमारे परम पिता परमात्मा हैं। हमारे ईश्वर हैं, हमारे देवता हैं, आराध्य हैं, जगत शिरोमणि हैं। उन्होंने जग जीता है, अपने आप को जीता है, अनंत पुरुषार्थी हैं; अनंत शक्तिशाली हैं।

गुरू भाई ने भावुक हो कर कहा - अब ध्यान से सुनो मैं तुम्हें सच्चाई बताता हूँ और अपनी कमज़ोरी बताता हूँ। सच तो ये है कि हम अपने इष्ट को, आराध्य को, परम श्रद्धेय को सिर्फ़ डर और लोभ के कारण पूज रहे हैं।

हमारा कुछ बिगड़ ना जाये या वे कुछ बिगाड़ ना दें इस डर से और हमारी लोभ प्रवृत्ति के कारण हम उनसे कुछ ना कुछ माँग रहे हैं। वे हमें कुछ दे दें, हमारी सारी माँगों को पूरी कर दें। हमने बस उन्हें डर या माँगने की वस्तु समझ लिया है।

हमने ईश्वर के प्रति श्रद्धा का भी सौदा कर दिया। उसे भी लोभ एवं डर से जोड़ दिया। जो श्रद्धा पवित्र थी उसे अपवित्र बना दिया। पवित्र श्रद्धा में लोभ एवं डर का मिश्रण कर दिया और उसे दूषित कर दिया। हमने भगवान को भी नहीं छोड़ा और उनके साथ भी व्यापार कर लिया। भगवान, ये कर दोगे तो मैं ये चढ़ा दूँगा। आप मेरा ये कर दो तो मैं ये कर दूँगा। इंसान कैसा है कि उसने भगवान को भी नहीं छोड़ा। उन्हें भी प्रलोभन देने लगे। अपनी लोभी प्रवृत्ति से उन्हें भी ट्रीट करने लगे।

हमने शर्त के साथ आराधना की, और अगर माँग पूरी नहीं हुई तो अच्छे भले आस्तिक से नास्तिक हो गये कि उन्होंने मेरा कुछ नहीं किया, तो मैं उन्हें क्यों पूजूँ, क्यों चढ़ाऊँ ये सब? हम नाराज़ हो गये उनसे। मतलब पूजा-आराधना भी शर्तों के साथ, जैसे हम उनकी आराधना करके उन पर अहसान कर रहे हैं, जैसे नालायक बच्चे अपने माँ-बाप को यह कह कर छोड़ दें कि तुमने मेरे लिए किया ही क्या है?

झुम्मन भगवान से प्रार्थना करता हुआ खजूर के पेड़ पर चढ़ रहा था कि हे! भगवान, मुझे आज ये खजूर मिल जायें तो मैं आपको 100 रुपए का प्रसाद चढ़ाऊँगा। जैसे ही उसने आधी दूरी तय कर ली तो बोला भगवान 50 रुपए का प्रसाद चढ़ाऊँगा, थोड़ा और आगे बढ़ा तो 20 रुपए पर आ गया। अब जैसे ही उसके हाथ खजूर लगे तो बोला भगवान 5 रुपए का तो चढ़ा ही दूँगा और यह बोलते-बोलते उसके हाथ छूटे और भाई साहब नीचे ज़मीन पर गिर गये, गिरते ही बोले - 'भगवान आप तो मज़ाक़ भी नहीं समझते हैं, मैं तो 100 रुपए का ही चढ़ाने वाला था।' ये क़िस्सा सुनाते-सुनाते गुरू भाई बहुत ज़ोर से हँस पड़े और लोगों को भी अपनी गलती समझ आ रही थी और वे पश्चाताप की हँसी हँस रहे थे।

वे आगे बोलते ही जा रहे थे -

जब भक्ति में, आराधना में डर और लोभ आ गया, जहाँ माँग और अपेक्षा आ गयी, वहाँ शर्तें तो आ ही गयीं। शर्तें माने बराबरी, सौदा, गिव ऐंड टेक (Give and Take) और उनसे हमारा क्या मुक़ाबला? कहाँ वे और कहाँ हम? हम उनसे ऐसा व्यवहार करें? फिर ये भक्ति, आराधना, पूजा, मत्था टेकना, मोमबत्ती, दीपक, इबादत सच्ची कहाँ रही? निर्लोभी कहाँ रही? अपेक्षा रहित कहाँ रही? उनके गुणों की सच्ची भक्ति कहाँ रही? उन्होंने जो पाया उसकी परम आराधना कहाँ रही? निरपेक्ष और निःस्वार्थ सम्मान कहाँ रहा? उनके प्रति निर्लोभी अटूट श्रद्धा कहाँ रही?

हमें भगवान से प्यार करने वाला होना चाहिये या भगवान से डरने वाला? हमें उनसे सच्चा प्यार या स्नेह होना चाहिये या उनसे डरना चाहिये? साधु-संत, संन्यासी, महापुरुष, उनकी भक्ति, आराधना में मग्न हुए, डूबे, समर्पित हुए वे उनसे प्यार या स्नेह या श्रद्धा के कारण हुए या डर के कारण या किसी लोभ के कारण? वास्तव में तो हमें उनसे बिना शर्त प्यार करनेवाला होना चाहिये। यहाँ प्यार से तात्पर्य उन पर श्रद्धा से है, समर्पण से है।

हम अपनी पत्नी-बच्चों माँ-बाप से तो बिना शर्त प्यार करते हैं और ईश्वर के साथ अलग-अलग तरह की शर्तें लगाते हैं? क्या ग़ज़ब है?

हम उनसे इस डर के कारण कोई ग़लत काम ना करें कि कहीं वो नाराज़ होकर मेरा बुरा ना कर दें या हमें उनके जैसा बनना है इसलिये जो आदर्श, सिद्धांत और

नीतियों पर उन्होंने जीवन जिया और जिस लक्ष्य को प्राप्त किया मुझे वो करना है।

बोलते-बोलते उन्हें कुछ पंक्तियाँ याद आ गयीं -

देखो, हिंदी साहित्य के महाकवि माखनलाल चतुर्वेदी ने अपनी कविता में कितनी सशक्त, तर्क पूर्ण और न्याय पूर्ण बात कही है -

हे भगवान तू क्या कर सकता है इंसाफ़।
जो प्रार्थना की रिश्वत पर कर देता है माफ़।।

कहते-कहते वो फिर कुछ पल के लिए मौन हो गए और जनता अपने आप में ही खो गयी। कोई भी एक ऐसा नहीं था जो गहराई से सोच ना रहा हो। सोच तो क्या रहा था उनके पास भैया की सच्ची, तर्क और युक्ति से भरपूर बातों का कोई जबाब ही नहीं था। लगता था कि लोग पहली बार ही इस विषय पर सोच रहे थे और कहीं ना कहीं भैया की बातें उनके गले उतर रही थीं। भला उतरती क्यों नहीं? वस्तु का असली स्वरूप जो था।

मौन को तोड़ते हुए वे स्वयं बोले -

हमारे दुःख और सुख, सज़ा और आनंद अगर भगवान ने दिये तो अपने स्वयं के कर्मों को खेल ही ख़त्म। मतलब इंसान का अच्छा बुरा करना, सही ग़लत करना, पुण्य-पाप करना सब निरर्थक हो गया? तो कोई अच्छा काम क्यों करेगा और बुरे से क्यों डरेगा?

मतलब जब सैंया भये कोतवाल तो अब डर काहे का? कहते हुए भैया ने चुटकी ली।

बड़ी हिम्मत करके एक व्यक्ति बीच में से उठ कर बोला - जो भी हम अच्छा - बुरा भोग रहे हैं, वो अपने ही कर्मों का फल है। जो करेंगे वो भोगेंगे, जैसा बोयेंगे वैसा काटेंगे?

गुरू भाई : बहुत बढ़िया! इसलिये तो मैं कह रहा हूँ फिर भगवान ने क्या किया? वो तो अपने ही द्वारा किए कर्मों के कारण हुआ ना?

फिर से चुप्पी छा गयी।

गुरू भाई : और मज़े की बात ये है कि हम ये मान लें कि सब भगवान को ही करना है तो फिर उनके करने का कोई आधार तो होगा ही। कोई पैरामीटर तो होगा ही, और निश्चित तौर पर वे मेरे कर्म ही होंगे। अगर मेरे कर्मों के कारण ही होना है तो फिर भगवान ने क्या किया? वो तो मेरे ही द्वारा किये गए कर्मों का फल है तो फिर बेचारे भगवान को दोष क्यों देना? बात कुछ जँची नहीं।

गीता में भी श्रीकृष्ण ने कहा है –

कर्मण्येवाधिकारस्ते मा फलेषु कदाचन।
मा कर्मफलहेतुर्भूर्मा ते संगोऽस्त्वकर्मणि॥

तू कर्म किए जा फल की इच्छा मत कर। फल तो तुझे अपने ही किए कर्मों के अनुसार मिलेगा। इसमें ये कहाँ लिखा है कि तू कर्म किए जा और फल मैं तुझे दूँगा, और अगर वे फल देने वाले भी हैं तो वो भी तेरे द्वारा किए कर्मों के हिसाब से ही तो फल मिलेंगे ना? तो तेरे कर्म ही तो कारण रहे ना?

हम कहते हैं ना, जैसे बीज बोये बबूल के फूल कहाँ से होय?

जैन दर्शन में कहा है – शुभ कर्मों से शुभ बंध होता है और अशुभ कर्मों से अशुभ बंध होता है।

बाइबल में आया है कि कोई भी शुभ वृक्ष अशुभ फल नहीं देता और कोई भी अशुभ वृक्ष शुभ फल उत्पन्न नहीं करता।

फल तो हमें अपने ही द्वारा पूर्व में किए कर्मों का मिलता है। वर्तमान में जो भी मेरे अनुकूल चल रहा है या प्रतिकूल चल रहा है, जो मुझे आनंद दे रहा है या जो मुझे तकलीफ़ दे रहा है, जो मुझे अच्छा लग रहा है या मुझे बुरा लग रहा है वो मेरे ही द्वारा पूर्व में किये गए कर्मों का फल मैं भोग रहा हूँ। वो मेरे द्वारा ही किए गए कर्म ही मेरे वर्तमान में उदय में आए हैं, जिसका 100% ज़िम्मेदार मैं ही हूँ, बस! कोई और नहीं। ये यथार्थ है, अकाट्य सत्य है, प्रकृति का अपरिवर्तनशील नियम है। वस्तु का स्वरूप है। वास्तव में तो हम अपनी ज़िम्मेदारी और अपनी बला बिना सोचे-समझे भगवान पर डाल देते हैं और अपने आपको ज़िम्मेदारी से मुक्त समझ लेते हैं, कहते-कहते उनका स्वर तेज़ हो गया।

शिव पुराण में एक जगह आया है – कोई हमारा बुरा करना चाहता है तो ये उसके कर्मों में लिखा जाएगा। हम क्यों किसी का बुरा सोच कर अपना कर्म और वक़्त दोनों ख़राब करें। स्मरण रहे कि सुख-दुःख और कुछ नहीं, बल्कि हमारे कर्मों का ही फल है...

मतलब हमें तो किसी का बुरा करना ही नहीं है, किसी के बारे में बुरे भाव लाना ही नहीं है, बल्कि अगर कोई हमारा भी बुरा करे तो हमें उक्त बात सोचना चाहिये।

जहाँ माँग हो या डर हो वहाँ श्रद्धा कैसे हो सकती है। सच्ची प्रार्थना एवं सच्चा दर्शन कैसे हो सकता है? जो बच्चा अपने ही पिता से डरे तो कैसे जिये? फिर वो किससे निडर रहे? हम हमारे ईश्वर से कैसे डर सकते हैं? वे तो हमारे परम पूज्य हैं, परम आराध्य हैं।

श्रीमद्भागवत 11/23/43 में स्पष्ट लिखा है –

नायं जनो मे सुखदुःखहेतुर्न देवतात्मा ग्रहकर्मकालाः ।
मनः परं कारणमामनन्ति संसारचक्रं परिवर्तयेद् यत् ।।

अर्थ : इस जीव के सुख और दुःखों का कारण कोई अन्य व्यक्ति, देवता, ग्रह, कर्म, काल आदि नहीं हैं, अपितु इसके अपने मनोभाव ही हैं, जिनके कारण ये जीव संसार चक्र में परिवर्तन करता है।

बोलते-बोलते उन्हें एक सटीक उदाहरण ध्यान आ गया और भैया ने परोस दिया – जैसे कोई बच्चा बाहर किसी की चोरी करके अपनी माँ की गोद में घुस जाये और कहे कि अब तुम ही बचा लो, तो कैसे माँ उसे बचाए? और अगर बचाती भी है तो ये माँ की सबसे बड़ी ग़लती होगी कि उसने ग़लत का साथ दिया और बच्चे को उसके किये की जो सीख मिलनी थी उससे बचा लिया और बच्चा कल फिर वही ग़लती करेगा। माँ ही उसकी दुश्मन बन गयी। हम भी ऐसे ही दुनिया के सारे कर्म-कुकर्म करके आ जाएँ और अपने भगवान के चरणों में आकर रो दें कि बचा लो और अगर वे बचा भी लें तो वे भी वही ग़लती कर जायेंगे जो उस माँ ने की।

माँ बचपन से जो शिक्षा दे रही है, समझा रही है, वो तो बच्चा समझे नहीं और बार-बार वो ही ग़लती करता रहे तो माँ क्या करे? ग़लती पर उसे बचाये और...?

हम भी भगवान की बताई हुई शिक्षा, सिद्धांत, उपदेश, आदेश को तो ग्रहण करते नहीं हैं। उनके बताए मार्ग पर चलते नहीं हैं। उन्होंने जो किया या अभी कर रहे हैं वो तो करते नहीं है और बार-बार वो ही काम करते रहते हैं, वो ही ग़लतियाँ करते रहते हैं। उन्हीं बुरे भावों एवं विकारी भावों से ग्रसित रहते हैं। उन्हीं विषय-कषायों में उलझे रहते हैं, तो आख़िर भगवान भी क्या करें?

"जो लोभ और डर के कारण भगवान को पूजते हैं, वे नास्तिक हैं।"

अब कोई शक नहीं था कि किसी को भी कोई शंका रही हो। सब समझ भी रहे थे और अपने ज़िम्मेदारी भी महसूस कर रहे थे, पर शंकाओं का अंबार तो मन में घुमड़ ही रहा था। बुद्धि मान रही थी पर दिल नहीं।

नंदन बहुत ही रुचि से सुन रहा था और ध्यान से समझ भी रहा था। उसके दिमाग़ के तार झनझना उठे। ये पहली बार ही था कि उसे कोई आध्यात्मिक बात इतनी सरल और तर्कपूर्ण तरीक़े से समझ आ रही थी। अभी तक तो वो इन सब को ढोंग-ढकोसला ही समझता था और ना जाने कब-कब कैसे-कैसे किस-किस को दोष देता रहता था और अपने को नास्तिक मान कर बड़ा समझदार समझता था।

नंदन गहरे चिंतन में डूब गया, उसे लग रहा था कि ये सारी बातें उसके लिए ही हो रही हैं और गुरू भाई सीधे उसी से बात कर रहे हैं। उस बेचारे को क्या पता था कि सभी ऐसा ही सोच रहे थे। उसके दिमाग़ में एक बड़ा प्रश्न कौंधा। प्रश्न उसकी अपनी ज़िंदगी से ही जुड़ा था। जैसे ही हिम्मत करके पूछने को हुआ और भैया उठ गये। मन का प्रश्न मन में ही लिये नंदन घर आ गया। क़तई कहने की ज़रूरत नहीं है कि आज की रात करवट बदलते-बदलते ही कटी थी, सच कहें तो पहली बार वो सोचने पर मज़बूर हुआ था।

समय से एक घंटे पहले ही पहुँच गया नंदन आज, बिना किसी अपेक्षा के और बिना किसी शर्म के उसने आज अधिकार पूर्वक सबसे आगे की जगह घेर ली।

3

आगे बैठे हुए सबसे पुराने भक्त ने सभा शुरू होते ही बोलना शुरू कर दिया – ये तो मान लिया कि हमें अपने ही द्वारा किए कर्मों का फल मिलता है, तो फिर भगवान क्या करता है? फिर उनके पास काम ही क्या रह गया?

सभा हँस पड़ी और गुरू भाई भी।

भाई! यही तो बात है कि हम समझते हैं कि भगवान के पास यही काम है, और ये समस्या हमारी नहीं है कि भगवान क्या करते हैं। क्या उनके पास यही काम बचा है? क्या वो सिर्फ़ इसके लिए भगवान बने हैं? क्या उनके पास अपना कोई काम नहीं है? इस स्वार्थी, क्षणिक, दुःखी संसार का स्वरूप समझकर वे इससे विरक्त हुए हैं। एक संसार को असार समझकर इससे मुक्त होने के लिए वैराग्य पूर्वक इस संसार को छोड़ा है। इतनी त्याग-तपस्या की है तो अपने आनंद के लिए। वे मुक्त हुए हैं तो अपने आनंद और सुख के लिए, हमारी इस पंचायत के लिए नहीं। अगर उन्हें यही सब करना होता तो संसार से विरक्त ही क्यों होते? भगवान ही क्यों बनते? और हम सब उन्हें वापस इस दुःखी संसार में ही घसीटना चाहते हैं? उन्होंने ऐसा कुछ अद्भुत किया है जो हम नहीं कर रहे हैं।

लोगों को बात तो समझ आ रही थी पर समझ नहीं पा रहे थे; क्योंकि अनादिकाल का यही उल्टा अभ्यास दिलो-दिमाग़ में छाया है और डर भी लगता है कि पुरानी बेड़ियों को तोड़ने में कि कहीं उनके सम्मान में कोई कमी ना हो जाये, जबकि ये समझ नहीं आता है कि हम उनके सम्मान में कमी कर रहे हैं या उनका सच्चा सम्मान करते हुए उनकी सच्ची निर्लोभ, निस्वार्थ आराधना कर रहे हैं।

एक प्रौढ़ लेकिन जवान दिखने वाला, भगवान में अति आस्था रखने वाला व्यक्ति धीरे से उठा और अत्यंत विनय पूर्वक खड़ा हो गया। गुरू भाई ने पूछा – बोलो भाई, बोलो क्या बोलना चाहते हो?

गुरू भाई जी! फिर हम भगवान को पूजें ही क्यों? हमारे इष्ट देवता को पूजने का कारण ही क्या बचा?

यही तो सबसे बड़ी समस्या है भाई। हमें जिस कारण से उन्हें पूजना चाहिये वो तो हम समझते ही नहीं हैं, जानते ही नहीं है और ग़लत इंटेन्शन के कारण, ग़लत भाव से उन्हें पूजे जा रहे हैं।

वे संसार का सच्चा स्वरूप समझकर, इस संसार से विरक्त होकर निर्विकार हो गये हैं। उन्होंने जीव और अजीव के अपने और पराये के अंतर को जान लिया है। उसे अच्छी तरह समझ लिया है। राग-द्वेष से परे हो गये हैं। वे अपने में ही मगन हैं, अनंत आनंद में हैं। वे परमानंद में हैं, हमारे आदर्श हैं तो हमें उनकी शिक्षाओं को, उपदेश को अपनाकर उनके जैसा बनना है। इसलिए हम उनके प्रति श्रद्धावान हैं, तो कैसे संभव है कि हमारा सिर उनके चरणों में ना झुके। जब वे हमारे परम आदर्श हैं, हम उनके उपदेश को और शिक्षाओं को अपना कर उनके जैसे बनना चाहते हैं, तो उनके प्रति हमारी निस्वार्थ, निर्लोभ, निडर, अनंत भक्ति का होना, पूजना, उन्हें अपने दिल में बसाना अत्यंत स्वाभाविक है। ये होगा ही और हमें करना ही चाहिये।

हमें अपने इष्ट देवता को अपने ईश्वर को पूजना बंद नहीं करना है और ना ही किसी क्रिया विशेष को बंद करना है, बल्कि प्रतिदिन, प्रति पल अपनी दृष्टि को बदल कर सही भाव से उन्हें पूजना और उनकी आराधना करना है। हमें अपनी दृष्टि में परिवर्तन करना है तो सृष्टि अपने आप बदल जायेगी।

अगर हम उनका सही स्वरूप समझ लें तो हम भी उनके जैसा बनना चाहेंगे उनके प्रति निस्वार्थ भक्ति होगी ही। उनके प्रति समर्पित होना नहीं पड़ेगा, बल्कि हमारा मस्तिष्क उनके चरणों में झुके बिना रहेगा ही नहीं।

एक अधेड़ पर गंभीर व्यक्ति ने पूछा - कर्म कहते किसे हैं और ये बँधते कैसे हैं?

इस प्रश्न को सुनकर गुरु भाई प्रसन्न हुए; क्योंकि वो चाहते थे कि कोई इस प्रश्न को पूछे जिससे वे बहुत ज़रूरी बात को समझा सकें और सही दिशा में सभा को ले जा सकें।

सुनो, गुरू भाई ने अपनी बात शुरू की -

विज्ञान तथ्यों और घटनाओं की व्याख्या के बारे में कारण-कार्य सिद्धांत की बात करता है। कार्य होता है तो उसका कोई कारण तो होता ही है और प्रत्येक क्रिया उसके फल से जुड़ी है। ऐसा हो नहीं सकता कि क्रिया हो और उसका परिणाम ना मिले, और इसे ऐसे भी कह सकते हैं कि "प्रत्येक फल के पीछे कोई क्रिया ज़रूर होती है और उस क्रिया के पीछे कोई कारण।"

क्रियाओं का कर्ता (करने वाला) ही उसके फल को भोगता है। कोई एक प्राणी किसी दूसरे प्राणी के फल का अधिकारी नहीं होता। ये वस्तु व्यवस्था है जो अनादिकाल से चली आ रही है। क्रिया और फल का संबंध कार्य-कारण-भाव के

अटूट नियम पर आधारित है। यह प्राकृतिक नियम–आचरण के क्षेत्र में भी सत्य है। अत: कहा जाता है कि क्रिया का जो कर्ता है वो फल का अवश्य भोक्ता होता है। बस, विज्ञान यहीं तक सीमित है। अध्यात्म इससे कहीं ऊपर की बात करता है, विज्ञान क्रिया की बात करता है और अध्यात्म भावों की बात करता है।

ये कर्म मेरे प्रतिपल के भावों से बँध रहे हैं। जो भी हमारे परिणाम, विचार, सोच, चल रही है वो ही हमारे भाव हैं। अच्छे विचारों से अच्छे भाव होते हैं और बुरे विचारों से बुरे भाव।

अध्यात्म में, दर्शन में, चाहे *गीता* हो या *क़ुरान* या *गुरू ग्रंथ साहिब, बाइबल* या *तत्वार्थ सूत्र* सब में भावों की बात की है, ना कि क्रिया की। भावों पर कंट्रोल होगा तो वाणी और क्रिया पर तो स्वतः हो ही जायेगा, उसके लिए कुछ करना नहीं होगा। और अगर हमने सिर्फ़ वाणी और क्रिया पर कंट्रोल करना शुरू किया तो वो तो ऐसा होगा कि हम आम के पेड़ में जड़ों में पानी देने की जगह पत्तों को पानी से साफ़ करते रहें। हमें घटना के घटने की वजह उसके पीछे के अभिप्राय को देखना होगा। इंटेन्शन पर ध्यान देना होगा ना कि सिर्फ़ वाणी को या क्रिया को।

मेरे बुरे भावों से मेरे ही बुरे कर्म बँधते हैं और मेरे ही अच्छे भावों से मेरे ही अच्छे कर्म बँधते हैं जिसका एकमात्र ज़िम्मेदार सिर्फ़ मैं ही हूँ, कोई और नहीं। वर्तमान में जो फल मुझे मिल रहा है वो मेरे ही द्वारा पूर्व में किये गये कर्मों का फल मुझे आज मिल रहा है और वर्तमान में मैं जो कर्म बाँध रहा हूँ उसका फल मुझे भविष्य में मिलेगा ही, तो मैं क्यों ना अपने वर्तमान के भावों को सँभाल लूँ? वर्तमान के भाव सँभालते ही भविष्य सँभल जायेगा। इसमें भगवान का क्या रोल रह गया? यह एक स्वचलित वस्तु व्यवस्था है। हम सिर्फ़ अपनी ज़िम्मेदारी से बचना चाहते हैं। हम करें कुछ भी, बस वो हमें बचा ले।

भले ही फल अपने कर्मों से मिले पर देने वाले तो भगवान ही हैं ना? रमेश ने खड़े होकर पूछा।

देखो बेटा, मैंने कहा ना ये कि स्वचलित वस्तु व्यवस्था है। स्वचलित प्राकृतिक व्यवस्था है और वही सर्वोत्तम होती है, और जब कोई काम एक फ़िक्स तरीक़े से होना है तो भगवान उसमें क्यों उलझें, जब उन्हें उसमें कोई हस्तक्षेप करने का ना तो कोई मन है और ना ही ज़रूरत।

अच्छे और बुरे का फ़र्क़ कैसे समझें हम? बीच में से एक ने पूछा। ये कौनसा बड़ा काम है? हम सब जानते हैं कि कौन से बुरे विचार हैं और कौन से अच्छे।

तुम इतना समझ लो, हमारे चार आंतरिक शत्रु हैं, जो हमारे अंदर ही रहते हैं और हमें ही दुःख देते हैं, हमें कसते हैं, जिन्हें कषाय कहते हैं। कषाय मतलब, जो आत्मा को कसे। कसे अर्थात दुःख दे, इसलिये इनका नाम कषाय है।

ये हमारे 4 शत्रु हैं – क्रोध, मान, माया और लोभ। ये चार कषाय हमारे चार शत्रु हैं। दुर्भाग्य तो ये है, ये हैं तो हमारे शत्रु, पर हम इन्हें मानते हैं अपना मित्र। बस यहीं से शुरू होता है विपरीत बातों का सिलसिला। यही है उल्टी दृष्टि और ग़लत मान्यता। सुखी और निराकुल होने के लिए हमें उन पर विजय प्राप्त करना है।

हिंसा, झूठ, चोरी, कुशील और परिग्रह ये पाँच पाप के भाव हैं। बुरे भाव हैं, अशुभ भाव हैं। हमें ये पाप करने में आनंद आता है। पाप को तो कदाचित् दुनिया ग़लत मान भी ले पर कषायों को कहाँ ग़लत मानती है।

इन कषाय एवं पाप भावों से ही हमारे अशुभ कर्म बँधते हैं। दुनिया में कौन-सा धर्म, समाज, पंथ, आस्तिक या नास्तिक व्यक्ति है, जो इन्हें अच्छा समझता है और उपयोगी मानता है, करने योग्य मानता है। पूरी दुनिया इसे बुरा ही समझती है और बुरा ही मानती है।

क्रोध, मान, माया और लोभ के मंद भाव होना, इनकी तीव्रता और लंबे समय तक चलना, को कम करना, जिन पर हमें धीरे-धीरे विजय प्राप्त करना है और हिंसा, झूठ, चोरी, कुशील और परिग्रह ये पाप के परिणामों में आनंद नहीं मानना और इन्हें उपयोगी नहीं मानना। इन पाप के भावों पर भी विजय प्राप्त करना, भगवान की भक्ति, पूजा, अर्चना, उनके उपदेशों को सुनना, स्वाध्याय, पढ़ना, पढ़ाना, दूसरों के प्रति कोमल परिणाम, प्राणी मात्र के प्रति दया के भाव, सरलता, सुपात्र को दान, शांत निराकुल भाव, निस्वार्थ प्रवृत्ति, शुभ भाव हैं, पुण्य भाव हैं। इन भावों से अच्छे कर्म बँधते हैं, पुण्य कर्म बँधते हैं। दुनिया में कौन-सा धर्म, समाज, पंथ, व्यक्ति है, जो इन्हें अच्छा नहीं समझता है और उपयोगी नहीं मानता है। पूरी दुनिया इसे अच्छा ही समझती है और अच्छा ही मानती है।

इसके बावजूद भी हमारी कमज़ोरी यह है कि हम अपने बुरे भावों पर विजय प्राप्त नहीं कर पाते हैं और अपनी ज़िम्मेदारी ना समझते हुए दूसरों पर इसका दोषारोपण करते रहते हैं, और जब अपने ही किये कर्मों का फल मिलता है और हमें कोई उपाय नहीं सूझता या सहारा दिखाई नहीं देता है, तो बस भगवान के ऊपर डाल देते हैं, उनके ऊपर ही ढोल देते हैं। वास्तव में तो हम अपने ही किये कर्मों को भोगने या भुगतने के लिये तैयार नहीं हैं, इसलिये खुद ही मुँह छिपाते फिरते हैं और भगवान को आरोपित करते हैं।

अब गुरू भाई जी कुछ फ़ॉर्म में आ गए थे, बिना साँस लिये लगातार बोलते ही जा रहे थे –

कर्म के विषय में *गीता* 3.5 में कहा है –

न हि कश्चित्क्षणमपि जातु तिष्ठत्यकर्मकृत्।
कार्यते ह्यवशः कर्म सर्वः प्रकृतिजैर्गुणैः ।।5।।

भावार्थ : कोई भी मनुष्य किसी भी समय में, क्षण-मात्र भी कर्म किये बिना नहीं रह सकता है अर्थात् हर क्षण मनुष्य कर्म कर रहा है।

हम कर्म बाँधते हैं - अपने विचारों के माध्यम से, अपने भावों के माध्यम से, अपने शब्दों के माध्यम से, अपनी क्रियाओं से माध्यम से, किसी कार्य के अनुमोदन करने पर।

आगे लिखा है -

शरीरवाङ्मनोभिर्यत्कर्म प्रारभते नरः ।। 18. 15।।

शरीर वाणी और मन से की गयी क्रिया कर्म है।

सिद्धांत चक्रवर्ती नेमिचंद्र आचार्य ने *गोम्मट सार ग्रंथ* में कहा है, कर्म दो प्रकार के होते हैं - एक द्रव्य कर्म और दूसरा भाव कर्म। कर्म के उदय में यह जीव जब मोह-राग-द्वेष रूपी विकारी भाव रूप होता है तब उन्हें भाव कर्म कहते हैं और उन मोह-राग-द्वेष भावों का निमित्त पाकर कर्म रज कर्म रूप परिणामित होकर आत्मा से संबद्ध हो जाती है, उन्हें द्रव्य-कर्म कहते हैं।

संस्कृत भाषा में 'कर्म' का अर्थ है - 'कार्य' या 'क्रिया।' वे सारी क्रियाएँ, जो ना सिर्फ़ हम शरीर द्वारा करते हैं; लेकिन अपने मन और वाणी द्वारा भी करते हैं, उसे कर्म कहते हैं।

इसलिए हमारे जीवन में अभी आपको जो कुछ भी दिखाई देता है, वह सब हमारे पहले के अभिप्राय का फल है।

दोष तो अभिप्राय का लगता है। डॉक्टर रोगी की भलाई के लिए उसकी चीर-फाड़ करता है। उसके अभिप्राय में हिंसा नहीं है, मारने का भाव नहीं है, बल्कि भलाई है तो उसके शरीर को चीरता हुआ भी वो पुण्य कमा रहा है। भले ही चीर-फाड़ से रोगी को कष्ट होता है तो भी। और जो किसी की सेवा करता तो दिखाई दे रहा है और अभिप्राय में स्वार्थ है उसके प्रति बुरा भाव है तो सेवा करता हुआ भी वो पाप कमा रहा है।

अब थोड़ी और गहरी बात समझने की कोशिश करो, गुरू भाई ने कहा।

इन कषायों की तीव्रता और लंबे समय तक चलना, जिसे हम यहाँ सघनता (Density) और दीर्घता (Longevity) बोल रहे हैं, वो 4 तरह की होती है -

1. पत्थर की लाइन जैसी, जो मिटती ही नहीं है।
2. खेत में हल की लाइन जैसी, जो 6-7 महीने में ख़त्म हो जाती है।
3. कच्ची सड़क पर बैलगाड़ी की लाइन जैसी, जो सुबह से शाम तक ख़त्म।
4. पानी में खिंची लाइन जैसी, जो यहाँ खिंची वहाँ ख़त्म।

अति उत्तम तो ये है कि कषाय और पाप के परिणाम हों ही ना, जैसे परमात्मा हो गये हैं, हमारी भावना तो यही ही रहे।

4. अगर हों तो पानी में खिंची लाइन की तरह हों जैसे-जैसे कषाय और पाप के परिणाम बनते गए, वैसे-वैसे समाप्त होते गए।
3. यदि इतनी पवित्रता नहीं आयी है, तो उसका चिंतन चलता रहा तो कच्ची सड़क पर बैलगाड़ी की लाइन जैसी हो, जो सुबह से शाम तक ख़त्म हो जाये। वो इतने बलवान नहीं होते कि और तीव्र कर्मों का बंधन कर सकें।
2. यदि इतनी पवित्रता भी नहीं है, तो उसका चिंतन और घोलन चल रहा है, कम से कम खेत में हल की लाइन जैसी हो, जो 6-7 महीने में ख़त्म हो जाये।
1. यदि बिलकुल भी पवित्रता नहीं है, तो हमारे कषाय और पाप के परिणाम पत्थर की लाइन जैसे हैं, जो मिटते ही नहीं हैं। अगर हमारे इतने तीव्र और कठोर भाव हैं, अपने भावों में इतनी तीव्रता है, अपने आप पर कंट्रोल नहीं है तो ये इनसे ही तीव्र कर्मों का अनंत काल के लिए बंधन होता है जो इस संसार में ही रुलाता है। ऐसे में अपने आप पर संयम रखना बहुत आवश्यक है।

ये चर्चा बहुत सटीक और सीधे गोली की तरह अंदर जा रही थी। इसमें ऐसी कोई भी बात ना थी, जिसे कोई भी नकार सके। ये अलग बात थी कि आज तक इसे किसी ने इतने व्यवस्थित ढंग से सुना नहीं था।

एक सफ़ेद कपड़े पहने हुए व्यक्ति ने अपना चश्मा ऊपर खिसकाते ऐसे पूछा जैसे कि इस बात पर अब भैया निरुत्तर हो जायेंगे, क्योंकि उसे इस बात का उत्तर अभी तक नहीं मिला था। अच्छा आप ये बतायें - ये कषायें उत्पन्न ही क्यों होती हैं? ना हों, कषायों के उत्पन्न होने का कारण क्या है?

गुरू भाई भी कोई कम थोड़े ही थे, बोले - भाई तुम्हारा प्रश्न बड़ा सटीक और इम्पोर्टेंट है। अगर ये बात समझ आ जाये तो समझ लो कल्याण ही हो जाये, आराम से बैठ जाओ और सुनो ध्यान से -

मोक्षमार्ग प्रकाशक ग्रंथ में लिखा है -

"कषाय भाव होते हैं सो पदार्थों को इष्ट-अनिष्ट मानने पर होते हैं, सो इष्ट-अनिष्ट मानना भी मिथ्या (ग़लत, झूठा) है, क्योंकि कोई पदार्थ इष्ट-अनिष्ट है नहीं।"

जब कोई व्यक्ति या वस्तु या परिस्थिति हमें अच्छे या बुरे लगते हैं, तो ये कषायें स्वतः उत्पन्न होती हैं और जब वस्तु के स्वरूप को जान कर, सही तत्वज्ञान को जीवन में उतार कर जब साक्षी भाव हमारे जीवन में आ जाता है तो व्यक्ति या

वस्तु या परिस्थिति हमें अच्छे या बुरे नहीं लगते हैं तो ये कषायें उत्पन्न नहीं होती हैं और यहीं से जीवन में अध्यात्म की शुरुआत हो जाती है।

दुःख तो इस बात का है कि हम ये सब जानते हुए भी उन बुरे भावों को करते रहते हैं, अज्ञानता के कारण, अपने क्षणिक या तात्कालिक आनंद और अपनी चारित्रिक कमज़ोरी के कारण।

हिंसा करते वक्त उसमें आनंद मनाते हुए, झूठ बोलने में मज़ा लेते समय, चोरी को सही और उसमें अपने आप को सफल मानते हुए। परायी माँ-बहन को बुरी नज़र से देखने में आनंद मनाते हुए और दुनिया भर का अनावश्यक परिग्रह इकट्ठा करते हुए हमें कभी लगता है कि हमने कुछ पाप के भाव किये? भैया ने बड़ी करुणा के स्वरों में कहा।

बिना रुके बड़ी दया के भाव से वे बोले ये जो पेड़-पौधे हैं उनमें भी जान है। वे भी जीव हैं और हम उनको बिना किसी प्रयोजन के चलते-फिरते यूँ ही तोड़ देते हैं, उन्हें कुचल देते हैं, उन कोमल फूलों को बेरहमी से मसल देते हैं। देखो भाई महान वैज्ञानिक जगदीश चंद्र बसु (1858-1937) ने तो अनेक वैज्ञानिक प्रयोगों द्वारा यह सिद्ध कर दिया है कि पेड़ पौधों में जीव होता है। वे जन्मते-मरते हैं। उनमें सुख-दुःख होता है, वे हँसते-रोते हैं, उन्हें मित्र-शत्रु की पहचान होती है। उन्होंने ये सिद्ध किया कि वनस्पति पर क्लोरोफ़ार्म का प्रभाव, विषैली दवाओं के छिड़के जाने का दुष्प्रभाव देखा जा सकता है। उन्होंने कहा हम किसी पशु-पक्षी की मृत्यु का दृश्य देखकर हम लोग बड़े दुखी हो जाते हैं, क्योंकि उनकी पीड़ा को हम अपनी आँखों से देखते हैं, किंतु वनस्पति के जीवन-मरण को देखने के लिये तो हमारी दृष्टि लाखों गुना तेज़ होना चाहिये।

उन्होंने बताया एक प्रयोग में जब एक फूल हमारे सामने ज़हर डालने पर छटपटाता हुआ मरा, तब हम वैसे ही करुणा से भर उठे जैसे हम किसी अपने प्रियजन की मृत्यु को देखकर बेहाल हो जाते हैं। हमने कसाईख़ाने में पशुओं के वध और उनकी यातनाओं को देखकर, तड़पते हुए चीख़ते जीवों को देखकर, अच्छे अच्छे मांस भक्षियों को करुणा के कारण मांस छोड़ते देखा है।

दो मिनट का पॉज लेकर भैया बोले - हमें पता भी नहीं होता है कि हमारे ना जाने कहाँ कहाँ कैसे-कैसे भाव ख़राब हो रहे हैं, जिसका ज्ञान होना अति आवश्यक है।

हमें अपने ही प्रतिपल के भावों को पकड़ने और उन पर ध्यान देने की ज़रूरत है। जो हम प्रतिपल सोचते हैं, विचारते हैं, भावना भाते हैं, उससे जो कर्म बँध रहे हैं, उनका फल हमारी परिकल्पनाओं के परे होता है, जिसके ज़िम्मेदार हम ही हैं, कोई और नहीं। भाव करते वक़्त हम यह नहीं सोचते कि ऐसे भाव ''मैं क्यों कर रहा हूँ''

पर, जब उनका फल मिलता तो मैं सोचता हूँ, ''आख़िर मैं ही क्यों भुगत रहा हूँ?'' तब वो भाव याद नहीं आते हैं, जो मैंने ही किए हैं।

जब अपने ही किये भावों का फल मिलता है, तब क्यों नहीं सोचता – ''जे कर्म पूरव किए खोटे सहे क्यों नहीं जीयरा?''

यह कैसे हो सकता है, करूँ मैं और भुगते कोई और? या करे कोई और, और भुगतूँ मैं? ये तो प्रकृति के नियम के विरुद्ध हो गया, हरेक के साथ अन्याय हो गया और प्रकृति के नियम में अन्याय कैसा?

देखो ना, राम भगवान हैं, पर उन्हें भी तो अपने मनुष्यभव में अपने कर्मों का फल भोगना ही पड़ा ना, 14 साल वनवास भोगना पड़ा। अनेक कष्ट उठाने पड़े, फिर सीता को वनवास भेजना पड़ा और ना जाने क्या-क्या? किसे नहीं भोगना पड़ा? चाहे ईसा मसीह हों या मोहम्मद पैग़म्बर या गुरू गोविंदसिंह जी हो या बुद्ध, पांडव हों या महावीर, इन सबकी कहानियों से हम सब परिचित हैं, वे भी उसे टाल नहीं सके; क्योंकि वे कर्म तो पूर्व में बाँध चुके थे और जो बँध गया, उसमें परिवर्तन कैसे संभव है? भोगना ही होगा।

हाँ, जब इसकी अनुकूलता होती है, तब भी इसे ये याद नहीं आता है कि आख़िर मैं ही क्यों? जब प्रतिकूलता होती है तब याद आता है – ''आख़िर मैं ही क्यों?'' देखो कैसी विचित्रता है, जब हम अपने भाव ख़राब करते हैं या पाप करते हैं, तब इसका क्या फल मिलेगा या तो ये पता नहीं होता है या ये याद नहीं आता है, क्योंकि हमारी कषायों की तीव्रता इतनी ज़्यादा होती कि उसके कारण हम अपने किये का फल जो मिलने वाला है उस सोच को भी दबा देते हैं।

गुरु भाई बिना रुके एक ही फ़्लो में बोलते जा रहे थे, पर उनकी नज़र मानो एक-एक व्यक्ति पर थी।

किसी मनचले ने अपनी क्षणिक वासना के कारण किसी मासूम बच्ची के साथ ज़बरदस्ती की और बलात्कार कर दिया, पता नहीं उसकी कितनी वासना पूरी हुई पर जब जज के द्वारा फाँसी की सज़ा सुनाई जाती है तब वो आँसू बहाता है, गिड़गिड़ाता है, पछताता है, माफ़ी माँगता है, लेकिन जब उसने कुकर्म किया तब उसे अगर ये याद आ जाता कि ''इन भावों का फल क्या होगा?'' तो निश्चित ही उसके ये कुटिल भाव समाप्त हो जाते। जब फल मिलता है तब उसे वो आनंद भी याद नहीं रहता है, जिसके कारण उसने वो कुकर्म किया था। जब कुटिल भाव करते हैं तब फल याद नहीं आता है और जब फल मिलता है तब उस भाव में कुछ हो नहीं सकता, उस स्थिति में कभी कुछ हो ही नहीं सकता जो बीत गयी।

झुम्मन जब भी आम खाता तो उसके शरीर में बड़े-बड़े फोड़े हो जाते और उनमें से पस (पीप) निकलने लगता, खुजली चलती, ख़ून निकलता, महीने भर तक

दवाएँ खानी पड़तीं तब कहीं जाकर एक महीने में ठीक होता, और जब फोड़ों में दर्द होता है, तो चिल्लाता है – हे! भगवान बचा लो। पर अब क्या हो सकता है? आम तो पेट में जा चुके। अब वे तो जब जैसे बाहर निकलेंगे, तब ही निकलेंगे। चिल्लाने से क्या होगा? आम तो खाये जा चुके। अब तो शांति से इलाज करना ही उपाय है, पर मज़े की बात तो ये है जैसे ही झुम्मन ठीक होता फिर एक किलो आम खा लेता। उसकी बीमारी कभी ख़त्म ही नहीं हुई।

ज़रा सोचो सिर्फ़ एक आम की क्या क़ीमत चुका रहा है झुम्मन? या यों कहें अपनी चटोरी जबान के क्षणिक स्वाद की क्या क़ीमत चुका रहा है। इतना दर्द, पीड़ा, आकुलता और परेशानी लेकिन ये चटोरी जीभ है कि मानती नहीं।

जैसे झुम्मन लगातार अपनी बीमारी को बढ़ावा दे रहा है, वैसे ही हम जब अपने पूर्व कर्मों को भोगते हैं, और उन्हें भोगते समय ही अपने परिणाम या भाव ख़राब करते हैं। कषायों की तीव्रता होती है अपने आप पर कंट्रोल नहीं कर पाते हैं और नवीन कर्मों का बंधन उसी समय कर लेते हैं। ये कर्म बंधन का कुचक्र चलता रहता है।

इसलिए जिस समय प्रतिकूलता या अनुकूलता का अनुभव हो रहा है। मतलब पाप का या पुण्य का उदय आया हो, उस समय अपने भावों के बारे में तनिक भी विचार आ जाये तो कषाय और पाप के, विषय भोग के, वासना और तृष्णा के परिणामों की तीव्रता कम हो जायेगी। अपने में समता धारण हो जाये तो नवीन कर्मों का बंध नहीं हो, तो ये कर्मों का कुचक्र भी कमज़ोर पड़े, टूट जाये। इन कर्मों की श्रृंखला भी टूट जाये। कषायों को मंद करने का और अपने भावों को ठीक करने का सबसे बड़ा मूल मंत्र है, जिसे हर पल याद रखना चाहिये – "इन भावों का फल क्या होगा?"

अब वो मुलज़िम भगवान से प्रार्थना करे, माफ़ी माँगे तो क्या भगवान माफ़ कर दें? कर देना चाहिये? या ना करें? नहीं करना चाहिये?

भगवान क्यों झंझट में पड़ें? मिले ना उसे अपने किए का फल? सबूत तो जज इकट्ठा करे, कर्मों के बंधन को किसकी ज़रूरत है? वो तो तुम्हारे भावों को पकड़ता है, इसलिए इसमें किसी के साथ अन्याय हो ही नहीं सकता। हम ऐसे जज से तो माफ़ी की उम्मीद करते नहीं हैं पर भगवान से चाहते हैं कि वो माफ़ करके अन्याय कर दें। ऐसे में वो हमें दयालु दिखने लगते हैं। अगर हम अपनी अनुकूलता के समय, अपने पुण्य के उदय के समय ये सोच लें "आख़िर मैं ही क्यों?" तो भी उत्तर मिल जाये भाई।

याद रखना, फल अपने भावों का लगता है, क्रिया का नहीं, और हम क्रिया पर ध्यान देते हैं और अपने भावों का हमें ख़याल ही नहीं रहता। हमें अपनी आंतरिक शुद्धि पर ध्यान देना होगा, बाहरी नहीं। जो धर्मात्मा सिर्फ़ बाह्य शुद्धि की बात करते

हैं उनके लिए बाइबिल में लिखा है – "हे कपट शास्त्रियों! तुम कटोरे और थाली को ऊपर ऊपर से तो माँजते हो, परंतु भीतर अंधेरे और असंयम से भरे हुए हो।"

गुरू भाई अपनी गद्दी से उठे और पास रखे बोर्ड पर लिखने लगे –

भाव 3 तरह के होते हैं, एक शुभ (अच्छे), अशुभ (बुरे) और शुद्ध (अच्छे और बुरे से परे, संसार से विरक्त होकर अपनी आत्मा में लीनता।)

अभी हम शुद्ध भाव की चर्चा नहीं कर रहे हैं, ये फिर कभी करेंगे। अभी सिर्फ़ शुभ और अशुभ की बात कर रहे हैं। पहले ये अच्छी तरह समझ लें तो वो भी आसानी से समझ आ जायेगा।

हमारे शुभ भावों से शुभ कर्म और अशुभ भावों से अशुभ कर्म बँधे और शुभ कर्मों से पुण्य का उदय आया और अशुभ कर्मों से पाप का उदय आया। इसमें कोई भी मुझे दुःख सुख दे सकता है, मुझे सुखी-दुखी कर सकता है। ये बात कहाँ से और कैसे आयी? भगवान भी सुख-दुख कैसे दे सकते हैं? कौन मेरा भला कर सकता है? कौन मेरा कुछ बिगाड़ सकता है?

करम-कुकर्म भले ही अकेले में करो या साथ-साथ करो पर कर्म का फल तो अकेले ही भोगना पड़ता है।

नंदन से रहा नहीं गया और बीच में अनायास ही बोल पड़ा – मतलब किसी से माँग भी ख़त्म, अपेक्षा भी ख़त्म और जब माँग और अपेक्षा ख़त्म तो दीनता-हीनता भी ख़त्म, डर भी ख़त्म।

गुरू भाई बड़े शांत होकर बोले – हाँ भाई! हाँ, पूरी बात तो सुन लो, तुम तो अभी से ही निश्चिंत होने लगे। जब कोई मेरा भला नहीं कर सकता है, कुछ बिगाड़ नहीं सकता है तो मैं किसी का भला कैसे कर सकता हूँ? किसी का कुछ कैसे बिगाड़ सकता हूँ, किसी को क्या दे सकता हूँ? तो मेरे कर्तृत्व का अहंकार भी ख़त्म और कर्तृत्व का बोझ भी ख़त्म। ये सब तो सबके अपने-अपने कर्मों के अनुसार ही होगा ना।

शालीन बोला – यदि ये बात समझ में आ जाये तो इसका मतलब जब किसी प्रकार की माँग नहीं रहीं, डर नहीं रहा, दीनता-हीनता नहीं रही और अहं और मान नहीं रहा। अपेक्षा नहीं रही तो कोई बोझ नहीं रहा, तो किसी प्रकार की मानसिक परेशानी और आकुलता ही नहीं रहेगी तो आनंद ही आनंद, बस सिर्फ़ आनंद?

हाँ भाई! बिलकुल सही कहा तुमने, तकलीफ़ ही यही है कि हम पूरी दुनिया को बदलने चले हैं, दूसरों को कोसने पीटने में लगे हैं और उसे अपने हिसाब से चलाने चले हैं, और जब सब अपने-अपने हिसाब से सबको, हर पदार्थ को चलाने की कोशिश करेंगे तो वस्तु व्यवस्था कैसी बैठेगी? विश्व व्यवस्था कैसे चलेगी? इसलिए यही संभव है कि सब व्यक्ति, पदार्थ, विश्व अपने-अपने हिसाब से अपनी-अपनी

स्वतंत्रता से चलें, तभी विश्व व्यवस्था संभव है। वास्तव में तो कोई किसी के आधीन नहीं है। सभी अपने-अपने ज़िम्मेदार हैं।

वे कर्म इस जन्म के भी हो सकते हैं और पूर्व जन्मों के भी हो सकते हैं। वो कर्मों का सिद्धांत अलग है, जिसे बाद में कभी समझेंगे और उसे ज़्यादा समझ कर होना भी क्या है? वो तो बख़ूबी अपना काम कर ही रहे हैं।

तुम्हें अगर अभी वर्तमान में कोई तकलीफ़, परेशानी या प्रतिकूलता लग रही है या अपनी इच्छा के अनुसार कार्य नहीं हो रहा है तो इसका मतलब है कि वर्तमान में हमारे पाप का उदय चल रहा है। ध्यान रखना, पाप कर्म हमने बाँधे पूर्व में थे जो अभी उदय में आये हैं, अभी तो सिर्फ़ भुगत रहा हूँ। काम तो पहले ही हो चुका है, और अब इस समय रोने-पीटने से भी कुछ नहीं होगा, क्योंकि जब बाँधे थे वो समय तो निकल चुका और उसमें कुछ हो ही नहीं सकता, क्योंकि जीवन में कोई रिवाइंड बटन नहीं होता। (Life doesn't have a rewind button) अब तो उन्हें भुगतने का ही समय है बस, जिसका 100% ज़िम्मेदार सिर्फ़ मैं ही हूँ, कोई और नहीं।

इस समय रोने-पीटने से, दुखी, परेशान होने से क्या होगा? किसी पर आरोप-प्रत्यारोप लगाने से क्या होगा? जो कर्म मैंने बाँधे थे वो तो बंध चुके और अब उनमें कोई फेर-बदल संभव है ही नहीं, वे तो भोगने ही पड़ेंगे, चाहे अच्छे हों या बुरे। जो बोया था वो तो काटना पड़ेगा।

उन्होंने बोर्ड पर कुछ लिखा -

देखो, इसे ज़रा ध्यान से नीचे से ऊपर की ओर।

भाव (शुभ/अशुभ)

↑

कर्म बंधन (शुभ/अशुभ)

↑

पुण्य/पाप

↑

उदय/फल (अनुकूल/प्रतिकूल)

हम अभी दो तरह के फल भोग रहे हैं या तो अनुकूल या प्रतिकूल।

अनुकूलता है तो वो पुण्य के उदय से है और प्रतिकूलता है तो वो पाप के उदय से है।

इसका 100% ज़िम्मेदार तो सिर्फ़ मैं ही हुआ ना? भगवान तो सिर्फ़ इसे जानेंगे और देखेंगे। गुरू भाई ने पूरा ज़ोर देकर टेबल पर हाथ मारते हुए कहा, और अपनी

आवाज़ को और बुलंद करते हुए कहा – अब बंद करो ये दोषारोपण, दीनता और रोना–धोना, कर्म किये भी मैंने ही हैं तो भोगूँगा भी मैं ही और अपने भविष्य के लिए ज़िम्मेदार भी मैं ही रहूँगा।

अब की बार गुरू भाई की आवाज़ में डाँट भी थी और करुणा भी। इसे ही करुणामयी डाँट कहते हैं।

अभी बस इतना समझ लो। वस्तु व्यवस्था के अनुसार मेरे पूर्व बंधे कर्मों में भी स्वतः किंचित परिवर्तन संभव है तो वो भी मेरे वर्तमान के उत्कृष्ट भावों से ही होगा।

माहौल एकदम शांत हो गया।

भैया जानते थे कि लोगों के मन में क्या चल रहा होगा। उन्होंने स्वयं ही प्रश्न से बात को आगे बढ़ाया –

ऐसे कई लोग हैं, जो सभी तरह के व्यसनों में लिप्त हैं। सारे बुरे ऐब उनमें कूट–कूट कर भरे हैं। नास्तिक हैं। उनके भाव भी अच्छे नहीं हैं और वे ज़िंदगी में बहुत एंजॉय कर रहे हैं। कोई दुःख–तकलीफ़ दिखती नहीं है। दिन–दूनी, रात–चौगुनी तरक़्क़ी कर रहे हैं। नाम, यश, इज़्ज़त भी भर–भर के उन्हें मिलता है। मानो सारी ख़ुशियाँ उन्हीं की झोली में आ गयीं हों। दूसरी तरफ़ कई लोग ऐसे हैं जो बेचारे बहुत सज्जन हैं, कोई ऐब भी नहीं हैं। भाव भी अच्छे हैं, मायाचारी भी नहीं करते। कषायें भी मंद हैं। सदाचार से रहते हैं। भगवान की पूजा–अर्चना भी करते हैं तो भी उनके जीवन में तकलीफ़ों का अंबार लगा रहता है। परेशनियाँ पीछा ही नहीं छोड़ती हैं। नाम, यश, इज़्ज़त भी तनिक नहीं होता है। दुखी ही बने रहते हैं, वे बुरे कर्म कर रहे हैं तो भी ख़ुश हैं और ये अच्छे कर्म करते हुए भी परेशान हैं, ऐसा क्यों?

बीच–बीच में लोग हूँ... हूँ... हीं... करते जा रहे थे; क्योंकि ये ऐसा प्रश्न था जो सभी के मन में उठ रहा था और उत्तर किसी को नहीं मिल रहा था। पूछने की भी हिम्मत किसी की हो नहीं रही थी।

गुरू भाई ने लोगों के बिना पूछे प्रश्न का उत्तर देते हुए कहा –

जिसने पहले पुण्य कर्म किया था, उसके वे पुण्य कर्म अभी उदय में आ रहे हैं; इसलिए अभी बाहरी संपन्नता और ख़ुशियाँ और अनुकूलताएँ वो भोग रहा है; पर वर्तमान में पाप कर्म बाँध रहा है। इसलिए भविष्य में उसके पाप का उदय आने ही वाला है अन्यथा वे कर्म कहाँ जाएँगे। जब वो ये भोग रहा है तो वो भी तो भोगना ही पड़ेगा। साथ ही दूसरे ने पहले पाप कर्म किया था। उसके वे पाप कर्म अभी उदय में आ रहे हैं इसलिए अभी बाहरी परेशानी, दुःख और प्रतिकूलताएँ वो भोग रहा है पर वर्तमान में पुण्य कर्म बाँध रहा है इसलिए भविष्य में उसके पुण्य का उदय आने ही वाला है अन्यथा वे कर्म कहाँ जाएँगे। जब वो ये भोग रहा है, तो वो भी तो भोगेगा ही।

इसलिए अपने वर्तमान के पुण्य के उदय को देखकर मदमस्त ना हो जाना। अहंकार में मत चढ़ जाना, और ना ही अपने वर्तमान के पाप के उदय को देखकर डिप्रेशन का शिकार हो जाना, दुःखी और परेशान हो जाना, अपने वर्तमान के एक-एक समय के भावों का ख़याल रखना, अभी उदय कैसा भी हो पर ये देखना कि अभी बंध कैसा हो रहा है क्योंकि भविष्य तो इससे ही निर्धारित होना है।

कुछ अच्छे लोग अपनी वर्तमान की तकलीफ़ को देखकर और दूसरे बुरे लोगों की वर्तमान की अच्छी हालात को देखकर बहक जाते हैं और सोचते हैं ऐसी ईमानदारी, सज्जनता, सदाचार और अच्छे होने का क्या फ़ायदा? अपन इतनी तकलीफ़ में हैं और वो इतना बुरा इंसान इतने मज़े में है।

भाई! ऐसा सोचकर अपनी ईमानदारी, सज्जनता, सरलता और कषायों की मंदता को तिलांजलि मत दे देना। सब अपने-अपने कर्मों के उदय को भोगेंगे ही, उन्हें भोगने ही होंगे।

अब इमरान से रहा नहीं गया और बीच में ही दुःखी और आश्चर्यजनक भाषा में आख़िर बोल ही उठा -

गुरू भाई, अब आप ना तो रोने दे रहे हो ना ही दुःखी होने दे रहे हो और ना ही किसी पर ब्लेम करने दे रहे हो। अभी तक तो हम दूसरों पर आरोप लगा कर, उनको गालियाँ देकर, बुराई करके अपने आप को संतुष्ट कर लेते थे और अपने आप को बचा लेते थे। अब तो सारी ज़िम्मेदारी हम पर ही आ गयी? और इमरान किंकर्तव्यविमूढ़ सा हो गया, और गुरू भाई जी मुस्करा रहे थे।

गुरू भाई ज्ञानी होने के साथ-साथ मनोवैज्ञानिक भी कम ना थे। लोगों के मन को बड़ी आसानी से पढ़ लेते थे।

गुरू भाई ने कहा - इमरान! हमारा उदय जो है, माने जो भी वर्तमान में हमारे साथ घट रहा है, अच्छा या बुरा जैसा भी, उसके ज़िम्मेदार तो सिर्फ़ हम ही हैं। चाहे वो हम भुगत रहे हों या भोग रहे हों। माने चाहे पाप का उदय हो या पुण्य का, चाहे अनुकूलता का वेदन हो रहा हो या प्रतिकूलता का।

गुरू भाई आगे बढ़ते हुए बोले - देखो ना हम भी कितने ग़ज़ब के हैं? हमें प्रतिकूलता होती है, तो दूसरों पर आरोप लगाते हैं। अनुकूलता होती है तो सारा क्रेडिट खुद ले लेते हैं। अपने आप के साथ ही दोहरा व्यवहार? अपने आप के साथ ही धोखा? अपने आप ही के साथ बेमानी, अपने गिरेबान में झाँक कर ज़रा खुद ही सोच लो।

परेशान सा इमरान बोला - तो अब हम करें क्या?

गुरू भाई - देखो जो पूर्व में कर्म बाँधे थे, जो भी भाव किए थे वो वर्तमान में भोग रहे हैं। जब किया था वो भूतकाल था, जिसमें कुछ परिवर्तन हो ही नहीं सकता

और भविष्य में हम कुछ छेड़खानी कर नहीं सकते। हमारे हाथ में तो वर्तमान है, बस यही एक पल जो सामने है। कैसी भी परिस्थिति हो, अनुकूल या प्रतिकूल कैसा भी समय हो चाहे वो मुझे मेरे अनुकूल लग रहा है या वो मुझे मेरे प्रतिकूल लग रहा है। मुझे बस अभी के ये अपने भाव सँभालना है; क्योंकि अब यहीं से और अभी से आगामी कर्मों का बंध होने वाला है। जो किया था वो उदय में आ रहा है और जो उदय में आ रहा है, इस समय अपने परिणामों को सँभालने की सख़्त ज़रूरत है। बस इसी से आगामी भविष्य के कर्मों का बंध होने जा रहा है, जो फिर उदय में आयेंगे। बस यही सिलसिला चलता रहता है।

गुरू भाई ने आगे बोला –

बातें बहुत दार्शनिक व व्यावहारिक हैं। कठिन नहीं हैं। थोड़ा उपयोग लगाकर जो ध्यान से सुन रहे हैं, उन्हें सब समझ आ रहा है।

वर्तमान में अगर मुझे अनुकूलता लग रही है, तो समझ लो मेरे पुण्य का उदय है और अगर मुझे प्रतिकूलता लग रही है, तो समझ लो मेरे पाप का उदय है।

मुझे दोनों ही परिस्थितियों में अपने भावों को और अपने आप को सँभालना है। बस, इसलिए ही कहते हैं कि जैसा तुम भविष्य में चाहते हो वैसा हो सकता है और वो तुम्हारे हाथ में है; क्योंकि तुम्हारे हाथ में तुम्हारे वर्तमान के परिणाम और भाव हैं ना जिससे भविष्य के कर्मों का बंध हो रहा है, और इसका समाधान है – प्रति समय यही सोचना इन भावों का फल क्या होगा। बस, इसीलिए संत-ऋषि ये कहते हैं – तुम सिर्फ़ अपने वर्तमान को सँभाल लो भविष्य स्वयं सँभल जायेगा। इसलिए ही कहते हैं – ''वर्तमान में जियो (Live in present)।''

हमने अपने जीवन को बर्बाद कर दिया है या तो भूत की चिंता में या भविष्य के डर में और वर्तमान जो सबसे ज़्यादा महत्वपूर्ण है उसे भूल ही गए हैं। वास्तव में तो हम जीना ही भूल गये हैं।

वर्तमान के एक-एक पल से तो जीवन निर्माण हो रहा है और उसी वर्तमान की सुध ही नहीं है। उसे ही बर्बादी के कगार पर खड़ा कर दिया है, उसकी ही चिंता नहीं है। जबकि बस, वर्तमान ही ध्यान देने योग्य है। बस, वर्तमान को ही सुधारने की ज़रूरत है। बस, उसकी ही चिंता करने की ज़रूरत है और हम लगे हैं अनंत-भूत और अनंतानंत-भविष्य के बेमतलब अंत हीन ऊहापोह में।

अब देखो ना कहीं भी घूमने जाते हैं और कोई बहुत अच्छी चीज़ दिखाई दी, हम उसका आनंद लेने के बजाय फ़ोटो खींचने में लग जाते हैं, इसलिए कि बाद में काम आएगी और बाद में उसे कोई देखता ही नहीं है। वर्तमान के आनंद को शहीद कर दिया भविष्य के नाम पर जो भविष्य कभी आना ही नहीं है, ऐसा ही जीवन के

हर पल में हो रहा है और जीवन खिंचा चला जा रहा है। प्रतिपल मौत नज़दीक आती जा रही है।

एक युवक अचानक बोल ही पड़ा – ओह! तो वर्तमान में जियो, इस बात का मतलब ये है, मैं अब समझा।

गुरू भाई तो अपने में ही मस्त हो कर बोलते जा रहे थे। पता नहीं, किसे उनकी इन बातों से कितना स्पार्क हो रहा था और आनंद आ रहा था, पर उन्हें तो समझाते समझाते ही बहुत मज़ा आ रहा था। बात करते-करते उनके ही कई बार रोंगटे खड़े हो जाते तो कई बार उनका स्वर अपने आप ही तेज़ हो जाता।

समय पूरा हो गया था। थोड़ा ज़्यादा ही हो गया था, पर जाने की आकुलता किसी को भी नहीं थी। बात ही कुछ ऐसी थी, अपनी थी, अपने ही बारे में थी।

लोग ना तो संतुष्ट दिखाई दे रहे थे और ना ही असंतुष्ट, ना तो ऐसा लग रहा कि वे सब समझ गये हैं और ना ही ऐसा लग रहा था कि वे कुछ भी नहीं समझे हैं, कुछ अजीब सी स्थिति थी सबकी। दिमाग़ में दुनिया भर के प्रश्न घुमड़ रहे थे। चेहरे पर ऐसे भाव आ रहे थे मानो वर्षों पुराना क़ब्ज़ हो और पेट में गैस परेशान कर रही हो। वर्षों पुरानी मान्यताएँ और बेड़ियाँ ऐसे ही नहीं टूट जाती हैं और ज्ञान की खोज ऐसे ही नहीं हो जाती है।

सबके मन में बड़ी ऊहापोह चल रही थी। श्रद्धा अपनी हठ पर अड़ी हुई थी और बुद्धि मचल रही थी। देखना यह है कि तर्कशील बुद्धि तर्क रहित अंध श्रद्धा पर हावी होती है या नहीं। ये सच्चे ज्ञान की खोज थी, जो आज तक नहीं हुई थी। ऐसे में थोड़ी तकलीफ़ तो होनी ही थी। अब सागर की गहराइयों में डुबकी लगाने का वक्त आ गया था।

आज के तीन घंटे कहाँ निकल गये, पता भी नहीं चला पर ना चाहते हुए भी सबको घर जाना पड़ा। पर आज कोई किसी से बात नहीं कर रहा था। सब अपने-अपने विचारों की गुत्थियों को ही सुलझाने में लगे थे।

नंदन के हाथ-पैर ढीले हो गये थे। सिर चकरा रहा था। विचारों का ऊहापोह चल रहा था, पर कुछ भी हो जैसा वो आज आया था, वैसा वापस नहीं जा रहा था। उसे होश ही नहीं रहा। वो, पैदल ही निकल पड़ा।

4

मौसम में ठंड की सुगबुगाहट थी। रातभर नींद नहीं आयी थी; क्योंकि अपनी कमज़ोरी पर चोट जो हुई थी। नींद नहीं आने पर भी आज पूरी ऊर्जा के साथ उठा था; क्योंकि उसे एक उत्तर तो मिल ही गया था, आख़िर मैं ही क्यों? ये तो वो समझ गया था जो हो रहा है उसका ज़िम्मेदार सिर्फ़ मैं ही हूँ, कोई और नहीं। मैं व्यर्थ ही इस बात से परेशान हो रहा था कि आख़िर मैं ही क्यों? और अपने आपको निर्दोष समझ कर दूसरों पर और परिस्थितियों पर आरोप लगा कर झूठा संतुष्ट हो रहा था। आज नंदन बिना किसी से बोले और बिना नाश्ता किये निकल गया।

सभी आज बड़े उत्साह से लबालब भरे हुए थे। स्वयं अनुशासित लोग स्वतः ही अपनी-अपनी जगह बैठ गये। कोई आपस में भी बात नहीं कर रहा था। भरा हुआ हॉल बिलकुल शांत था।

गुरू भाई भी हाथ में फ़ोल्डर लेकर जिसमें उनके नोट्स थे, समय पर अपनी आदत के अनुसार पहुँच गये। कुशल वक्ता के पास यदि उसके नोट्स नहीं हैं तो पूरी संभावना है कि वो अपने विषय से भटक ही जाये, पर आज तक वे अपने विषय से भटके नहीं और सही जगह चोट करते रहे।

वे आज भी सीख रहे थे। जिसका सीखना बंद हो गया समझ लो उसके ज्ञान का अंत आ गया और अहंकार ने जन्म ले लिया। ज्ञानी और विद्वान ही वही है जिसका विनयपूर्वक सीखना कभी बंद नहीं होता। जिसका सीखना बंद हो गया वो अज्ञानी हो गया।

लोग अपने-अपने प्रश्नों की पर्ची लेकर मंच तक आने लगे। मानो प्रश्नों की बौछार होने लगी। ये तो भैया को पता ही था। अच्छा है, प्रश्न पूछना ज्ञानी होने की शुरुआत है और ना पूछना जीवनभर अज्ञानी बने रहने की। जिस वक़्त आपने प्रश्न पूछा बस उसी समय से आप तत्संबंधी विषय के ज्ञानी हो गये, इसलिए कभी भी अपने गुरु से पूछने से मत डरना और ना ही पूछने में कोई संकोच करना। लोग बस इसीलिए नहीं पूछते हैं कि लोग क्या सोचेंगे कि इसे इतना भी पता नहीं है? और जीवनभर अज्ञानी बने रहते हैं।

सारे प्रश्न उन्होंने पढ़ लिए, अधिकतर लोगों का सिर्फ़ यही प्रश्न था, आख़िर अब करें क्या? लोगों को उपाय समझ नहीं आ रहा था। भैया भी आज इसी विषय पर बोलने वाले थे, बिना सटीक समाधान प्रवचन व्यर्थ है।

उन्होंने अपनी बात शुरू की –

तुम पार्टी में खाना खा रहे हो और रसगुल्ला देखते ही तुम्हारे मुँह में पानी आ गया। एक खाया मज़ा आ गया। तुम सोचते हो कोई एक और पीस के लिए पूछ ले तो मज़ा आ जाये; क्योंकि अपने आप दूसरा लेने में तुम्हें शर्म आ रही है। इतने में दोस्त आया पूरा तसला लेकर और तुम्हें एक खिला दिया। तुम आनंद से भर गये। अब फिर थोड़ी देर बाद वो आया दो और प्लेट में रख दिये। मेजबान थोड़ी देर से आया उसने आते ही वही तसला उठा कर तुम्हारे मुँह में एक और रख दिया और दो प्लेट में। अब तुम्हें बेचैनी होने लगी और उल्टी का मन करने लगा और अंत में तुमने एक रसगुल्ला प्लेट में ही छोड़ दिया।

ये रसगुल्ले पुण्य के उदय से मिले या पाप के उदय से? एक पुण्य के उदय से दूसरा महा पुण्य के उदय से तीसरा कुछ कम पुण्य के उदय से और उसके बाद एक पाप, पाप और महापाप के उदय से। मतलब तुम्हारी चीज़ों को भोगने की तमन्ना, विषय को भोगने की इच्छा और चाहत भी कितनी अस्थिर है, क्षणिक है। वास्तव में तो तुम कहाँ किसे चाहते हो, क्या ये सब चाहने का ढोंग नहीं हो रहा है? जिसे तुम अपनी इच्छा का नाम देते हो।

मज़ा ना रसगुल्ले में है ना ही उसे खाने में। अगर उसमें ही मज़ा होता तो एक में कम मज़ा आता और दस में दस गुना मज़ा आता, पर इच्छाओं को भोगने में हमेशा ही उल्टा होता है। तुम किसी भी चीज़ में आज़मा कर देख लो। इसका मतलब ये संसार की वस्तुओं को भोगने की इच्छा में सुख कहाँ है? तुम इनसे कितने जल्दी ऊब जाते हो। खुद ही परेशान हो जाते हो। एक के बाद दूसरे को और दूसरे के बाद तीसरे की तलाश करते हो। नयी-नयी चीज़ें ढूँढ़ते हो और कहीं ना कहीं अपनी संतुष्टि ढूँढ़ते रहते हो जो मिलती ही नहीं है, क्योंकि आनंद रसगुल्ले में नहीं अपने आप में है उस रसगुल्ले की इच्छा के नाश में है।

इच्छा में सुख होता तो जैसे-जैसे इच्छाएँ बढ़ती जाती सुख बढ़ता जाता, जबकि ऐसा होता नहीं है। वे बढ़ती हैं तो दुःख बढ़ता है। एक ही इच्छा हमेशा बनी रहती जबकि वे प्रतिपल बदलती रहती हैं, क्योंकि मैं एक से बहुत जल्दी ऊब जाता हूँ, परेशान भी होने लगता हूँ।

मुख्य दोषी, तो इच्छा है! मेरी अपनी इच्छाएँ, टार्गेट इच्छाओं को करना है और मैं पागल कभी रसगुल्ले को करता हूँ तो कभी रुपये-पैसे को तो कभी कार-बंगले को तो कभी पत्नी बच्चों को। जब कहीं संतुष्टि नहीं मिलती है तो बस, उसी

पागलपन में भटकता रहता हूँ। हर जगह मुँह मारता हूँ, संतुष्टि की तलाश में वो मिलती नहीं है, जैसे कुत्ता हर हड्डी को चबाता है। इस उम्मीद में कि इसमें तो ख़ून का स्वाद आयेगा। वो मिलता नहीं है और अंततः खुद के गाल में से ख़ून आने लगता है और वो कमबख़्त सोचता है, इस वाली हड्डी में से अच्छा स्वाद आया, बस! वैसी ही कुत्ते जैसी दशा हमारी हो रही है और ऐसे ही एक दिन हम मौत के मुँह में चले जाते हैं।

अपनी इन बेलगाम इच्छाओं पर लगाम लगानी होगी। इच्छाओं ने तुम्हें इस संसार में उलझा रखा है, और तुम उलझे हो मृगतृष्णा की तरह इन्हीं अंतहीन इच्छाओं के पीछे, लगे हो जीवन की आपाधापी में, जिसे कभी-कभी सफलता का नाम भी दे देते हो और बड़े ख़ुश होते हो।

बात में दम है बॉस! सुशील ने अपने बग़ल में बैठे अपरिचित व्यक्ति से कहा।

हूँ...

पर आज तक ये बात सुनी क्यों नहीं?

बताता कौन?

हूँ...

अभी तो सुन लो।

हूँ...

पीछे से नंदन ने मुस्कराते हुए कहा – ये बात हम बाद में कर लेंगे। अभी तो मौक़ा मिला है तो सुन लो भाई लोगों, वर्तमान को जी लो।

गुरू भाई तो मानो अपने आप ही बातें कर रहे थे। उन्हें लोगों से ज़्यादा फ़र्क़ नहीं पड़ता था।

जब तक किसी चीज़ का ज्ञान नहीं है, तब तक तो ठीक है; लेकिन जब ज्ञान हो गया फिर भी अगर हम अपनी बुरी आदतों को ना छोड़ पायें। इसके दो ही मतलब हो सकते हैं या तो हमें उस बात की इतनी क़द्र नहीं है, वो हमारे लिए इतनी अहम ही नहीं है, या फिर हमें उस बात पर भरोसा नहीं है। अगर ये दोनों हैं और हमारे अंदर कोई परिवर्तन ना आये ये, संभव ही नहीं है।

अगर बात समझ आ गयी तो परिवर्तन विचारों में, सोच में, व्यवहार में आना ही चाहिये और आदतों में दिखाई देना ही चाहिये। ये शब्द ही बेईमानी की निशानी है कि "मैं समझ तो सब रहा हूँ, पर छूट नहीं रहा है।" मतलब ज्ञान में तो आ गया है पर चरित्र में नहीं आ रहा है। आख़िर ये चारित्रिक कमज़ोरी क्यों?

रमेश और सुरेश दो पक्के दोस्त ताश खेल रहे थे और उनका खेल बड़े रुचिकर मोड़ पर था, इतने में उनका पड़ोसी झुम्मन आया और रमेश को बोला सुन, तेरी माँ मर गयी है। रमेश ने झुम्मन की तरफ़ देखा और सुरेश से कहा तेरी चाल है, चल।

झुम्मन ज़ोर से बोला सुन रे! तेरी माँ मर गयी है। उठ, चल भाग! रमेश झल्ला कर बोला चुप रहो। ज़रा खेल पूरा कर लेने दो। बहुत मज़ा आ रहा है, डिस्टर्ब मत करो।

झुम्मन अपना माथा पकड़ कर बोला समझता नहीं है क्या? मूरख तेरी माँ मर गयी है। अब की बार रमेश चिल्ला कर बोला सुनो मेरी माँ मर गयी है। मेरी माँ मर गयी है। सुन लिया ना, समझ लिया ना और कैसे समझूँ? अब चलो तुम यहाँ से मुझे मेरा खेल पूरा करने दो।

झुम्मन दुःखी हो कर बोला पगले या तो तू माँ का मतलब नहीं समझता है या मरने का मतलब नहीं समझता है और अगर दोनों का मतलब समझता भी है तो मेरी माँ का मतलब नहीं समझता है और अगर ये सब समझता है तो इन तीनों का कनेक्शन नहीं समझता है, इसलिए तुझे सिर्फ़ अपने ताश के खेल की चाल ही दिखाई दे रही है। अगर तू समझ जाता तो तेरी चीख़ निकल आती और तेरे पैरों में बिजली दौड़ जाती।

ये बात ही बेकार हैं कि मैं समझ तो रहा हूँ पर हो नहीं रहा है समझ जाये और ना हो ये संभव ही नहीं है। बात समझ आ जाये और उस पर श्रद्धा हो तो एक्शन ना हो ये तो असंभव है।

सिगरेट के हर पैकेट के 40% हिस्से में मौत की चेतावनी दी जा रही है फिर भी उसे पीते वक़्त तो सिर्फ़ धुएँ के छल्ले उड़ाने का मज़ा आता है, लेकिन हर कश में फेफड़े गल रहे हैं। ये उस वक़्त समझ नहीं आती या ये समझना नहीं चाहता कि हर कश के इस धुएँ से सिर पर मौत मंडरा रही है। ये बात समझ में आ जाये तो श्रद्धा हो जाये और फिर भी कश लेता रहे, छोड़ने का एक्शन ना हो ये संभव ही नहीं है, समझ की कमी है; इसलिये श्रद्धा में नहीं आ रहा है। श्रद्धा में नहीं है; इसलिये चरित्र में नहीं आ रहा है। मुँह से बोलता भी है समझ गया ना, वास्तव में उसने पढ़ लिया है, बस! समझ कर उस पर श्रद्धा नहीं हुई है। इसे लगता है दुनिया मर जाती होगी पर मैं नहीं मरूँगा। सुनो, जब मौत से लड़ेगा तब सिगरेट के ये कश याद नहीं आयेंगे, बस! एक ही बात मुँह से निकलेगी आख़िर मैं ही क्यों?

ये हॉस्पिटल के आईसीयू में ना तो माँगता है और ना ही पीता है, क्योंकि अब इसे पक्की श्रद्धा हो गयी कि अगर एक कश भी लिया तो उसी पल प्राण निकल जायेंगे।

पीछे दो तीन लोग एक साथ खड़े हो गए तो गुरू भाई जी ने पूछा क्या हो गया? क्या आवाज़ नहीं आ रही है? या कुछ और?

तब तीनों एक साथ एक ही बात बोले, नहीं, वो तो सब ठीक है पर आप अब ये बताओ अब हम कैसे जीवन बितायें?

गुरू भाई – बैठो बैठो। अभी मैं कहीं जा नहीं रहा हूँ। पूरी बात समझा कर ही जाऊँगा तुम क़तई चिंता मत करो, सुनो –

जब हम फ़िल्म देखने जाते हैं, और जिस निरपेक्ष भाव से थिएटर में बैठकर फ़िल्म देखते हैं, पात्रों को देखकर कभी रोते हैं तो कभी हँसते हैं। कभी करुणा से भर उठते हैं, तो कभी गंभीर मुद्रा में बैठे होते हैं तो कभी उससे बोर हो जाते हैं तो कभी उसमें बहुत आनंद लेते हैं। हमारे भाव हर सीन के अनुसार बदलते रहते हैं और मज़े की बात तो ये है कि हम हर सीन का आनंद लेते हैं बड़े निरपेक्ष भाव से।

विचित्रता तो देखो, हम अपनी गाढ़ी कमाई ख़र्च करके हॉरर (डरावनी) फ़िल्म देखने जाते हैं। वहाँ डरते हैं, घबराते हैं, परेशान होते हैं, चीख़ते हैं, चिल्लाते हैं, इधर उधर देखते हैं, अपने बग़ल वाले का हाथ पकड़ते हैं। कइयों की तो डर में मारे पेशाब तक निकल जाती है, पर अंत में हँसते हुए थियेटर से ये कहते हुए बाहर निकलते हैं कि मज़ा आ गया।

आख़िर इतनी परेशानी में भी हमें ये मज़ा क्यों आया? कहाँ से आया? कैसे आया?

क्योंकि ये हमारी अपनी च्वॉइस थी। अपनी पसंद थी। हमने ये चूज किया था और हमें ये भी पता है कि बस, ये सीन हमेशा ऐसा ही रहने वाला नहीं है बस जल्दी ही बदलने वाला है, और थोड़ी देर में ख़त्म भी होने वाला है, साथ ही ये मेरा क्या बिगाड़ लेगा? मैं यहाँ एंजॉय करने आया हूँ। भले ही तल्लीन होकर देखते हुए भी उससे निरपेक्ष रहते हैं, साक्षी रहते हैं। सिर्फ़ देखते हैं।

हमारी ज़िंदगी भी दुनिया के सभी प्रकार के रसों से लबालब, उतार-चढ़ाव से भरपूर, हर्ष-विषाद से पगी, रंग-बिरंगी, ख़ूबसूरत फ़िल्म की तरह ही है और हम सब एक दर्शक की तरह अपनी ज़िंदगी को देखना शुरू करें, यह मान कर कि आप एक थिएटर में बैठे हैं और आनंद लें ज़िंदगी के उस हर सीन का, जो आपके सामने से गुज़र रहा है। कभी-कभार ऐसे हालात होंगे, जिससे रोना आयेगा तो रो लें, कभी-कभार ऐसे हालात होंगे, जिससे हँसना आएगा, तो हँस लें। कभी-कभार ऐसे हालात होंगे, जिससे मन में करुणा उत्पन्न होगी, तो करुणा से भर उठे, कभी-कभार ऐसे हालात होंगे, जिससे डर लगेगा तो डर लें। हमारे भाव हर सीन के अनुसार बदलते रहेंगे, तो बदलने दें, पर ये भी तो हो सकता है कि हम हर वक्त आनंद लेते रहें, ये सोच कर कि ये मेरी च्वॉइस है और मेरा काम मज़े लेना है, सिर्फ़ ! अपनी सोच के बटन को ही तो चेंज करना है, तो कर दो। घटनायें तो घटेंगी, घटने दो पर तुम उन्हें निरपेक्ष भाव से देख सकते हो ना दुनिया को। भले ही उसमें तुम्हारी तल्लीनता दिखाई दे पर तुम्हारे भाव तो तुम्हारे हाथ में हैं ना। तुम साक्षी भाव से इन घटनाओं में बिना अपने आपको जोड़े सिर्फ़ देखने और जानने वाले बन सकते हो ना।

सब कुछ विचार में ही तो है।

गुरू भाई ने एक बड़ा सा पॉज लेकर लंबी साँस लेकर कहा –

अब इसी उदाहरण से दूसरी बात समझो –

एक ही थियेटर में बैठे हुए सैकड़ों लोगों को जैसे फ़िल्म के हर सीन से ना तो एक सा आनंद आता है ना ही एक सी तकलीफ़ होती है। मतलब सबके एक से भाव नहीं होते हैं। ये व्यक्ति-व्यक्ति पर निर्भर करता है। इसका मतलब आपके भाव, आनंद और तकलीफ़ का फ़िल्म के सीन से कोई संबंध रहा ही नहीं वो तो सिर्फ़ एक सीन ही मात्र है।

ये तो सौ प्रतिशत आप पर निर्भर करता है कि आप उस सीन में कैसा अनुभव कर रहे हैं।

आपके अंदर जैसा भाव उत्पन्न हो रहा है, वैसा ही निकल रहा है। फ़िल्म तो निमित्त मात्र है। अगर फ़िल्म से ही भाव बन बिगड़ रहे होते तो सभी के भाव एक्शन, रिएक्शन एक से होने चाहिये।

ऐसे ही ज़िंदगी की जो परिस्थिति तुम्हारे लिए बहुत परेशानी का कारण बन रही है, जानलेवा बन रही है, वो किसी दूसरे के लिए आनंद का कारण बन रही है। तुम रूटीन ज़िंदगी में भी देखते हो ना, एक परिस्थिति किसी के लिए दुःख का कारण बनती है, वही दूसरे के लिये बेअसर होती है। बच्चे जिस खिलौने के टूटने से रो-पीट कर घर भर देते हैं और तुम उस पर हँसते रहते हो, और जिस काँच के ग्लास के टूटने से तुम चिल्ला-चिल्ला कर अपना और सबका दिमाग़ ख़राब करते हो, उस पर बच्चा हँसता है। मतलब परिस्थिति से इसका कोई संबंध ही नहीं रहा। संबंध तो इस बात का है कि कौन किससे अपने-आपको कितना जुड़ा हुआ महसूस कर रहा है। कोई भी घटना तो मात्र सिर्फ़ एक स्थिति ही है, बस! तुम्हारे लिये वो सिर्फ़ निमित्त मात्र है; इसके अलावा कुछ नहीं।

पिक्चर के सीन में और ज़िंदगी की परिस्थिति में क्या फ़र्क़ रहा? वो कपड़े के परदे पर चल रही है और ये ज़िंदगी के परदे पर, बस।

जब हम दूसरी बार वही डरावनी फ़िल्म देखने जाते हैं, तब बड़े ही निरपेक्ष भाव से, साक्षी बनकर, सहज रहकर फ़िल्म देखते हैं। चाहे हीरो कितना भी पिट रहा हो या लड़की की कितनी भी इज़्ज़त लुट रही हो, हम निश्चिंत होकर बैठे रहते हैं; क्योंकि हमें पता है इसके बाद क्या होने वाला है। सारे "अचानक भय" ना जाने कब क्या हो जाये, अब क्या होगा? सारी शंकायें-आशंकायें निकल गयीं, ना जाने क्या होगा, क्या हो जायेगा आदि-आदि।

गुरू भाई ने लंबी गहरी साँस लेते हुए दिल को छू लेने वाली बात कह दी, जिससे ज़िंदगी की सोच की दिशा ही परिवर्तित हो सकती है।

अगर हम अपनी पूरी ज़िंदगी पर नज़र डालें तो पता चलता है कि हमारी ज़िंदगी को सिर्फ़ एक ही चीज़ ड्राइव कर रही है और वो है – डर। ज़िंदगी घूम रही है सिर्फ़

डर के इर्द-गिर्द, हमारी सोच भी सिर्फ़ डर में ही व्यस्त रहती है। अगर हम हमारे दिमाग़ की व्यस्तता का प्रतिशत निकालेंगे तो 70 से 80 प्रतिशत हम सिर्फ़ डर के बारे में ही सोचते हैं। उसी गुनताड़े में, उसी प्लानिंग में ही बेचैन होते रहते हैं, और मज़े की बात ये है कि उसमें से 99 प्रतिशत से ज़्यादा घटनायें कभी घटती ही नहीं हैं।

- डर के चारों ओर ज़िंदगी ही प्रश्नवाचक ही बनकर रह गयी है। बहुत बोझिल हो गया है जीना और डर में ही सिमट गयी है ज़िंदगी
- कहीं मेरी इज़्ज़त मिट्टी में ना मिल जाये, नहीं तो बहुत गड़बड़ हो जायेगी
- कहीं बनी-बनायी इज़्ज़त चली ना जाये। नहीं तो मैं कहीं का नहीं रहूँगा
- कहीं व्यापार-धंधे में नुक़सान ना हो जाये वरना मैं बरबाद हो जाऊँगा
- कहीं नौकरी चली ना जाये नहीं तो मैं बच्चों को क्या खिलाऊँगा
- कहीं लोग मुझे ग़लत ना समझ लें
- लोग मुझे अच्छा ही समझें। अगर ग़लत समझ लिया तो मेरी इज़्ज़त का क्या होगा
- मैं मर गया तो...पीछे से क्या होगा
- कहीं मेरे अस्तित्व का ही नाश ना हो जाये
- क़र्ज़ देने वाला कहीं अभी पैसा ना माँग ले
- जिसको क़र्ज़ दिया है, कहीं वो देने से मना ना कर दे
- मेरी हेल्थ ख़राब हो गयी तो ज़िंदगी कैसे कटेगी
- कमाया पैसा कम हो गया तो
- थोड़ी और सेविंग नहीं हुई तो क्या होगा
- बेटा नालायक ना निकल जाये
- अपनों में मेरा प्रभाव कम ना हो जाये। मेरा इम्प्रेशन ठीक बना रहे
- मेरे संबंध सबसे अच्छे रहें
- अपने नाराज़ ना हो जायें

किसकी इज़्ज़त, किसकी मिट्टी, जीवनभर डर में जी रहा है और ये समझ नहीं आता कि अंत में अकेली इज़्ज़त को नहीं, अपने को संपूर्ण ही मिट्टी में मिल जाना है। बचा ले कब तक बचायेगा इस इज़्ज़त को।

कहीं व्यापार-धंधे में नुक़सान ना हो जाये, ये डर तब भी सताता रहता है जब सब कुछ बढ़िया चल रहा होता है। जब व्यापार चलता नहीं था तो ना जाने कहाँ-कहाँ की कौन-कौन से अनहोनी के डर घेरे रहते थे; लेकिन पुण्य उदय से जब सब बहुत

बढ़िया चल रहा हो तो कहीं कुछ गड़बड़ ना हो जाये बस, जबकि खुद को ही नहीं पता है कि क्या गड़बड़ हो सकती है।

नौकरी जब जानी होगी तो तू रोक नहीं पायेगा और जब तक रहनी होगी तो तू छोड़ नहीं पायेगा, अभी क्यों नहीं मन लगाकर अपना काम ख़ुशी-ख़ुशी करता है?

कहीं लोग मुझे ग़लत ना समझ लें, इसी डर में जीता है और इतना आक्रामक हो जाता है कि उसी आक्रामकता के कारण व्यवहार ख़राब हो जाता है, और इसका डर सत्यता में बदल जाता है।

लोग मुझे अच्छा ही समझें, बस इसी डर के कारण अपनी सफ़ाई देने में ही लगा रहता है। जीवन के अमूल्य पल दूसरों को सिर्फ़ सफ़ाई देने में ही जा रहे हैं। वास्तविकता तो यह है कि अपनों को सफ़ाई देने की ज़रूरत नहीं है और गैर विश्वास नहीं करेंगे।

मैं मर गया तो इस डर के कारण जितना जीना होता है वो भी मर-मर कर जीता है, और ये मरण का डर ज़िंदगी पर भारी पड़ जाता है। असलियत में तो ये कभी जी ही नहीं पाया।

मैं चौबीसों घंटे इस डर में जीता हूँ कि कहीं मेरे अस्तित्व का नाश ना हो जाये, और हर छोटी-मोटी परिस्थिति से मुझे ये डर सताता रहता है, और मैं ऊल-जलूल हरकतें करने लगता हूँ।

क़र्ज़ देने वाला कहीं पैसा ना माँग ले, पहले तो ये डर सताता है और जब वो दरवाज़े पर माँगने आ जाता है तो वो इस बात से डराता रहता है कि मैं सबके सामने इज़्ज़त ख़राब कर दूँगा, बस! अब मुझे पैसों से ज़्यादा चिंता इज़्ज़त की हो जाती है। क़र्ज़ देने वाला इस बात को अच्छी तरह समझता है। हम झूठी इज़्ज़त की चादर को ओढ़ कर बैठे रहते हैं, जबकि सब ये जानते हैं कि तुम अंदर से नंगे हो। तुम नहीं सभी अंदर से नंगे हैं तो किसकी इज़्ज़त किसके सामने ख़राब होनी है? अगर तुमने ही सबसे कहना शुरू कर दिया कि मैंने उससे पैसे ले रखे हैं और अभी नहीं दे पा रहा हूँ, पर दूँगा ज़रूर तो वो क़र्ज़ देने वाला डर जायेगा।

मेरी हेल्थ ख़राब ना हो जाये इस कारण हेल्थ तो ठीक करता नहीं है पर इस डर के कारण टेन्शन में ज़रूर हेल्थ ख़राब कर लेता है।

भरपूर कमा लिया अब डर है कि और अधिक पैसा नहीं आया तो क्या होगा, इस कारण जो है उसे तो भोग नहीं पा रहा है और अमीर होने के बावजूद भी इस डर के कारण उतना ही परेशान है, जितना ग़रीबी में था।

थोड़ी और सेविंग नहीं हुई तो? ये सेविंग तो सीमा रहित है, हमने इसमें बाड़ तो लगाई नहीं तो इसके डर में बाड़ कौन लगाये? आवश्यकता के अलावा बस, इकट्ठा करने के लिये कमाते रहो और एक दिन दुनिया छोड़ दो। सब इकट्ठा यहीं धरा रह जाने वाला है और उसके कारण कमाया पाप कर्मों के रूप में तुम्हारे साथ जाने वाला है,

देखो ना ग़ज़ब, जिसे तुम भोग नहीं पाये उसका पाप, फ़्री फ़ंड में तुम ले जा रहे हो, अगर भोग लेते तो भी कुछ समझ आता।

बेटा नालायक ना निकल जाये, इस डर के कारण उसे इतना दबाता है, जिससे वो बाग़ी हो जाता है।

अपनों में मेरा प्रभाव कम ना हो जाये, बस इस डर के कारण इतना प्रभाव जमाने की कोशिश करता है, जिससे खुद प्रभावहीन हो जाता है।

मेरे संबंध सबसे अच्छे रहें वरना पता नहीं मेरा कौन रहेगा, इस डर के कारण सबसे संबंध बनाने के चक्कर में किसी से संबंध अच्छे नहीं रह पाते हैं।

सबसे बड़ा डर भगवान से लगता है कि कहीं वो बुरा नहीं कर दें, जबकि उन्हें अपना आदर्श मानते हुए उनसे परम श्रद्धा के साथ स्नेह, लगाव और प्रीति होनी चाहिये, उनसे डरना? तू जब ग़लत करता नहीं है तो डर किस बात का?

अगर हमें कोई कमी रह जाती है, तो हम दुनिया में से डर बटोर लाते हैं। कुछ नहीं तो तिलचट्टे, कॉकरोज, छिपकली से ही डरने लगते हैं, जबकि वे बेचारे तो अपनी जान बचाने में लगे रहते हैं।

अधिकतर डर तो इस बात का है, कहीं कुछ ना हो जाये। अचानक कुछ हो गया तो क्या होगा? अब इसका क्या उत्तर मिलेगा जबकि कुछ समस्या ही नहीं है, इसलिए इस बात का उत्तर मिलता नहीं है और इसका डरना कम होता नहीं है। अप्रत्याशित डर से डरते हैं, ऐसे डर से जीवन भर डरते रहते हैं। जैसा कि मैंने बताया, उसमें से 99 प्रतिशत घटनायें कभी घटती ही नहीं हैं। अगर घट भी गयीं तो तुम उसके बाद कर क्या लोगे, वो तो हो चुका। घटने के बाद तो एक समय के बाद वो भूतकाल हो गया और जैसा कि तुम जानते हो भूतकाल में कुछ हो ही नहीं सकता है और इसके कारण व्यर्थ वर्तमान बर्बाद कर रहे हैं।

इससे बिलकुल सिद्ध होता है कि हम कभी वर्तमान में तो जीते ही नहीं हैं या तो भूत में या भविष्य में। अगर वर्तमान में जी लें तो डर ही ना रहे।

ये डर भी बड़ा ग़ज़ब का खेल खेलता है, हमारे साथ! हम कभी पैसों से इज़्ज़त ना चली जाये, इस डर को ख़त्म करने की कोशिश करते हैं। कभी इज़्ज़त से पैसों के डर को, तो कभी क़र्ज़ लेकर इज़्ज़त के खो जाने के डर को समेटते हैं, तो कभी क़र्ज़ चुका कर इज़्ज़त ख़राब ना हो जाने के डर को। मैं तो बढ़िया आदमी हूँ, सही आदमी हूँ। लोग मुझे अच्छा समझें, कभी लोग मुझे ग़लत ना समझ लें, इस डर के कारण सभी को अपनी सफ़ाई देता रहता है। कुछ ना कुछ करता रहता है। अपने आप को प्रज़ेंट करता रहता है। धीरे-धीरे जाने या अनजाने में खुद ही अहंकार का शिकार हो जाता है। फिर अपने पाले हुए अहम पर कहीं चोट ना लग जाये, इस डर से फिर से मैं सही हूँ, तुम ग़लत हो, (I am right, you are wrong) इस मोड़ में चला जाता है।

मेरी बात सुनो। अभी आँख बंद करो और ज़रा दो मिनट अपने गिरेबान में झाँक कर देखो और ढूँढ़ो हम कौन-कौन से डर से घिरे हुए हैं, जो हमने ही पाले हैं। जिन्हें हम ही रोज़ चौबीसों घंटे खुराक दे रहे हैं और वे पल्लवित हो रहे हैं। तुम्हारे सोचने का समय शुरू होता है अब, और गुरू भाई मौन हो गये।

काम आसान नहीं था। सबसे बड़ा काम तो अपना विश्लेषण करना है, जिसमें आदमी ईमानदारी के चोग़े में बेईमानी करता है, अपने आपको ही धोखा देता है, क्योंकि वो जैसा है, वास्तव में तो वैसा बनना नहीं चाहता, अगर अपनी ग़लती ईमानदारी से ढूँढ़ ले तो ग़लती ही ना रहे। आदेश था तो लोग लिखने में लग गये।

पाँच मिनट का मौन तोड़ने के बाद बोले -

अब तुम्हें अच्छी तरह पता चल गया होगा कि ये वो ही डर हैं, जिनका कोई अस्तित्व ही नहीं है। जो निरंतर मुझे ही आस्तीन के साँप की तरह खाये जा रहे हैं। मेरे ही द्वारा पाला गया मेरा ही डर मुझे ही खाये जा रहा है।

अब तुम एक काम करो, इस डर को डराना शुरू कर दो, ये भाग जायेगा। इसकी परवाह करना बंद कर दो, ये भाग जायेगा। इसकी खुराक बंद कर दो ये भाग जायेगा। इसकी खुराक, तुम्हारा इसके बारे में सोचना है, जितना इसके बारे में सोचते रहते हो इसे उतनी खुराक मिलती रहती है और ये मोटा-ताज़ा होता जाता है। धीरे-धीरे तुम्हारा अंग बन जाता है, फिर एक दिन तुम से भी बड़ा तुम्हारा डर हो जाता है। डर का कोई फ़िज़िकल अस्तित्व तो है नहीं। वो तो वर्चुअल है, तुमने इसे वर्चुअली ही बढ़ाया है। तुम इसके बारे में सोचना बंद कर दो तो ये भाग जायेगा।

ऐसे ही जीवन में जो होना है वो तो निश्चित है; क्योंकि होना तो वही है, जैसे कर्म आपने बाँधे थे वे ही उदय में आने वाले हैं। वे सब निश्चित हैं, टालने से टल ही, नहीं सकते हैं तो फिर डर किस बात का? हम चौबीसों घंटे डर और इच्छाओं के बीच में सिर्फ़ मौत का इंतज़ार कर रहे हैं। कभी-कभार पल दो पल इनसे मुक्ति मिलती है तो हमें लगता ही नहीं है कि वास्तविक जीवन ऐसा होता है क्या? क्योंकि आदत तो पुरानी पड़ी है और फिर बस उसी उधेड़-बुन में उलझ जाते हैं। जीवन का वास्तविक आनंद तो हम लेना जानते ही नहीं है।

सब कुछ भले ही हमें पता ना हो। वो हमारे ज्ञान की कमी है, पर होना तो वही है जो होना है, तो फिर डर काहे का? और जीवन बहुत निराकुल हो जायेगा। कोई परिस्थिति तुम्हें परेशान नहीं कर पायेगी। उन्होंने फिर एक बार ज़ोर देकर कहा और उन्हें कुछ पुरानी बातें याद आ गयीं। उन्होंने बड़े रिलैक्स मूड में कहा -

प्रधानमंत्री मोरारजी देसाई की सरकार जब अल्प मत में आ गयी, संसद में बहस करते-करते रात के दस बज गये, तो मोरारजी उठे और ये बोलकर संसद से चले

गये – 'मेरे सोने का समय हो गया है आप लोग निर्णय कर लीजिए और मुझे बता दीजिएगा।' सुबह अख़बार से उन्हें पता चला कि उनकी सरकार चली गयी, जीवन के प्रति सहजता और निश्चिंतता तो देखें, प्रधानमंत्री बने रहे तो ठीक ना बने रहे तो ठीक, जो होना होगा, हो जायेगा।

एक बार गाँधी जी अपने आश्रम में बैठे थे। उनको ये ख़बर मिली कि दो घंटे बाद पुलिस आने वाली है, उन्हें जेल ले जाने के लिये। तब उन्होंने अपनी घड़ी देखी और बोले – अभी थोड़ा वक्त है। मैं ज़रा एक झपकी ले लूँ? कितनी सहजता, निश्चिंतता, कोई विरोध नहीं, कोई आकुलता नहीं, जैसा है सब स्वीकार है। जेल ले जाना है ले जाओ, नहीं ले जाना है नहीं ले जाओ।

राम ने तो विरोध नहीं किया दशरथ के वन जाने के आदेश का, सहज भाव से स्वीकार कर लिया। ईसा मसीह ने कहाँ विरोध किया, जब उन्हें कीले से ठोका जा रहा था। बस इतनी ही आवाज़ निकली – इन्हें माफ़ करना ये नहीं जानते कि ये क्या कर रहे हैं। कृष्ण युद्ध भूमि में भी यही समझा रहे थे – अर्जुन सबको अपने-अपने कर्मों का फल मिलना है तो क्यों आकुलित होते हो? कृष्ण शांति से सहज होकर वस्तु के स्वरूप को समझकर लड़ रहे थे और बाक़ी सब असहज होकर आकुलता के साथ।

वास्तविक सहजता की पराकाष्ठा तो देखो, ध्यानस्थ मुनि पार्श्वनाथ ने तो विरोध नहीं किया, जब कमठ ने उन पर पत्थर बरसाए, उन्हें तो ये विकल्प भी नहीं आया कि कुछ हुआ है, अगर आकुलता का विकल्प आ जाता तो वे अपनी उस सर्वोत्तम सर्वोच्च अवस्था से नीचे गिर जाते। उन्होंने सहज रूप से सब स्वीकार किया, जो उनके साथ हुआ, क्योंकि उन्हें इस बात पर अनंत श्रद्धा थी कि जो होना है वो होगा ही, अपने को अपने किए गये कर्मों का फल भोगना ही होगा। इसमें किसी का कोई दोष है ही नहीं। मैं क्यों किसी पर दोषारोपण करूँ? और विरोध करूँ। सब अपना-अपना काम कर रहे थे, कमठ अपना और पार्श्वनाथ अपना।

हमारी सारी अकुलता का कारण उसमें परिवर्तन करने की तीव्र इच्छा का है, जबकि परिवर्तन हो नहीं सकता। बस इसलिये मैं परेशान और दुखी रहता हूँ, क्यों नहीं मैं परिस्थितियों को सिर्फ़ जानूँ और साक्षी भाव रखूँ।

फ़िल्म के किसी सीन में भी तुम कुछ नहीं कर सकते हो, वो तो जो बन चुका वो ही परदे पर आना है उसमें कोई फेर-बदल हो ही नहीं सकता है। ऐसे ही ज़िंदगी की घटने वाली वर्तमान परिस्थिति में तुम कुछ कर ही नहीं सकते हो, वो तो भूत काल में जो जैसे कर्म हमने बाँध लिये बस वो अब वर्तमान में ज़िंदगी के परदे पर दिखाई दे रहे हैं। अब उस सीन में भी तुम कुछ नहीं कर सकते हो, हम दुखी इसलिए होते हैं एक तो हम ये स्वीकार नहीं कर पाते हैं कि इस वर्तमान परिस्थिति के कर्म हमारे द्वारा ही उत्पन्न किए गए हैं, जिसके होल-सोल ज़िम्मेदार हम ही हैं, कोई और नहीं तो भोगना तो हमें ही पड़ेगा ना और दूसरा हम उस वर्तमान परिस्थिति में परिवर्तन करना चाहते

हैं। उसे अपने अनुकूल बनाना चाहते हैं, और वो होता नहीं है; क्योंकि वर्तमान में तो ये ज़िंदगी के परदे पर ये घटनाक्रम चल रहा है। इसकी पिक्चर तो पहले ही शूट हो चुकी है, जिसके ज़िम्मेदार हम ही हैं कोई और नहीं, अब परिवर्तन संभव ही नहीं है। ये अपने अनुसार फेरफार करने की इच्छा ही हमारे दुखी होने का कारण बन जाता है।

भारत-पाकिस्तान का क्रिकेट मैच चल रहा है और तुम अपने ऑफ़िस में व्यस्त हो, इसलिए लाइव मैच नहीं देख पा रहे हो, तुमने अपने बेटे से कहा बेटा, ज़रा मैच टाटा स्काई पर रिकॉर्ड कर लेना। घर आते-आते तुम्हें पता चल गया कि हम (भारत) ये मैच जीत गये हैं, तुम खुश़ बहुत हुये पर तुम्हें चैन कहाँ है, जैसे ही घर पहुँचे तुम टीवी पर रिकॉर्डेड मैच देखने बैठ गये, अब विराट कोहली ज़ीरो पर कैच आउट हो गया और लगातार तीन विकेट और गिर गये, हालात पतली है, तुम फिर भी खुश़ हो रहे हो, निश्चिन्त, निराकुल, मस्त, रिलैक्स बैठे-बैठे पॉप्कॉर्न खा रहे हो, और कह रहे हो ''कर लो-कर लो, कैसी भी बॉलिंग कर लो, कैसी भी फ़ील्डिंग कर लो, आखिर जीतेंगे तो हम ही'', क्योंकि तुम्हें रिज़ल्ट पहले से ही पता है, तुम्हें पता है कि जो होना था, वो तो हो ही चुका है, ये रिकॉर्डेड मैच है, अब तो ये बस प्ले हो रहा है, इसमें कोई परिवर्तन सम्भव ही नहीं है।

जीवन में भी जो कुछ भी घट रहा है वो सब तो पहले से ही निश्चित है, वो तो हो चुका, उसमें किसी प्रकार का कोई परिवर्तन सम्भव ही नहीं है, हाँ! तुम्हें उसका रिज़ल्ट पता नहीं है, इसलिए तुम परेशान होते हो, दुखी होते हो, परिवर्तन करने की आकुलता में व्यथित रहते हो; भगवान के दिव्य ज्ञान में तो वो पहले से ही आ चुका था।

अभी तो जो हो रहा है वो सिर्फ़ प्ले हो रहा है, जब इसमें कोई परिवर्तन हो ही नहीं सकता तो फिर तुम परिवर्तन की फेर-फ़ार की आकुलता, चिंता और विकल्प क्यों करते हो, तुम्हारे इन विकल्पों से कुछ भी तो होने वाला नहीं है, जो होना है वो तो निश्चित ही है, इसलिए मैं कहता हूँ कि जो घट रहा हो वो अचानक नहीं हो रहा है और ना नया हो रहा है, सब निश्चित है, अपने-अपने कर्मों के अनुसार तो फिर आकुलता किस बात की?

"Life is a recorded match, not live" (लाइफ़ इज़ अ रिकॉर्डेड मैच, नॉट लाईव)

अगर तुमने इस महामंत्र को अपने गले में उतार लिया तो तुम्हें वर्तमान में घटने वाली घटनायें बिलकुल भी परेशान नहीं कर सकती हैं।

सारी जनता ने एक साथ ज़ोर से बोला - ''लाइफ़ इज़ अ रिकॉर्डेड मैच, नॉट लाईव'' यह बोलते हुये सभी के चेहरे पर निराकुलता की झलक और शांति की लकीरें दिखाई दे रही थीं।

क्योंकि जो घट रहा है वो तो हो चुका उसमें तो मात्र लकीर पीटने के अलावा कुछ हो ही नहीं सकता। तुम व्यर्थ ही अपने परिणाम ख़राब कर रहे हो।

वो सुखी हो गये हैं, परमात्मा बन गये हैं, वे सिर्फ़ जानते और देखते हैं, इसलिए अनंत सुखी हैं और तुम अगर परमात्मा के मार्ग पर चलना चाहते हो तो अभी से साक्षी भाव रख लो, सिर्फ़ जानो देखो और मौज करो, अभी सुखी हो जाओगे।

हम क्यों हर परिस्थिति में अपने आप को इन्वोल्व कर लेते हैं? उससे अटैच हो जाते हैं, क्यों उसमें अपना हित-अहित देखने लगते हैं?

ज़िंदगी के दर्शक बन जाओ, दर्शक की भाँति देखो और जानो, बस।

परम ज्ञानियों को दिव्य ज्ञान प्रकट हो जाता है, जिसे केवलज्ञान कहते हैं। उनके ज्ञान में सब झलक जाता है या यूँ कहें उनके ज्ञान में सब आ जाता है, उसमें वे भी कुछ कर नहीं सकते बस जानते-देखते रहते हैं और अपने आनंद में मस्त रहते हैं, सुखी रहते हैं। हमें भले ही वो दिव्य ज्ञान ना सही पर इतना तो ज्ञान है कि जो होना है वो निश्चित है और उन दिव्य ज्ञानियों, ईश्वर के ज्ञान में वो सब झलक गया है, जिसमें कोई परिवर्तन संभव नहीं है।

"जो जो देखी वीतराग ने सो सो हो सी वीरा रे।
अनहोनी कबहूँ ना हो सी काहे होत अधीरा रे।"

"हुइहै वही जो राम रची राखा।"

"ख़ुदा की मर्ज़ी के बिना पत्ता नहीं हिलता।"

इन सब बातों का मतलब ये है कि जो ईश्वर हैं, सब कुछ उनके ज्ञान में आ गया है। वे सर्वज्ञ हैं, और जो होना है वो निश्चित है, जो होने योग्य नहीं है वो होता ही नहीं है। जो होना है वो हुए बिना रह नहीं सकता है, होना ही है और वो अपने-अपने कर्मों के अनुसार होता है। तू क्यों अधीर होता है, परेशान होता है? अगर तुमने ये समझ लिया, तो समझ लो संसार समझ लिया।

अगर हम इसी बात पर पक्की श्रद्धा कर लें, तो हम भी बिना उतने दिव्य ज्ञान के भी उनके जितने आनंदित और निराकुल रह सकते हैं ना, हमारे पिताजी किसी को जानते हैं तो हम भी यही मानते हैं ना कि हम भी उन्हें जानते हैं, क्योंकि हमें उनके ज्ञान पर भरोसा है और हम निश्चिंत हो जाते हैं। क्योंकि जो होना है वो तो निश्चित है।

ये कह कर गुरू भाई थोड़ी देर के लिए मौन हो गये और लोग भी अपनी-अपनी आँखें बंद किये शांत बैठे रहे।

अपना स्वयं का मौन तोड़ते हुए उन्होंने बोलना शुरू किया –

हम स्वचालित कर्म व्यवस्था में परिवर्तन करना चाहते हैं, फेर-बदल करना चाहते हैं जो संभव ही नहीं है, बस इसी कारण हम दुखी होते रहते हैं। ये दुःख कुछ ना कुछ करने का है, जो हो रहा है हमें उसमें हस्तक्षेप करना है और हमारे हस्तक्षेप से कभी कुछ होता नहीं है, मैं अपने आप में ही फड़-फड़ाता रहता हूँ।

वर्तमान के भाव सुधारने का सबसे बढ़िया उपाय है, जो भी जैसी भी परिस्थिति बन रही है, घट रही है उसमें साक्षी भाव रख लो। स्वीकार कर लो, जानो और देखो बस, इसके अलावा कोई दूसरा उपाय भी तो नहीं है, जो भी जैसा है, उसे स्वीकार करो, (Accept as it is) यही शांति का मूल मंत्र है। इसी का अभ्यास करो। इसी का मंत्र जपो।

वर्तमान के भाव सुधार लो तो भविष्य अनुकूल हो जायेगा। अगर तुम भविष्य में ऐसा दुःख, तकलीफ़, परेशानी और विपरीत परिस्थिति नहीं चाहते हो तो उसका हल अभी, इसी समय निकल सकता है।

जिस व्यक्ति को ऐसे साक्षी भाव हों, ऐसे व्यक्ति को कौन-सी परिस्थिति दुखी कर सकती है? क्योंकि वो तो हर स्थिति और परिस्थिति में समता धारण किए हुए है। वो दुःख से नहीं घबरा सकता। भले ही दुःख उससे घबड़ा जाये।

ज़िंदगी में भी हर पल को सहज भाव से लें। हर परिस्थिति को साक्षी बन कर देखें। निरपेक्ष होकर देखें तो जीवन का आनंद ही कुछ और होगा।

जो भी जैसा है उसे स्वीकार करो, यही शांति का मूल मंत्र है, क्योंकि परिवर्तन तो संभव ही नहीं है। परिवर्तन करने का तो भ्रम है, तो स्वीकार करना ही सही और उत्तम उपाय है।

साक्षी भाव में रहना ही ध्यान है। वही होश है।

जीवन में साक्षी भाव रहता क्यों नहीं है? सामने बैठे एक अधेड़ से व्यक्ति ने पूछा, देखने पर वो बड़ा गंभीर और संजीदा लग रहा था।

अनादि काल से हमारे दो ही दोष हैं। हर चीज़ या परिस्थिति को देख कर हमारे दिमाग़ में सबसे पहले दो ही बातें आती हैं। हम उसे दो ही तरीक़े से नापते हैं, उसे देख कर सिर्फ़ दो बातें ही ख़याल में आती हैं। ख़याल में क्या आती हैं, वे अनादि काल से हम में इतनी समाहित हो गयी हैं। वे हमारा स्वरूप ही बन गयी हैं। हम वो ही बन गए हैं, हमें पता भी नहीं चलता है और हमारा निर्णय हो जाता है।

1. ये अच्छा है या बुरा है
2. ये अपना है या पराया है

बस, यहीं से शुरू होता है सारा कषायों का कुचक्र और पाप का आरंभ। अगर हम इन दो पैरामीटर से चीज़ों को नापना बंद कर दें, दुखों के बीज ही नष्ट हो जाएँ।

अच्छा है तो राग की शुरुआत हो जाती है और बुरा है तो द्वेष की, सारे विकारी भावों की जड़ राग और द्वेष ही हैं। हमें राग-द्वेष से मुक्त होकर वीतरागी बनना है, इस कारण हम साक्षी भाव में रह ही नहीं पाते हैं; हमेशा झूठे पक्ष में ही जीते हैं।

अपना है तो राग की शुरुआत हो जाती है और पराया है तो द्वेष की या उपेक्षित भाव की, इस कारण हम साक्षी भाव में रह ही नहीं पाते हैं।

अपना या अपनों का अच्छा हो तो ख़ुशी की शुरुआत हो जाती है, अपना या अपनों का बुरा हो तो दुखी होने की शुरुआत हो जाती है, इस कारण हम साक्षी भाव में रह ही नहीं पाते हैं।

पराये का या दुश्मन का अच्छा हो तो ईर्ष्या और दर्द होने लगता है और उसका बुरा हो तो आनंद आता है, इस कारण हम साक्षी भाव में रह ही नहीं पाते हैं, सिर्फ़ साक्षी भाव से जानो और समझो मूल्यांकन मत करो, उलझो मत।

परेशानी तो ये है कि हम तुरंत अपने आप को हर चीज़ या परिस्थिति से जोड़ लेते हैं, उससे अटैच हो जाते हैं। उसे अपना या पराया, अच्छा या बुरा मान लेते हैं, इससे हमारे विचार चाहे, अनचाहे उसके पक्ष में या विरोध में बनना शुरू हो जाते हैं, हम निष्पक्ष नहीं रह पाते हैं, अपना हित-अहित उससे जोड़ लेते हैं, और कर्तृत्व के अभिमान की गठरी लेकर उसमें परिवर्तन करना चाहते हैं। परिवर्तन तो संभव ही नहीं है। जब हमारे अनुसार परिवर्तन नहीं होता है तो हम दुखी होते हैं, आकुलित होते हैं, क्योंकि हम वस्तु का वास्तविक स्वरूप नहीं समझते हैं।

हम हर समय चीज़ या परिस्थिति को उपरोक्त दोनों पैरामीटर से नापते हैं, इसी से देखते हैं, बस! इस कारण हम ज्ञाता दृष्टा नहीं रह पाते हैं। सिर्फ़ जानने और देखने वाले नहीं रह पाते हैं, यही कारण है कि हम साक्षी भाव में रह ही नहीं पाते हैं और निरंतर दुखी और आकुलित बने रहते हैं।

लगता है हमने अपने सिर पर एक एंटीना खड़ा कर रखा है और हर चीज़ या परिस्थिति को देख कर वो एंटीना टन्न की आवाज़ करके उसे अच्छे या बुरे, अपने या पराये की श्रेणी में डाल देता है।

तो क्या इस विश्व में कोई अपना नहीं है? ये रुपया-पैसा, बंगला, गाड़ी, अपनी पत्नी, अपने बच्चे, माँ-बाप और ये अपना शरीर? बड़े आश्चर्य से उसी अधेड़ व्यक्ति ने फिर पूछा।

इसकी एक ही परिभाषा है वो समझ जाओ और हरेक जगह उसे अप्लाई कर लेना तो उत्तर तुम्हें अपने आप मिल जायेगा। गुरू भाई ने कहा।

मैं, जीव, आत्मा तो अनादिकाल से हूँ और अनंतकाल तक रहने वाला हूँ। मैं तो अजर-अमर हूँ, ना मेरा जन्म होता है ना मेरा मरण, मैं कहीं से आया हूँ और कहीं जाने वाला हूँ। ये सब तो एक सराय है जहाँ मैं कुछ समय के लिये ठहरा हूँ।

मेरी उल्टी मान्यता के कारण जिसे मैंने अपना ही मान लिया है। मुझ में अनादिकाल से आज तक कोई परिवर्तन हुआ ही नहीं और ना होने वाला है। अब मेरा साथ जो अनादिकाल से अनंतकाल तक देगा, मेरे साथ रहेगा, वो ही तो वास्तविक रूप से मेरा अपना होगा। जो मेरा साथ कुछ कुछ समय के लिये देगा, जो अस्थाई रूप से मेरे साथ है, जो टेंपरेरी है, वो सब पराया है। ये रुपया-पैसा, गाड़ी-बंगला, कपड़े-लत्ते, माँ-बाप, पत्नी-बच्चे और यहाँ तक कि ये मेरा शरीर।

सभी भौंचक्के रह गये, क्योंकि इनमें बाक़ी तो ठीक; लेकिन माँ-बाप, पत्नी-बच्चे और शरीर को भी पराया कह दिया इन्होंने तो? लेकिन लोगों ने खुद ही समाधान कर लिया, जब शरीर ही अपना नहीं रहा तो बाक़ी फिर ये तो शरीर से ही संबंध रखने वाले हैं, ये मेरे कैसे हो सकते हैं? फिर किसी और का क्या कहना? और परिभाषा में तो ये बात बिलकुल सटीक बैठ रही है।

गुरू भाई बड़ी गहराई से बोलते जा रहे थे -

जो आज है कल नहीं रहने वाला है, वो मेरा अपना कैसे हो सकता है, अस्थाई की क्या क़ीमत है, मेरे संयोग में आने से पहले ही जिसका अलग होना निश्चित है, वो मेरा कैसे हो सकता है? कुछ आज छूटेगा तो कुछ कल तो कुछ दो-चार साल के बाद तो कुछ मरते समय, ये सारे संयोग तो मुझसे जुदा होने के लिए ही जुड़े हैं।

जिसका स्वरूप ही नाशवान है, जो प्रतिक्षण नष्ट हो रहा है वो मेरा अपना कैसे हो सकता है। वो तो बिछुड़ने ही वाला है, और मैं मूरख उसे अपना मान लेता हूँ। मैं तो दुखी होने ही वाला हूँ, कौन बचा सकता है मुझे?

यह सब ड्रामा है, जो हमारा नहीं है उसे अपना मान रखा है। हम सब ड्रामा कर रहे हैं। गुरू भाई ने ज़ोर से सामने रखी टेबल पर हाथ मारा, अब उनकी आवाज़ में जोश और तेज़ी थी।

एक पच्चीस साल की लड़की ने सत्तर साल के बुज़ुर्ग से शादी कर ली। जिस दिन उसने शादी की उसी दिन उसने वैधव्य होना चूज किया है, स्वीकार कर लिया। इस पति का संयोग तो दो-पाँच साल में छूटना ही है, कोई बचा ही नहीं सकता है, जीवन भर के लिये उसने दुखी होना स्वीकार कर लिया है। ऐसे ही हमने जिन नाशवान वस्तुओं को, ये रुपया-पैसा, गाड़ी-बंगला, कपड़े-लत्ते, माँ-बाप, पत्नी-बच्चे और यहाँ तक कि अपने शरीर को अपना मान लिया है, उनको तो नाश होना ही है, इनका संयोग छूटना ही है, तो मैंने तो दुखी होना चूज किया है, स्वीकार किया है।

जिस होटल में तुम आज की रात रुके हो कल तो तुम्हें इसे छोड़कर जाना ही है, ये तुम्हारे साथ जाने वाला नहीं है, भले ही तुम इसे अपना मान लो, ये तो मेरा अपना है और उसमें अच्छा बुरा का माप करने लग जाओ तो क्या होगा? कल जब तुम इसे छोड़कर जाओगे तो दुःख तो होगा, क्योंकि मेरा अपना छूट रहा है। जैसे होटल सिर्फ़

एक दिन के लिए तेरा था, ऐसे ही जिस मकान में तुम रह रहे हो वो पच्चीस साल के लिए तेरा है। मरते समय तो छूटने ही वाला है। समय के अलावा क्या फ़र्क़ है दोनों में? जब छूटने ही वाला है तो वो तेरा अपना कैसे हो सकता है? और तू जबरन ही अपने घर को देख-देख कर कभी ख़ुश होता है तो कभी दुखी। उसमें भी होटल जैसा साक्षी भाव क्यों नहीं रख पाता? होटल तू स्वतः छोड़ देता है और घर तू स्वतः नहीं छोड़ता तो मृत्यु छुड़वा देती है, घर तो खुद नहीं छोड़ता है, इसलिये घर से निकाला जाता है। सुखी होने के लिए इन सभी परायी चीज़ों से ये जुड़ाव हटाना पड़ेगा। उन्होंने बेहद ज़ोर देकर कहा।

अपनी जिस मर्सडीज़ को देख कर तुम अभिमान से भर जाते हो, उसके होने पर आनंद से भर जाते हो, अपने स्वरूप का तो भान नहीं है। अपने गुणों की तो ख़बर नहीं है, और उस जड़ के होने से अपने को बड़ा मानने लगते हो, वो भी दो-पाँच साल बाद तेरे पास कहाँ रहने वाली है, और बस इसी दौरान तुम उससे इतने जुड़ जाते हो कि उसके कारण सारी कषायें पाल लेते हो। उस पर ज़रा-सी खरोंच आ जाये तो तुम्हारी हार्ट बीट बढ़ जाती है, कोई टक्कर मार दे तो तुम उसकी जान ले लो और वही कार जब पाँच साल बाद बेच देते हो फिर उसकी तरफ़ मुड़कर भी नहीं देखते हो, जिसने ख़रीदी है कहीं वो घिसे टायर का उलाहना ना दे दे।

तिजोरी में रखे जिन हज़ार-हज़ार के नोटों के बंडल को अपना मान कर अच्छा मानकर तुम अपने आप को बड़ा, धनवान और करोड़पति मान रहे हो, जिन्हें कमाने के लिए तुमने क्या-क्या नहीं किया? कौन-कौन से पाप नहीं किये उन्हें कमाने में और इकट्ठा करने में? इस कारण जो कर्म बँधे वे सब तो तुम्हारे हो गए, वो तो तुम्हें भोगने ही पड़ेंगे और उस दौलत को तुम ढंग से भोग भी नहीं पा रहे हो, क्योंकि वो मेरी अपनी दौलत है, अच्छी है, कहीं ख़त्म नहीं हो जाये, बाद में काम आयेगी। एक रात आठ बजे प्रधानमंत्री घोषणा करते हैं कि हज़ार के नोट आज बारह बजे के बाद बंद हो जायेंगे। अब तुम्हें कितना बुरा लगता है, क्योंकि उनमें अपनापन और अच्छापन था। अब वो ही अपने अच्छे लगने वाले नोटों से अपनापन छूटने में और अच्छापन छूटने में कितना समय लगेगा, वे ही तुम्हें अब आफ़त की पुड़िया लगने लगे, पराये लगने लगे, बुरे लगने लगे। देखो ना, कितने क्षणिक हैं ये सारे संयोग?

अब उसी रात पड़ोसी के दस करोड़ रुपए, हज़ार के नोट मिट्टी हो गये तो तुम्हें अच्छा लगता है। तुम्हें बड़ा मज़ा आ गया, क्योंकि तुमने उन्हें पराया समझ रखा है। अब नोटों में अच्छा-बुरापन कहाँ है? वो तो इसमें है कि वो किसके हैं? तुम्हारे अच्छे-बुरे का माप भी इससे ही होता है कि वो अपना है या पराया है।

एक राजा अपनी सेना के साथ निकला और एक रात जंगल में पड़ाव डाला, वहाँ बैठा एक पागल ये मान बैठा कि ये हाथी घोड़े, सेना, ये वैभव सब मेरा है, और मन ही मन पूरी रात ख़ुश होता रहा। जैसे ही सुबह जब राजा जाने लगा तो चिल्लाने

लगा कहाँ ले जा रहे हो मेरा ये सारा वैभव? जब किसी ने सुना ही नहीं और सब चल दिए तो वह दुखी होने लगा। आपको नहीं लगता, हम भी ऐसे ही पागल हैं।

हमारी दुर्दशा तो ये है, जिस ट्रेन में हम बैठते हैं और हमें मालूम है कि चार घंटे के बाद ये सीट मेरी नहीं होगी और दो मिनट पहले मेरी थी भी नहीं। फिर भी उन चार घंटों के लिए हमारा उससे अपनापन हो जाता है, और वो भी इतना हो जाता है कि हम उसके कारण किसी का सिर फोड़ दें। फिर भले ही जीवनभर जेल में सड़ना पड़े, फिर बाक़ी बातें तो जाने ही दो। कैसे पागल हैं हम लोग! गुरू भाई ने दुःख भरी आवाज़ में कहा।

मैं फिर से कह रहा हूँ, ध्यान से सुनो, जिन संयोगों को मानें पदार्थ, वस्तु को तुमने अच्छा या बुरा मान रखा है और अपना या पराया मान रखा है, और जिनके कारण तुम अपने आप को बड़ा या छोटा मानते हो, वे सारे संयोग अजीव हैं पर हैं वे सारे संयोग, चीज़ या परिस्थितियाँ कितनी क्षणभंगुर हैं, उनकी उम्र ही कितनी है, कम से कम एक समय और अधिक से अधिक तुम्हारे इस मनुष्य जन्म के बराबर। तुम्हारी मृत्यु पर तो इन्हें एक साथ छूटना ही है, और जब वे छूटती हैं या उनमें मेरी इच्छा के विपरीत काम होता है तो मैं दुखी होता हूँ।

जिस पत्नी-बच्चों को अपना मान रखा है, वे कितने दिन से तुम्हारे हैं? और कब तक तेरा साथ निभायेंगे। इस जन्म से पहले ये तुम्हारे नहीं थे और इस जन्म के बाद भी नहीं रहेंगे। जो सबसे नज़दीक है ये अपना सुंदर, गठीला शरीर, कितनी भी सेवा कर लो इसकी पर ये कब तक साथ देता है? श्मशान से पहले ही विदाई ले लेता है। तू, इस शरीर और तेरे इस शरीर से संबंध रखने वाले सभी संयोगों को छोड़कर चल देता है और तेरे ही अपने कहे जाने वाले ये लोग इसे यहीं जला देते हैं या गाड़ देते हैं।

वास्तव में तो ये रुपया-पैसा, गाड़ी-बंगला, कपड़े-लत्ते, माँ-बाप, पत्नी-बच्चे, रिश्ते-नाते सब शरीर के ही संयोग हैं। शरीर छूटा तो एक साथ सब छूटे। मौत की परिभाषा ही यही है - "सारे संयोगों का एक झटके में, एक साथ छूट जाना ही मौत है।" वो तो छूटना ही है। हम इन सबमें इतने तन्मय हो गये हैं, जैसे ही इनमें कुछ होता है और मैं परेशान हो जाता हूँ। अपनी इस तन्मयता तो तोड़ना होगा, अपने इस जुड़ाव को छोड़ना होगा। ये सारे संयोग पानी के बुलबुले जैसे हैं। ये मूरख इन अजीव पर पदार्थों के संयोग के कारण अपने को बड़ा और इनके वियोग के कारण अपने को छोटा मानता है। इनका संयोग-वियोग तो लगा रहना है। इसी कारण इसका झूठ-मूठ खुश होना और दुखी होना भी लगा रहता है, जबकि इसे अपनी आत्मा जो इसकी हमेशा से थी और हमेशा रहेगी, उसके अनंत गुणों की तो परवाह ही नहीं है।

बात करते-करते उन्हें एक उदाहरण याद आ गया -

सुबह की चाय पीते-पीते तुम अख़बार पढ़ रहे हो, और ख़बर छपी है कि कल रात दिल्ली से आने वाली बस खाई में गिर गयी और उसमें बैठे पचास लोगों में से दस की मौक़े पर ही मृत्यु हो गयी, बीस घायल हो गये। ये पढ़ते-पढ़ते ना तो तुम्हारे हाथ से चाय का प्याला छूटता है और ना ही चाय की चुस्कियों में कोई ख़लल पड़ता है। तुम्हारे मुँह से ये और निकलता है – अरे! अब तो ये आये दिन ही होता रहता है। चौके में से तुरंत ज़ोर से पत्नी कहती है – सुनो जी! अपना पप्पू आने ही वाला होगा, कल रात दिल्ली से निकल गया है। बोल रहा था कि सात बजे तक पहुँच जाऊँगा।

अब तुम्हारी चाय की चुस्कियाँ वैसी ही चलती रहेंगी? जैसी तुम ले रहे थे, जबकि अभी तुम्हें ये भी नहीं पता कि वो बस से आ रहा है कि कार से या किसी ट्रेन से। अभी तुम्हें ये भी नहीं पता कि वो कितने बजे वहाँ से चला था और तुम्हारे माथे पर पसीना आ गया। जिस ख़बर को पढ़कर दो मिनट पहले हमें हमारी चाय की चुस्कियों में कोई अंतर नहीं पड़ रहा था, अब उसी ख़बर ने हमारी जान ले ली और बनियान पसीने से भीग गयी।

ये जो फ़र्क़ आया वो मौत की ख़बर से नहीं; बल्कि अपने की मौत की ख़बर से आया। यूँ मरते तो रोज़ लाखों हैं। अगर अपने किसी ऐसे की मौत हो जाये, जिसका दस करोड़ का इंश्योरेंस हो और वो पैसा खुद को मिलना हो तो अपने की मौत भी दुख नहीं देती। अब तूने दो अपने में से भी एक को चुन लिया, वास्तव में तो वो अपना, अपना नहीं था। यहाँ तो दस करोड़ अपने थे। कहते हुए भैया ज़ोर से हँस पड़े।

जो अपना नहीं है, उसे अपना मानना और वो भी इस हद तक, ये सिर्फ़ भ्रम है और हमें मात्र इस भ्रम को ही तोड़ना है, वस्तुओं को व्यक्तियों को कहीं हटाना नहीं है। वे तो जैसी हैं, जहाँ हैं वैसी ही वहीं रहेंगी। अगर किसी का भ्रम हो जाये तो उसका उपाय सिर्फ़ भ्रम तोड़ना ही है, जो अत्यंत स्वतंत्र प्रक्रिया है। इसमें पर पदार्थ में कुछ करना नहीं है, बस अपनी मान्यता को तोड़ना है।

ये अटैचमेंट है, वो भी किससे, जो ना अपना था और ना कभी होगा। ये ही दुःख का मूल कारण है, हम चीज़ या परिस्थिति से अपने आप को डिटैच होने का अभ्यास करें, उनमें जो तन्मयता कूट-कूट कर भरी है उसे ख़त्म करें, और साक्षी भाव से उन सब के प्रति सहजता का भाव रखें।

तुम अच्छी तरह समझ लो। इन सब बातों को मैं एक लाइन में कह रहा हूँ। इसको रट करके तुम इसे अपनी गाँठ में बाँध लो। ये ही अनंत शांति का उपाय है। इसे कहते हैं - अनासक्ति का सिद्धांत (Low of Detachment)। हमें चीज़ों को, लोगों को अपने से जुदा देखना और मानना होगा, क्योंकि वो हम से जुदा हैं। ये प्रकृति का सिद्धांत है। हम इसके विपरीत जाते हैं, इसलिए परेशान होते हैं।

मोहन पिछले बीस साल से सेठ रूपलाल की कपड़े दुकान पर काम करता है। खुद ही माल ख़रीदता है और खुद ही बेचता है। दिन भर में लाखों रुपये गिनता है, लेता है, देता है। सारा दिन दुकान पर ही रहता है। सेठ जी का उस पर पूरा विश्वास है; इसलिए वे दुकान पर सिर्फ़ टाइम पास करने के लिये आते हैं। मोहन जब माल ख़रीदता है तो बोलता है, मुझे ये नहीं ख़रीदना है, इतने पैसे मेरे पास नहीं हैं। जब माल बेचता है तो बोलता है, भाई साहब! ले जाओ मेरा माल बहुत अच्छा है, मैं तो घाटा खा रहा हूँ। ये सब बोलते हुए भी वो इस दुकान से, रुपयों से, माल से पूरी तरह अनासक्त है। अपने आप को इन सबसे बिलकुल अलग मानता है। वो हर पल ये जानता है कि ये सब लीला तो सेठ जी की है। इसमें मेरा क्या? वो अपने को जुदा और सेठ को जुदा मानता है। बिलकुल भिन्न जानता और मानता है। वो अच्छी तरह से जानता है कि सेठ जी के मरने के बाद उसके बेटे का ही ये सब है, जो बेटा कुछ नहीं करता है। सेठ जी कुछ ना बोलते हुए भी, दुकान पर ना रहते हुए भी पूरी तरह से अपनी दुकान में आसक्त हैं। जब एक तारीख़ को मोहन को बीस हज़ार रुपये मिलते हैं, उन नोटों के प्रति उसकी आसक्ति देखो। एक तरफ़ लाखों से विरक्त रहता है और दूसरी तरफ़ बीस हज़ार में आसक्त रहता है, क्योंकि वो इसका स्वरूप समझता है और हम दुनिया का स्वरूप नहीं समझते हैं।

अब अगर दुकान में आग लग जाये तो किसको कितना दुःख होगा? ये अंदाज़ तुम ही लगा लो, गुरू भाई बोले।

दुनिया में दुःख क्रिया का नहीं, बल्कि उसके पीछे के अभिप्राय का है, ऐक्शन का नहीं, क्रिया का नहीं, बल्कि उसके पीछे की सोच और भावना का है। वस्तु के प्रति होने वाली आसक्ति का है।

नंदन : अनासक्ति का सिद्धांत माने उदासीनता? हम उदास हो जाएँ, नर्वस हो जायें?

गुरू भाई : नहीं नंदन। इसमें भी बड़ी गहरी बात है। उदासीनता माने दुःख नहीं है। परेशान होकर जगत से नाराज़ होना नहीं है; डिप्रेशन नहीं है। बल्कि जब वस्तु का, लोगों का, प्रकृति का, जगत का सही स्वरूप समझ आ जाता है, तब इस जगत से आसक्ति का भाव ख़त्म हो जाता है, तो उदासीनता स्वयं आ जाती है। इस उदासीनता का मतलब जीवन में सहजता आ जाना है। दुखी होना नहीं, बल्कि आनंद आ जाना है; अब आपको किसी भी परिस्थिति से कुछ फ़र्क़ नहीं पड़ता। अभी हम पूरी दुनिया को अपना बनाने में जुटे हैं, और प्रकृति के नियम और वस्तु के स्वरूप में वो अपना है ही नहीं। हम इसी जगत की बेमतलब की पंचायत में उलझे रहते हैं और जब अनासक्ति का सिद्धांत समझ आ जायेगा, तो व्यक्ति इसी जीवन को जीते-जीते इन सब पर पदार्थों और अपनों को जिनके प्रति तीव्र आसक्त था उनसे अपने को

जुदा मानने लगेगा और संत जैसा जीवन जीने लगेगा। व्यक्ति स्वतः ही अपने अंदर ही जायेगा, अपने आप में ही जायेगा। ये आनंद की दशा है, अपनी मस्ती की दशा है। अब किसी से कोई अपेक्षा नहीं, किसी की कोई उपेक्षा नहीं। किसी से कोई नाराज़गी नहीं, किसी के प्रति ना तो तीव्र क्रोध का भाव होगा ना अहंकार, ना ही अपने कार्य सिद्धि के लिए किसी प्रकार का मायाचार, ना ही किसी प्रकार का लोभ, ना ईर्ष्या, ना पीड़ा, ना आकुलता। अपने आप में ही अपनी ही मस्ती में रहने वाला मस्त जीवन, बस।

तुम नाराज़गी को उदासीनता समझते हो। ये वो नहीं है, वो तो दुःख है परेशानी है और ये सुख है, महा आनंद है।

नंदन : तो क्या हम कोई भी काम करें, तो उसके रिज़ल्ट से भी डिटैच हो कर काम करें?

देखो नंदन, अगर तुम रिज़ल्ट से डिटैच होकर एक्शन डालते हो तो एक्शन और एक्टिविटी बहुत इफ़ेक्टिव हो जाती है। तुम्हारा पूरा फ़ोकस पूरे समर्पण के साथ सिर्फ़ एक्शन पर हो जाता है। अब बीच-बीच में तुम रिज़ल्ट की ओर देखना बंद कर देते हो, वरना रिज़ल्ट की अपेक्षा तुम्हें बीच-बीच में भटकाती रहती है, अगर एक्शन सही तरीक़े से होगा तो रिज़ल्ट आयेगा ही। रिज़ल्ट से होने वाले दुःख और सुख से तुम पार हो गये, अब वो रिज़ल्ट जो भी हो वो तुम्हें ना तो परेशान ही करेगा और ना ही अहंकार में डूबने देगा।

इसका मतलब ये क़तई नहीं है कि हम अपना गोल ना बनायें, लक्ष्य निर्धारित ना करें, बल्कि ये सब करते हुए भी उससे अनासक्ति का भाव रखें।

अब मैं सबसे महत्त्वपूर्ण बात कहने जा रहा हूँ, कहकर गुरू भाई कुछ पल के लिये रुके और फिर बोले –

''मैं तो तमाशगीर हूँ।''

जैसे सड़क पर कोई तमाशा हो रहा हो, तब हम उसे कैसे देखते हैं। ना कोई लेना ना देना, ना कोई मतलब ना कोई संबंध। बस हम सिर्फ़ तमाशा देखते हैं, क्योंकि वहाँ हम बड़ी अच्छी तरह से जानते हैं कि यहाँ मेरे करने से कुछ होने वाला नहीं है। हम बिना कोई हस्तक्षेप के सिर्फ़ तमाशा देखते हैं, तो हमें ना कोई पीड़ा होती है ना कोई तकलीफ़।

सारी तकलीफ़ तो स्वचालित विश्व व्यवस्था में अपने छोटे से हस्तक्षेप की है जिससे कुछ होता नहीं है सिवाय अपनी आकुलता के, तो क्यों ना हम बस वैसे ही अपने आप को बना लें। अपने आप को इस दुनिया का तमाशगीर बना लो और एक तमाशे की तरह सबको देखो और जानो, जिसका कोई असर हम पर नहीं पड़े।

एक ही धारा चले ''मैं तो तमाशगीर हूँ।''

बस, इतना कह कर भैया अचानक उठ गये और थैंक्स बोलकर चले गये। लोग सोच भी नहीं पाये, हुआ क्या है? कुछ सोचने लगे, क्या किसी की कोई हरकत पर नाराज़ हो गये हैं, तो कुछ सोचने लगे वे किसी बात पर दुखी हो गये हैं।

आदमी जो सोचता है उसमें उसी की सोच परिलक्षित होती है। वो उतना ही सोच पाता है, जितनी उसकी सोचने की औक़ात होती है, पर ऐसा कुछ भी नहीं था। गुरु भाई ये बात कहते-कहते इतने मशगूल हो गये थे कि अब उन्हें इसके आगे बोलने का मन ही नहीं था। वे अपनी ही चिंतन की धारा में उतर गये थे। बोलते वक्त श्रोता को कितना आनंद आ रहा है, वो तो एक-एक श्रोता जाने पर वक्ता को तो बहुत मज़ा आता है, बशर्ते वो किसी मेलाफ़ाइड इंटेन्शन के साथ स्वार्थ वश बात नहीं कर रहा हो।

दस मिनट बाद सब उठ गये।

5

अब लगातार भीड़ भी बढ़ रही थी और लोगों की रुचि भी। अपनी बात जो हो रही थी, पर अभी भी कुछ ऐसे थे, जो जान-बूझ कर समझना नहीं चाहते थे, क्योंकि अगर वो समझ जायेंगे तो उनकी अपनी ही बनायी हुई बेड़ियों का क्या होगा? सच्ची बात को समझने के लिए भी एक मासूमियत चाहिए, मन में सरलता होगी तो ही बात अंदर जायेगी। छल-कपट, मायाचारी, सशंकित और कषायों की तीव्रता हो तो ऐसी सच्ची बात को समझने नहीं आयेगा और कदाचित् आ भी जाये, तो बात समझ में नहीं आयेगी।

कल गुरू भाई अकेले में पूरे दिन अनासक्ति के नियम की धुन में ही जीये। हर वस्तु को निहारते और उससे अपने संबंध के बारे में सोचते, उस सिद्धांत को उस पर लागू करते तो अपने स्वयं के बनाये हुए भ्रम के बारे में सोचते तो मन ही मन मुस्करा देते। यूँ समझो, चौबीस घंटे वे इसी नशे में रहे। ज्ञानियों के ऐसे ही विचित्र नशे होते हैं। जब तुम किसी भी वस्तु के बारे में थोड़ा भी गहराई से सोचोगे तो उसका सही विश्लेषण कर लोगे।

सही वक्ता वही होता है, जो स्वयं अपने पर लागू करे, कदाचित् चारित्रिक कमज़ोरी के कारण थोड़ा कम-ज़्यादा हो तो चले पर उस पर श्रद्धा पूरी हो। जनता पर भी उसी वक्ता का प्रभाव पड़ता है।

अब वे और गहराइयों में गोता लगाना चाहते थे, इसलिये अगले दिन बिना कोई भूमिका के सीधे अपनी बात प्रारंभ कर दी।

ये तो सब जानते हैं और मानते भी हैं कि हम सब की मौत निश्चित है। उसमें एक मिनट का फेर-बदल संभव ही नहीं है। हम सब अक्सर ये बोलते पाये जाते हैं - जब जिसकी जैसी लिखी होगी उसकी तभी आयेगी, ''जाको राखे साइयाँ मार सके ना कोय, एक पल कभी कोई ज़िंदगी बचा नहीं पायेगा, वो अपने समय पर ही आएगी, आदि-आदि।'' मैं पूछता हूँ, जब मौत निश्चित है, तो जन्म भी निश्चित होगा, क्योंकि पिछले जन्म में किसी की मौत निश्चित समय पर होगी तभी तो वो अगले भव में (जन्म) में पैदा होगा, गति (योनि) भले ही कोई हो, तो जन्म भी निश्चित हो गया। जब जन्म और मरण दोनों निश्चित हैं, जिसमें एक समय का भी फेर बदल नहीं हो

सकता है तो जन्म और मरण के बीच में प्रतिपल जो कुछ भी घट रहा है वो भी तो निश्चित होगा ना? प्रकृति का नियम तो एक ही रहेगा, उसके नियम में पक्षपात नहीं हो सकता और ना ही दो नियम बन सकते हैं।

जब मनुष्यों का जन्म-मरण निश्चित है, तो कुत्ते-बिल्ली का क्यों नहीं? नरक के नरकवासियों और स्वर्ग के देवों का क्यों नहीं?

और जब जन्म क्षण निश्चित है, तो संभोग की इच्छा का भाव भी तुम्हारे हाथ में कैसे हो सकता है? वो भी तो निश्चित हुआ ना? मतलब जो तुम्हारे संभोग के भाव हो रहे हैं, वो भी निश्चित हैं।

मतलब जो होना है वो सब निश्चित है हर पल, हर समय, मतलब प्रत्येक कार्य की गति निश्चित है और जो कार्य हो रहा है या जो फल मुझे मिल रहा है उन सबका ज़िम्मेदार मैं ही हूँ। ये बात तो हम बड़ी अच्छी तरह समझ ही चुके हैं, क्योंकि वो सब मेरे द्वारा बाँधे गए कर्मों का ही फल है।

जब वे कर्म पहले बँध ही चुके हैं तो उसके अनुसार जो होना है मतलब जैसी गति होनी है, जो फल मिलना है, जैसा उदय आना है वो भी नक्की हो चुका है ना। बस उसका फल ही हमारे सामने आना बाक़ी है, जो अपने-अपने समय पर आयेगा। इसका मतलब गति तो निश्चित हो ही चुकी है, फल तो निश्चित हो चुका है, जो होना है वो सब तो निश्चित हो ही चुका है, इसलिये अब वर्तमान में हमारी मति उसके अनुसार ही चलती है।

देखो ना, जब मौत आनी होती है तो मति ऐसी चलती है कि बाइक तेज़ चलाओ और आज क्या हेलमेट पहनना? इस चौराहे पर तो पुलिस वाला भी नहीं है। मौत की गति निश्चित थी तो मति ऐसी ही चली।

जब फ़ेल होने की गति निश्चित है तो पढ़ाई में मन ही नहीं लगता है। मति ऐसी ही चलती है ऐसी पढ़ाई में क्या रखा है? ऐसी पढ़ाई मेरे से तो नहीं होती है। जब ग़रीबी में ही रहने की गति निश्चित है तो कामचोरी की मति चलती है या फिर उल्टे-पुलटे निर्णय लेने की मति चलती है, उससे फिर वही होता है, जो होना होता है, जो पूर्व से ही निश्चित है।

किसी का जेल जाना निश्चित है तो उसे शॉर्टकट से, गैर क़ानूनी तरीक़े से पैसे कमाने के भाव होंगे, ऐसे में वो तर्क भी उल्टे ही देता है, किसी की मौत फाँसी की सज़ा से होनी निश्चित है तो उसके भाव बलात्कार के या आतंकवादी बनने के होंगे ही।

बड़ी विनम्रता से नंदन ने पूछा एक तरफ़ आप कह रहे हैं कि अपने भावों का ख़याल रखो और दूसरी तरफ़ आप कह रहे हैं, जैसी गति निश्चित हो गयी है मति वैसी ही चलेगी, जब निश्चित है तो मति कैसे सुधारें?

बेटा! जब सब निश्चित है तो ये भी तो निश्चित है कि तुम्हारे भाव भी अपने भावों को सुधारने के होंगे या नहीं होंगे? तुम्हें अगर ये भाव और इच्छा हो गयी कि मुझे मेरे भावों पर ध्यान देना चाहिये तो समझ लेना तुम्हारे परिणाम कोमल हो गये हैं और ये इसलिये हुए हैं; क्योंकि तुम्हारी गति अच्छी होना है वरना ऐसे भाव भी नहीं आते।

तो फिर आप भाव सुधारने की बात क्यों कहते हैं? महिलाओं में से उषा ने पूछा।

देखो बेटा! वो भी निश्चित है कि तुम अपने भावों को सुधारोगे या ये सोच कर स्वच्छंदी हो जाओगे, जैसे भाव होना होंगे हो जाएँगे, और ये भाव भी तुम्हारी होने वाली दशा और मिलने वाले फल के अनुसार ही तो होंगे।

तुम अपनी पवित्र भावना भाओ बस, और साक्षी भाव रखो। तमाशगीर बन जाओ, जो निश्चित है वो ही होगा।

सुनो, एक बड़ी बात। तुम्हें अगर ऐसे कुछ प्रश्न सूझ रहे हैं और तुम समझ रहे हो तो समझ लो तुम्हारी गति अच्छी होनी है वरना ऐसे भाव नहीं होते।

लोग कुछ-कुछ तो समझ रहे थे, पर गुरू भाई को स्वयं ही संतुष्टि नहीं हो रही थी कि लोग समझ भी पा रहे हैं या नहीं। बात सरल तो नहीं थी, क्योंकि आज तक कभी सुनी नहीं थी पर आसान थी, क्योंकि प्रकृति का नियम ही ऐसा है। वस्तु का स्वरूप ही ऐसा है और यही अध्यात्म है और यही तत्वज्ञान है।

अब गुरू भाई से रहा नहीं गया उन्हें लग रहा था कि अब इनके अंदर ये अद्भुत तत्व उतारना ही होगा तो वे अपनी गद्दी से उठकर खड़े हो गए और भरपूर उत्साह से बोलने लगे -

अपने जीवन के अंत समय में एपल कंपनी के मालिक स्टीव जॉब को भी ये बात समझ आ गयी थी, उन्होंने कहा है -

"अगर इस बात को गहराई से समझना है तो अपनी अपनी ज़िंदगी में जो-जो घट चुका है, (Look at the backward) उसके बारे में सोचो तो तुम्हें ये बात ज़्यादा अच्छी तरह समझ आ जायेगी, क्योंकि वो तुम्हारी ही ज़िंदगी में ही घटा है। उससे तुम ये भी समझ लोगे कि वो सब तुम्हारे बिना प्रयत्न से ही हुआ और और उसमें कोई परिवर्तन भी संभव ही नहीं था।"

हम अपनी पूरा समय और शक्ति इसी उधेड़बुन में ख़राब कर देते हैं कि अगर वैसा हो जाता तो ऐसा हो जाता। अरे भाई, दिमाग़ क्यों ख़राब करते हो, वैसा हो कैसे जाता? अगर वैसा हो जाता तो सारे ब्रह्मांड की व्यवस्था गड़बड़ा जाती। ताश के महल के एक पत्ते को हिलाओगे तो सारा महल ही ढह जायेगा।

देखो भाई, हम सब मानते हैं ना जिस बिटिया का संबंध जिस लड़के से होना है वो सात जन्म पहले से ही नक्की है, उसी से होगा। अब ये हटा दो सात जन्म पहले

से नक्की है या अनादि से नक्की है। लड़की के जन्म से क़रीब दो-तीन साल पहले उस लड़के का जन्म इस धरती पर हो गया है, बस हमें पता नहीं है। हमें लड़का चुनने का अधिकार कहाँ है? हमें तो वो ढूँढ़ना है और वो अपने ही समय पर मिलेगा, ना एक दिन पहले ना बाद में, क्योंकि उनकी कोख में जो बच्चा आना है, वो भी तो कहीं से आना है। किसी दूसरी योनि से आना है और वहाँ उसकी मौत का समय निश्चित है तभी तो यहाँ जनम होगा, तो उसके पूर्व जनम की आयु भी तुम यहीं से निश्चित करोगे? उसके पहले उन दो पुरुष-स्त्री की यहाँ शादी होनी है, ना एक दिन पहले, ना बाद में, वरना उस बच्चे का क्या होगा? उसे किसकी कोख में आना है कौन माता-पिता बनेंगे ये भी तो निश्चित है, उस बच्चे की शादी में कौन महिला आँख में काजल लगायेगी ये भी तो निश्चित है, तो हम कैसे लड़के को चुन सकते हैं वो तो निश्चित ही है। किस लड़के से हमारी बिटिया की शादी करना है अगर इसमें हमारी चलने लगे तो उस आने वाले बच्चे के जो माँ-बाप बनेंगे, उसको निश्चित करने वाले भी हम हो गये। मतलब आगामी श्रृंखला ही टूट-टूट कर बिखर जायेगी। जो संभव ही नहीं है।

ग़ज़ब तो ये है कि पूरे ब्रह्मांड के कंट्रोल करने का अधिकार सिर्फ़ हमें चाहिये, जो किसी और को भी हमें नहीं देना है, और ये अधिकार सबको लेना है।

ये संभव ही नहीं है। अगर ऐसा हो जाए तो पूरी दुनिया में प्रलय नहीं आ जायेगी?

अभी मुद्दा ये है कि सब कुछ निश्चित है, और वो निश्चित है अपने-अपने कर्मों के आधार पर वरना और कोई आधार तो हो ही नहीं सकता है, ये बात हम पहले समझ ही चुके हैं। जब लड़का लड़की को देखता है, तो उसकी मति वैसी ही चलती है जैसा होना निश्चित है, अगर संबंध होना है तो काली-कलूटी दंतकड़ी से भी अपने दिल के तार झनझना उठते हैं और जिससे नहीं होना निश्चित है तो हूर के नूर में भी नुक्स निकाल लेते हैं।

सब बड़े ज़ोर से हँस पड़े। सबको अपनी-अपनी शादी की घटनायें याद आ गयीं। सबने अपने-अपने ऊपर इस बात को जोड़ भी लिया और आसानी से स्वीकार भी कर लिया।

गुरू भाई - एक बार एक लड़के-लड़की ने आपस में एक दूसरे को नकार दिया, 7 साल तक दोनों के परिवार वाले चुप तो बैठे नहीं होंगे, दोनों ने ख़ूब संबंध देखे पर कुछ नहीं हुआ। सात साल बाद उनकी आपस में ही शादी हो गयी। संबंध निश्चित तो उसी के साथ था पर समय भी तो निश्चित था कि कब होगी। जिसे नकार दिया फिर वो ही पसंद आ गयी, तो तेरे हाथ में क्या है? जैसी गति निश्चित है मति वैसी ही चलती है भाई। जब शादी होनी होती है, सारे गुण दिखने लगते हैं, भले ही वो कमज़ोरियाँ हों और जब उसी लड़की से तलाक़ होना होता है, तो वे सारे गुण, दुर्गुण

दिखने लगते हैं। कई बार शादी करने या तलाक़ लेने का कोई कारण भी समझ नहीं आता है। बस जैसा निश्चित होता है वैसा ही होता है और हम आरोपों का ठीकरा दूसरों को ढूँढ़-ढूँढ़ कर उन पर फोड़ने लगते हैं और अपने आप को पाक साफ़ समझते हैं।

राम को 14 साल का वनवास भोगना था और सीता को इतने कष्ट उठाने थे, रावण का वध होना था। ये सब तो निश्चित था तो दशरथ की मति चली कि कैकेयी को वचन दे दो और कैकेयी की मति ऐसी चली कि उसने बस एक दिन पहले उन वचनों को भुना लिया। सीता का रावण को ले जाना और लंका में रहना निश्चित था, तो सीता की मति चली – नाथ मैं भी साथ चलूँगी और रावण की मति चली कि सीता को उठा लाओ। ये सब तो अपने-अपने कर्मों के अनुसार निश्चित था ही सो हुआ और सब का एक्शन भी वैसा ही हुआ।

रावण की मौत का समय निश्चित था और उसमें राम-लक्ष्मण का निमित्त होना निश्चित था। ये कैसे संभव था कि कैकयी राजा दशरथ से वर नहीं माँगती और दशरथ राम को वन नहीं भेजते। हम इसी से परेशान हैं और कैकेयी को भला-बुरा कहते नहीं थकते कि उसने ग़लत किया। भाई ज़रा सोचो अगर कैकेयी ये ना करती तो रावण की मृत्यु का क्या होता? हनुमान जी कहाँ मिलते? विभीषण का रावण को छोड़ना कैसे होता? और फिर सीता की अग्नि परीक्षा का क्या होता? फिर लव–कुश से पिता का युद्ध कैसे होता। ये सब भी तो पूर्व निश्चित था ना, तो सबकी मति वैसी ही चली। ऐसा नहीं होता तो वैसा हो जाता, वैसा हो जाता तो ऐसा हो जाता, ऐसे फ़िज़ूल के प्रलाप से और फ़ोकट की कल्पनाओं से क्या फ़ायदा?

महाभारत होना था, तो दुर्योधन की मति चली ऐसी कि द्रौपदी के साथ दुर्व्यवहार करे और श्रीकृष्ण कितना ही समझा लें कौरव कैसे समझ लें; क्योंकि युद्ध का होना निश्चित था और उनका हारना भी निश्चित था। हम कहते हैं कौरव समझे नहीं, अरे भई समझते कैसे? उनकी गति निबटने की जो थी, अगर समझ जाते तो ऐसी दुर्गति नहीं होती और वो संभव नहीं थी, वरना उन्होंने इस जाति के जो कर्म बाँधे थे, उनका क्या होता? करनी का फल तो मिलता ही है ना और मिलना भी चाहिए।

देखो जिन श्रीकृष्ण से आज पूरी दुनिया समझ रही है, उस जैसे समझाने वाले नारायण भी कौरवों को नहीं समझा पाये। समझाने से आज तक कौन समझा है? वो तो वो ही समझता है या नहीं समझता है, जिसकी जैसी जिसकी गति होनी निश्चित होती है। वहीं उन्हीं श्री कृष्ण से अर्जुन इतना समझ गये की पूरी गीता बन गयी, क्योंकि अर्जुन की गति में वैसा ही निश्चित था।

प्रथम तीर्थंकर भगवान आदिनाथ के सगे पोते मारीच उनकी ही सभा में बैठे थे और आदिनाथ की वाणी में निकला ये जो मारीच बैठा है, ये चौबीसवाँ तीर्थंकर बनेगा। ये बात तो बड़े सौभाग्य की थी, लेकिन वो बस ये सुनते ही खड़ा हो गया। उसका ईगो हर्ट हो गया। अरे वाह! यह तो बन गए पहले तीर्थंकर और मैं चौबीसवाँ?

ऐसा कैसे होगा मैं भी देखता हूँ, और चल पड़ा भगवान की वाणी का विरोध करने।

उसे दूसरा, तीसरा और तेइसवाँ भी नहीं बनना था। बस, इसलिए उसकी मति में ऐसे अहंकार का भाव आया और ऐसे दुर्व्यवहार की भावना हुई, उसके ऐसे कर्मों का बंध हुआ था, जिससे उसका नंबर चौबीसवाँ लगना था। गति तो निश्चित थी मति ही वैसी चली।

अब कोई कहे उसने ऐसा क्यों किया?

इसलिए किया क्योंकि उसकी गति में चौबीसवाँ नंबर था। अगर ऐसा नहीं करता तो दूसरा नहीं बन जाता, पर बन कैसे जाता? बनना तो चौबीसवाँ निश्चित था। अगर वो दूसरे नंबर का बन जाते तो जो दूसरे नंबर पर जो बने उनका क्या होता? सारी व्यवस्था ही अव्यवस्था में फैल जाती। जैसी गति निश्चित थी, उनकी मति वैसी ही चली।

भगवान स्वयं नहीं समझा पाए अपने पोते को? समझा भी कैसे पाते? वरना उसके अपने कर्मों का क्या होता?

कौन किसको समझा सकता है? क्योंकि जो होना है सो निश्चित है, तो वो समझता भी कैसे। क्योंकि उसकी गति में तो चौबीसवाँ नंबर था।

श्रीकृष्ण के चचेरे भाई भगवान नेमिनाथ की दिव्य-ध्वनि में आया कि ये द्वारका नगरी 12 वर्ष बाद जल जायेगी। ये बात सुन कर कुछ लोगों ने संसार से संन्यास ले लिया, कुछ उनकी वाणी का विरोध करने लगे, कुछ उठ कर अपने काम-काज सँभालने लगे, कुछ बच्चों को समझाने लगे, कुछ द्वारका को अभी से बचाने की कोशिश में लग गये, सबने बात तो एक ही सुनी थी पर सब पर इसका असर अलग-अलग हुआ। सबकी मति अलग-अलग चली, उनकी होने वाली गति के अनुसार।

गुरू भाई ने कहा - देश की आज़ादी में गाँधी जी का इतना बड़ा योगदान होना निश्चित था। उनका राष्ट्रपिता बनना निश्चित था तो रेल के गोरे इंस्पेक्टर की मति ऐसी चली कि उन्हें रेल के डिब्बे से बाहर फेंक दें, उसका गाँधी जी को बाहर फेंकना भी तो निश्चित था, वरना गांधीजी कैसे आजादी दिलाने की कसम खाते।

नंदन सोचने लगा, देखो ना मैं कभी बाहर निकलता नहीं था, और आध्यात्मिक बातों को पोंगापंथी समझता था कोई कभी सुझाता भी तो नकार देता था, पर उस दिन अचानक इनके पास पैर खिंचे चले आये। आज देखो... गति ऐसी ही होनी थी इसलिये मति ऐसी चली कि चलो एक बार सुन लेते हैं ये क्या बोल रहे हैं। किसी के करने से क्या हुआ?

गुरू भाई आगे बोले - अब देखो ना जो मैं समझा रहा हूँ। सब लोग सारी बातें एक ही तरह से थोड़े ही समझ रहे हैं, और कुछ तो समझ ही नहीं रहे होंगे और कुछ मन में शंकायें ले कर बैठे होंगे और कुछ मन ही मन विरोध भी कर रहे होंगे। सभी

अपनी-अपनी गति के अनुसार समझ रहे हैं, इसमें मेरा क्या? और मैं इस अहंकार में अपने आपको चौड़ा समझने लगूँ कि मैंने तुम्हें समझा दिया, और जो विरोध कर रहे हैं उनका क्या? अगर मैं ज़िम्मेदार हूँ तो दोनों का या फिर किसी का नहीं।

तुम परेशान होते हो कि तुम्हारे बच्चे तुम्हारी सुनते नहीं है। पत्नी मेरी बात समझती नहीं है, लोग सुनते नहीं हैं, सुने कैसे? तुम कौन सी खेत की मूली हो जब आदिनाथ नहीं समझा पाये मारीच को, राम नहीं समझा पाये सीता को और ना ही रावण को, श्रीकृष्ण नहीं समझा पाये कौरवों को, ईसा मसीह, गुरू गोविंदसिंह जी और मोहम्मद साहब उनको नहीं समझा पाए जिन्होंने उन्हें ही कष्ट दिये, तो हम कौन? आज तक कौन किसको समझा पाया है? सब अपनी-अपनी होने वाली गति के अनुसार समझते या नहीं समझते हैं, और जो कभी-कभी तुमसे समझते हुए दिखाई देते हैं उसका अहंकार तुम मत करो, वो भी सब अपनी अपनी होने वाली गति के अनुसार ही समझते हैं। बस फ़र्क़ इतना है उनको जैसा समझना था तुम्हारे मुँह से भी उसी समय वही बात निकली और तुम समझ बैठे कि वे तुम्हारे समझाने से वे समझे। तुम्हें अपने विकल्प की पूर्ति करना है तो कर लो बस, पर इससे परेशान मत होओ। तुम दुखी इसलिए होते हो कि वो समझते नहीं हैं और वे समझेंगे अपनी-अपनी होने वाली गति के अनुसार, उसमें तुम हस्तक्षेप कैसे कर सकते हो? अगर तुम्हारा हस्तक्षेप हो गया तो उनके अस्तित्व का क्या होगा? उनके अपने कर्मों का क्या होगा? वो तो तुम्हारे अधीन हो गए और अगर वो तुम्हारे अधीन हो सकते हैं तो तुम भी तो किसी के अधीन हो सकते हो? इसका मतलब पूरा ब्रह्मांड ही एक दूसरे के अधीन हो गया, मतलब परतंत्र हो गया एक-दूसरे पर डिपेंडेंट हो गया ये प्रकृति के नियम में कैसे संभव है?

कितना अच्छा हो सब स्वतंत्र हों और अपने-अपने में ही मगन रहें। अपने-अपने ही ज़िम्मेदार रहें। कोई किसी पर निर्भर ही ना हो।

गुरू भाई बोलते जा रहे थे लोग समझते जा रहे थे ना तो किसी को समय की चिंता थी और ना ही कहीं जाने का विकल्प जब इतनी अच्छी बातें पहली बार समझने को मिल रही हैं तो भला लोग क्यों जाने लगे? यहाँ से जाकर भी वे इससे बढ़िया क्या काम कर लेंगे? अब इसे सेमिनार कहो, प्रवचन कहो या फिर इंटरैक्टिव वर्कशॉप या सेशन जो जिसको कहना हो कहो पर लोग उठने को ही तैयार नहीं थे, और गुरू भाई भी रस ले लेकर बिना रुके, बिना घड़ी देखे बोलते ही जा रहे थे। सब निराकुलता के साथ अपनी-अपनी मस्ती में थे।

तुम बदलने का अभिमान करने चले हो, क्या बदल सके हो आज तक? क्या माँ-बाप, भाई-बहिन, बच्चे, सब तुम्हारी इच्छा अनुरूप हैं? अगर नहीं हैं तो तुम अपनी च्वॉइस से उन्हें बदल पाये? या ऐसे ही स्वीकार कर लिया? जब एक चीज़ में परिवर्तन नहीं कर सकते तो दुनिया की किसी चीज़ में परिवर्तन नहीं कर सकते,

प्रकृति का नियम तो एक ही रहेगा। तुम चले हो अपनी पत्नी को पसंद करने, कहते हुए वे हँस पड़े।

अचानक नंदन के दिमाग़ में कौंधा, हमने कितनी कोशिश की कि एक बेटी हो जाये, कितने ही ताबीज़ पहन लिये, कोई चौखट नहीं छोड़ी, जिस पर माथा ना रगड़ा हो, छह डॉक्टरों को भी बदल-बदल कर दिखा दिया, पर कहाँ हुई? मैं कितना परेशान हो रहा था और दूसरों के ऊपर कितना दोषारोपण कर रहा था, पर आज ये बात समझकर आँख खुल गयी।

गुरू भाई बोलते जा रहे थे - एक-एक समय में कब-कब, क्या-क्या होना है यह निश्चित है। तुम अगर उस समय में होने वाली घटना पर्याय, समय, अवस्था को वहाँ से हटाओगे तो सब कुछ बिखर नहीं जायेगा? जैसे मोतियों की माला से अगर एक मोती को उसके स्थान से हटाओगे तो पूरी माला ही टूट जायेगी। फ़िल्म की रील में से एक भी सीन को उसके स्थान से हटाओगे तो पूरी फ़िल्म ही बिखर जायेगी।

जब एक कार्य में, एक जगह, तुम परिवर्तन नहीं कर सकते तो एक कण मात्र में भी नहीं कर सकते। नियम तो एक ही काम करेगा।

तुम बच्चों को इस बात के लिए बहुत डाँटो कि पढ़ाई करो वरना फ़ेल हो जाओगे। उन्हें मारो-पीटो और खुद परेशान हो, आकुलता करो और मान लो वो क्लास में फ़र्स्ट आ गया तो तुम घमंड से भर जाते हो, कर्तृत्व के अहंकार से भर जाते हो कि अगर तुम डाँटते नहीं तो वो फ़ेल हो जाता, तुम्हारी वजह से ही वो फ़र्स्ट आया है, और तुम्हारा ही बच्चा कहता है कि मैंने बहुत पढ़ाई की बस इसलिए मैं फ़र्स्ट आ गया, पापा तो ऐसे ही कहते रहते हैं।

मान लो वो तुम्हारे कारण ही फ़र्स्ट आ गया। तुम अपने बच्चे को नहीं डाँटते तो वो क्लास में फ़र्स्ट आने वाला ही नहीं था। इसका मतलब अगर तुम अपने बच्चे को नहीं डाँटते तो कोई और बच्चा फ़र्स्ट आता या फ़र्स्ट आने वाला था। मतलब डाँट लगाई तुमने अपने बच्चे को फ़र्स्ट आने के लिए और वो डाँट का उल्टा असर हुआ उस दूसरे बच्चे पर भी जो फ़र्स्ट आने वाला था, जिसके बारे में तुम्हें कुछ पता भी नहीं है। ऐसा तो हो नहीं सकता कि वो जगह ही ख़ाली थी तुम्हारी डाँट के लिए, जब डाँटोगे तब ही वो जगह फ़िलअप होगी।

इसका मतलब पूरी दुनिया के भाग्य विधाता तुम हो गये हो, अपने बच्चे के फ़र्स्ट आने के और दूसरे के नहीं आने के, और उधर उसका बाप उसे डाँट रहा था कि पढ़ाई कर वरना फ़र्स्ट कैसे आएगा? और वो मान लो वो फ़र्स्ट नहीं आ पाया तो उसका ज़िम्मेदार वो तुम्हें थोड़े ही मानता है, वो कहता है नालायक मैंने तो कोई कसर नहीं छोड़ी तुझे समझाने में और तू ही नहीं पढ़ा। मतलब एक काम के होने में सबने अपने-अपने अभिमान और कर्तृत्व की पूर्ति के अनुसार अपनी-अपनी कहानियाँ बना

लीं, अपने आप को महान बनाते हुए, अगर ऐसे ही दुनिया चले तो कार्य भी कैसे होंगे? दुनिया कैसे चलेगी? प्रलय नहीं आ जायेगी?

सब अपने-अपने हिसाब से अपनी अपनी स्टोरी बना रहे हैं, जो सच नहीं है। दुर्भाग्य ये है कि ये उसे ही सच मानता है और जब सत्य समझ आता है, तब ये धोखा खाता है और अपने को ठगा सा महसूस करता है।

प्रकृति के एक-एक कण की पूर्व निश्चित जो समयबद्ध शृंखला चल रही है जो अपने-आप में ही खचित है वो टूट जायेगी। तुम्हारे एक छोटे से परिवर्तन के कारण पूरी विश्व व्यवस्था ही बिगड़ जायेगी, और सुनो! परिवर्तन करने वाले तुम अकेले ही थोड़े हो। हर व्यक्ति वो परिवर्तन करना चाहेगा। व्यक्ति ही क्यों हर जानवर, हर जीव मात्र वो परिवर्तन करना चाहेगा, जीव ही क्यों कण-कण परिवर्तन करना चाहेगा। इस परिवर्तन का अधिकार अगर एक को मिलेगा तो कण-कण को मिलेगा, तो ये संभव कैसे होगा? सभी को परिवर्तन का अभिमान भी तो करना है, तो सब, सबके करने वाले हो गये तो परिवर्तन होगा क्या? किस पर होगा? और किसकी मर्ज़ी से होगा?

जब एक कार्य में तुम परिवर्तन नहीं कर सकते तो एक कण मात्र में भी नहीं कर सकते, नियम तो एक ही काम करेगा।

जिसका जो जिस काल में जो होना निश्चित है वो ही होगा और वो उसके ही द्वारा किए गये पूर्व कर्मों के अनुसार होता है।

कार्य होने के पहले मैं पूरे परिवर्तन का अभिमान करता हूँ, जब मेरे अनुसार काम नहीं होता है तो थक-हार कर जब कोई उपाय नहीं दिखता है तो मैं कर्मों पर ढोल देता हूँ, होनी पर डाल देता हूँ। अगर मैं कार्य होने के पहले ही होनहार पर डाल दूँ, होनी पर डाल दूँ तो अनंत निश्चिंतता आ जाये। गुरू भाई की इस बात में बहुत दम था।

एक शायर शहरयार ने कहा है -

बे-नाम से इक ख़ौफ़ से दिल क्यूँ है परेशाँ
जब तय है कि कुछ वक्त से पहले नहीं होगा।

हम सबने सुना है - वक्त से पहले और भाग्य से ज़्यादा किसी को कभी नहीं मिलता।

मैं इस अभिमान में जी रहा हूँ कि मैं करोड़पति हूँ और ये सब मेरी मेहनत से मैंने ही कमाए हैं। लक्ष्मी तो चंचल है वो किसी और के पास से तुम्हारे पास आयी है, तो मतलब तुम्हारा कंट्रोल दूसरों की जेबों पर भी हो गया, जिन्हें तुम जानते भी नहीं हो, उनके दिमाग़, दिल और निर्णय पर भी तुम्हारा कंट्रोल चल रहा है, जिससे वो तुम्हारे पास आयें और तुम्हारे साथ व्यापार करें, और कितने लोग उन ग्राहकों पर

अपना कंट्रोल करना चाहते हैं? तो किसका कंट्रोल उन पर चले? और उनके अपने कंट्रोल का क्या फिर?

और जब तुम्हें घाटा हो जाता है तब? वो किसके कारण हुआ? तब तुम ढूँढ़ते को किसी व्यक्ति या परिस्थिति को जिस पर इस का ठीकरा फोड़ा जाये और तुम बच लो बिलकुल पाक साफ़।

अगर तुम एक करोड़ कमा सकते हो तो सौ करोड़ क्यों नहीं कमा लेते? अब फिर तुम्हारे पास फिर कोई बहाने होंगे इस बात के लिये, मतलब जो हो जाता है उसे तुम कहते हो मैंने किया और जो नहीं होता है उसके लिए बहाने बनाने लगते हो, वाह री पल-पल पलटू दुनिया। अनादि काल से पल-पल पलटते-पलटते पलटना हमारा स्वभाव बन गया है और हमें अब पता भी नहीं चलता कि हम पलट गये।

हम हर व्यक्ति को, हर जीव को, हर अजीव को, हर कण को अपने-अपने हिसाब से बदलने की कोशिश करते हैं और वो बहुत स्पष्ट दिखता है कि परिवर्तन मेरे हिसाब से नहीं होता है। मैं हर बार असफल हो जाता हूँ, हर बार धोखा खाता हूँ, फिर भी मैं वही परिवर्तन करने की कोशिश करता रहता हूँ, फिर असफल होता हूँ, तब भी मेरी समझ में ये बात नहीं आती, मतलब कुत्ते की पूँछ टेढ़ी की टेढ़ी, बारह साल बाद भी।

मान लो, तुम हो इस सृष्टि के मालिक, तुम ही इसे चलाने वाले हो। अब तुम इसे किस किस के हिसाब से और कैसे चलाओगे?

एक शादी में जब डीजे बजता है, तो तुरंत लोग आ जाते हैं। एक कहता है कि ये गाना बजा दो, दूसरा कहता है ये नहीं ये बजा दो, तीसरा कुछ और कहता है और डीजे बजाने वाला आख़िरकार थक-हार कर उसे ऑटो मोड पर छोड़ देता है, और कहता है अब सब अपने आप बज जायेगा, आप तो बस नाचो। एक डीजे तो सबके अनुसार चल नहीं सकता और तुम चले हो पूरी सृष्टि के कण-कण को अपने हिसाब से चलाने, कहते हुए वे हँस पड़े।

तत्वज्ञान सिर्फ़ परिभाषा नहीं है, बल्कि ये अपने जीवन में उतारने का सच्चा प्रयोग है। हमें इसके व्यवहार को समझ कर जीवन में उतरना होगा। हम जो सीख रहे हैं उसे तुरंत अपने जीवन में घटी या घट रही घटनाओं में घटाना चाहिए, जिससे प्रेक्टिकल रूप से वो सिद्धांत हमारे गले उतार जायेंगे वरना ये बातें किताबों में ही क़ैद हो जायेंगी। जब ये सिद्धांत समझ आ जायें और इन पर सच्ची श्रद्धा हो जाये तो फिर जीवन में हर पल उनका उपयोग करना चाहिए।

अब तुम लोग अपने-अपने जीवन पर इस महा सिद्धांत को घटाओ, जो चीज़ तुम्हें परेशान कर रही है या जिसके कारण तुम्हारी कषायें तीव्र हो जाती हैं, जिसके कारण तुम आकुलित हो जाते हो, जो तुम्हें बेचैन कर देती हैं। किस कारण तुम

अहंकार में मद मस्त हो जाते हो। किस कारण तुम डर और भय से ग्रसित रहते हो। मैं तुम्हें दे रहा हूँ दस मिनट, अपनी-अपनी डायरी में लिखो और साथ में उसका समाधान भी।

पूरे हॉल में सन्नाटा छा गया। कुछ लिखने में मशगूल हो गये तो कुछ आँखें बंद करके लिखने के लिए सोचने लगे।

ये कुछ अलग ही तरह का प्रोग्राम था, ना ही सिर्फ़ भाषण था और ना ही सिर्फ़ उपदेश, ना ही कोई सेमिनार और ना ही कोई वर्कशॉप, ना ही कोई ऐसा कार्यक्रम जिसमें सैकड़ों बार सुनी-सुनायी कोई कहानी, कथा, इतिहास, भूगोल, चुटकुले शायरी हो, इसे जो भी नाम देना हो दे दो, पर ये था कुछ अलग ही।

लोगों के चेहरे बता रहे थे कि वे बहुत हल्कापन और सहज महसूस कर रहे थे। निराकुलता कैसी होती है, इसका आनंद लेने की कोशिश कर रहे थे। कुछ भी हो लोगों के विकार काग़ज़ पर आ गये थे, पर सबने ईमानदारी से ये एक्सरसाइज़ नहीं की थी। अगर ईमानदारी से ये काम करें तो अंदर के विकार काग़ज़ पर आ जाते हैं, और उनमें स्पष्टीकरण आ जाता है और फिर समाधान मिलने में देर नहीं लगती है। लोग अपने विकारों को लिखने में भी डरते हैं, लिख ही नहीं सकते हैं। अगर सच्चाई लिख लेंगे तो वो स्वीकार करनी होगी जो आसान नहीं है, लोग खुद ही अपने आपको मिसगाइड करते रहते हैं।

गुरू भाई ने अपनी आँखें खोलीं और अपना मौन तोड़ते हुए बड़ी वज़नदारी से बोले -

कितना अच्छा हो सब अपने-अपने ज़िम्मेदार हों वो चंचल लक्ष्मी भी अपनी गति और योग्यता के अनुसार अपने निश्चित स्थान पर रहे और तुम्हारे साथ भी अपनी-अपनी गति और योग्यता के अनुसार जो पूर्व निश्चित है वैसे ही हो।

वस्तु के स्वरूप में ऐसा ही होता है। यही सत्य है, हम तो ज़बरदस्ती दूसरों के क्षेत्र में घुसने की नाकाम कोशिश करते रहते हैं जो असंभव है। मतलब दूसरों के इलाक़े में अपना क़ब्ज़ा करने की नाकाम कोशिश करते हैं, क़ब्ज़ा करने वालों की जो हालत होती है तो फिर हमारी भी वही हालत होती है। जो देश के नियम-क़ानून के विरुद्ध काम करता है उसे सज़ा मिलती है। वैसे ही जो प्रकृति के नियम-क़ानून के विरुद्ध काम करेगा या करने की सोचेगा उसे भी तो आकुलता की सज़ा मिलेगी। पाप कर्मों का बंधन होगा।

प्रकृति के नियम में कण-कण की स्वतंत्रता का चीख़-चीख़ कर शंखनाद है, उद्घोष है और हम उसकी इस बात को तनिक भी सुनने को तैयार नहीं हैं, मानो हम बहरे हो गए हैं। अगर ये बात समझ आ जाये और इस पर सच्ची श्रद्धा हो जाये तो जीवन में भय चिंता रहे ही ना रहे, बोलते हुए भैया आँख बंद करके गाने लगे -

जा करि जैसें जाहि समय में, जो होतब जा द्वार।
सो बनिहै टरिहै कछु नाहीं, करि लीनो निरधार।।
हमको कछु भय ना रे!

अब नंदन की हिम्मत बढ़ने लगी थी। वो इस अध्यात्म में डुबकी लगाना चाहता था। चूँकि सच्ची और अच्छी बात गले उतर रही थी, और वो इससे अधिक गहराई में जाना चाहता था, इसलिए उससे पूछे बिना रहा नहीं जा रहा था।

नंदन : तो फिर हम कुछ भी नहीं करते हैं? पर हमारे करने से काम होता हुआ दिखता तो है भैया? जैसे मैंने बच्चे को थप्पड़ मारा और वो रोने लगा। नंदन आगे बोलने ही वाला था तो भैया ने उसे हाथ दिखा रोक कर कहा – अभी इसका उत्तर सुन लो, फिर दूसरा प्रश्न पूछना।

बच्चे के पूर्व में कुछ ऐसे कर्मों का बंधन हुआ था, उन कर्मों को इस समय थप्पड़ खाने के रूप उदय में आना निश्चित था। अब कोई कारण तो बनेगा ही और किसी पर तो इसका आरोप भी आयेगा तो तुम बने उसे थप्पड़ खाने के निमित्त, उदय उसका था और तुम हो निमित्त।

निमित्त? नंदन की भौंहें सिकुड़ गयीं।

हाँ, सुनो नया शब्द है ना तुम्हारे लिए। अब लगे हाथ इसे भी समझ ही लो, ये बहुत महत्त्वपूर्ण है।

कार्य होने पर जिस पर आरोप आए उसे निमित्त कहते हैं। कार्य तो हुआ उसकी अपनी योग्यता से लेकिन उस कार्य के होने में कोई तो कारण बनेगा और जो कारण बनेगा वो उस वक़्त वहाँ उपलब्ध था तो उस पर ही आरोप आ जाता है। बस, उसे ही निमित्त कहते हैं। कार्य के नहीं होने की बात नहीं है, क्योंकि जब कोई काम होगा ही नहीं तो आरोप भी किसी पर नहीं आयेगा और जब आरोप ही नहीं आयेगा, तो कोई निमित्त भी नहीं होगा।

बात कुछ समझ नहीं आयी, नंदन ने फिर पूछा।

हाँ! हाँ!! मैं समझता हूँ तुम्हारी समझ में नहीं आया होगा, सुनो –

एक बार मैं बद्रीनाथ से आ रहा था और मेरे आगे एक कार चल रही थी, जिसमें चार दोस्त बैठे थे और अचानक पहाड़ का एक टुकड़ा टूट कर कार पर गिरा, कार 500 फ़ीट गहरी खाई में गिर गयी। उसमें बैठे चार दोस्तों में से एक की मृत्यु हो गयी एक का सिर फट गया एक की टाँग टूट गयी और एक को खरोंच भी नहीं आयी। मैं पूछता हूँ, एक की मौत क्यों हुई? आप बोलेंगे पहाड़ के टूटने से, अगर पहाड़ के टूटने और कार के गिरने से ही मौत हुई है तो बाक़ी तीन की क्यों नहीं हुई? इसका

मतलब मौत पहाड़ का टुकड़ा कार पर गिरने के कारण नहीं हुई, बस उसका आयु कर्म पूरा हो गया था, तो कोई प्रत्यक्ष कारण तो बनेगा, जो वहाँ उपलब्ध होगा। जिस पर कार्य के होने का आरोप आ सके बस वो ही निमित्त है। इस घटना में पहाड़ और कार का खाई में गिरना एक निमित्त था एक की मौत के लिए, एक के सिर फटने के लिए और एक की टाँग टूटने के लिये वही पहाड़ का टूटना निमित्त था और जिसे खरोंच भी नहीं आयी उसके लिए तुम क्या कहोगे? पहाड़ तो उस पर भी गिरा था, और भैया चुप होकर इधर-उधर देखने लगे।

सीधा सा निष्कर्ष निकला ना, जिसे खरोंच तक नहीं आयी उसकी आयु अभी शेष थी और उसने पूर्व में ऐसे कोई कर्म नहीं बाँधे थे, जिससे उसके शरीर को कोई तकलीफ़ भी हो तो नहीं हुई। अब इसमें हम पहाड़ को दोष कैसे दे सकते हैं।

अच्छा बताओ, उसके दस सेकेंड पहले एक कार निकली थी, पहाड़ उस पर क्यों नहीं टूटा? उसके दस सेकेंड बाद भी फ़र्राटे के एक कार निकल गयी। उस पर भी कोई टुकड़ा नहीं गिरा? अब वो निर्जीव पत्थर तो किसी से पक्षपात करने से रहा।

सही बात है पीछे से किसी की आवाज़ आयी, अगर ऐसा नहीं होता तो सब मर जाते या सब को एक सी ही चोट आती, इसका मतलब सब अपने-अपने ज़िम्मेदार हैं। हम जबरन ही किसी पर भी आरोप लगा देते हैं।

हाँ, यही बात तो है भाई। निमित्त का कोई दोष नहीं होता है और हम ढूँढ़-ढूँढ़ कर निमित्तों को लाते हैं और फिर उन पर दोष देते हैं और अपने आपको पाक साफ़ समझते हैं।

अब क्या हुआ सुनो। मज़े की बात तो सुनो। गुरू भाई ने फिर अपनी बात शुरू की।

हम सब ये देख रहे थे और डर के मारे वहीं खड़े हो गये कि अब आगे कैसे जायेंगे? कहीं हम पर ही पहाड़ टूट कर गिर गया तो? सब डरने लगे, सबकी घबराहट बढ़ गयी, पल्स हाई हो गयी।

ये तो हमारा अज्ञान ही था ना, अगर हमें प्रकृति के सिद्धांत या वस्तु के स्वरूप का ज्ञान हो कि पहाड़ का टुकड़ा तो निमित्त है, वो कुछ नहीं कर सकता है, उसने किया कुछ नहीं, उस पर तो आरोप आया है। निमित्त कहते ही उसे हैं जिस पर आरोप आये, और हम हैं जो निमित्तों से डर रहे हैं। होगा तो वो ही जो होना है और वो सब अपने-अपने कर्मों के अधीन है। जब जिसकी जिस समय मौत आनी है, जिसकी टाँग टूटनी है या सिर फटना है या साबुत बचना है, कोई भी इसमें कुछ भी नहीं कर सकता है, और ना ही कोई फेर-बदल कर सकता है। इसमें निमित्त का क्या दोष? और हमारा सारा फ़ोकस और टार्गेट निमित्त ही हो जाते हैं, जबकि उनकी कोई वैल्यू ही नहीं है। जो इस सिद्धांत को समझ ले, अब बताओ दोस्त ऐसे व्यक्ति को किस

बात का डर, चिंता या परेशानी? कौन सी परिस्थिति इसे परेशान कर सकती है या दुखी कर सकती है?

आरोप माने ब्लेम करना, दोष लगाना कहते हैं। मतलब निमित्त करता (कर्ता) नहीं है, बस उस पर तो ब्लेम आया है और ब्लेम तो किसी पर भी आ सकता है। जो सामने होता है, उस वक्त उपस्थित होता है। उस पर आ ही जाता है। हमने निमित्त को करता (कर्ता) मान लिया और उस निमित्त से राग-द्वेष करने लगे। उसी को आरोपी मानने लगे, और अपने आप को दुखी करने लगे।

कोरोना महामारी ने पूरी दुनिया को हिला दिया। अब वही एक बीमारी से किसी को कोई ख़ास असर ही नहीं हुआ तो किसी को वेंटिलेटर लगाना पड़ा है और तो और कोई कोई मौत के काले मुँह में चला गया। अब मुझे बताओ, एक ही बीमारी सभी को वही एक डॉक्टर देख कर रहा है, एक सी ही दवाइयाँ दे रहा है तो ये अलग–अलग असर क्यों?

सीधी सी बात है, सब को अपने-अपने उदय के अनुसार भोगना पड़ रहा है। किसी को कोई दोष दिया ही नहीं जा सकता, जब कोई ठीक हो जाता है तो मरीज़ कहता है – डॉक्टर साब! आपने ठीक कर दिया, कोई मर जाता है तो वो डॉक्टर से कहता है आपकी वजह से मर गया, जो ठीक हो जाता है, उसका श्रेय डॉक्टर ले लेता है और जो मर जाता है उसके लिए डॉक्टर कहता है मैं क्या करूँ? बीमारी ही ऐसी है, किसी का कोई वश नहीं चल रहा है।

डॉक्टर और दवाइयाँ ही सब कर सकते होते तो सब को एक सा ही रिज़ल्ट आता ना!

अरे भाई, एक जगह तो टिके रहो, तुम अपने हिसाब से सिद्धांत ही बदलते रहते हो। ये तो ऐसा हो गया, जब जो अच्छा लगे वो सोच लो और कभी श्रेय ले लो, कभी पल्ला झटकार दो।

कोरोना, डॉक्टर, दवाइयाँ आदि तो सिर्फ़ निमित्त हैं। काम तो अपने अपने कर्मों के उदय के अनुसार और अपनी-अपनी योग्यता से ही होना है, जिसकी आयु पूरी हो गई, उसे तो मरना ही है कोरोना उसकी मौत में निमित्त बन गया। कोरोना से कोई नहीं मरा अगर कोरोना से मरे तो सबको मरना चाहिये या सबको ठीक होना चाहिए, ऐसे ही डॉक्टर और दवाइयों के बारे में सही सिद्धांत समझना चाहिए।

तुमने अपने किसी दोस्त की मदद की और उसे इस कारण लाखों का फ़ायदा हो गया, तुम फूले नहीं समाते हो, उस पर अहसान दिखाये बिना नहीं रहते हो कि सब तुम्हारे कारण हुआ है। अगर तुम ही सब कर सकते हो तो पूरी दुनिया को लखपति क्यों नहीं बना देते? और अगर सबको नहीं बना सकते तो एक को भी तुमने नहीं बनाया। जो अपने पुण्य कर्मों के उदय के कारण बनना था वो बन गया। कोई भी

इसमें कुछ भी नहीं कर सकता है और ना ही कोई फेर-बदल कर सकता है। तुम सिर्फ़ निमित्त मात्र रहे, ज़्यादा अभिमान करने की ज़रूरत नहीं है।

निमित्त से कुछ होता नहीं है, जिसमें लियाकत नहीं है उसे सिखा भी नहीं सकते, बगुले को कहाँ गणित सिखाते हो? क्योंकि उसमें लियाकत नहीं है, कुम्हार घड़ा कहाँ बनाता है अगर वो ही बना सके तो वो लोहे का घड़ा क्यों नहीं बना सकता?

जब भगवान श्रीराम स्वयं अपनी पत्नी सीता का दुःख नहीं हर पाये और सीता माँ को वो सब भोगना ही पड़ा जो कर्म उन्होंने बाँधे थे। अपने बेटे लव-कुश की परेशानियाँ नहीं दूर कर पाये, और क्या कहें वे अपनी स्वयं की तकलीफ़ नहीं ठीक कर पाये, उन्हें वो सब भोगना पड़ा जो कर्म में बँधा था, अब चाहे ख़ुशी-ख़ुशी भोगो या रो-रो कर। हम जबरन ही अपने माथे कर्तृत्व का बोझ ले कर दबे जा रहे हैं।

तेरे हाथ में अपनी छोटी अँगुली को तो पीछे मोड़ना है नहीं, और तू पूरी दुनिया को ठीक करने चला है, वो आगे मुड़ जाती है तो तू कहता है कि मैंने मोड़ी और पीछे की ओर वो मुड़ नहीं सकती तो तू कहता है, ये मुड़ती नहीं है।

हँसी का फ़व्वारा छूट गया।

जो कार्य अपनी योग्यता से हो जाता है उसका अहंकार तुम अपने ऊपर जबरन ओढ़ लेते हो और जो नहीं होता है। उसे तुम उसे भाग्य पर डाल देते हो, वाह रे! तेरा स्वार्थी दोहरा चरित्र। जो कार्य हुआ उसमें तुम मात्र निमित्त थे और कुछ नहीं क्योंकि किसी ना किसी पर इस कार्य के होने का आरोप तो आना ही था सो तुम पर आ गया तुम फ़्रीफ़ंड में ही कर्तृत्व का अभिमान करके पाप कमा रहे हो।

कभी-कभी तो बहुत स्पष्ट रूप से हमें दिखता है कि काम हमारे ही करने से हुआ है, हम नहीं करते तो ना होता। हम कैसे ये बात मान लें? पीछे से किसी ने बड़ा बारीक प्रश्न पूछा।

देखो, तुम्हारा सोचना या तुम्हारी कोई क्रिया, एक्टिविटी का होना और उस काम के होने की योग्यता जो स्वयं उसके कर्मों के अनुसार हुई, दोनों का समय एक हो गया, तो तुम्हें लगा कि ये काम मेरी वजह से हुआ। दोनों का काल एक रहा इसलिए तुम्हें ये भ्रम हो गया कि काम तुम्हारी वजह से हुआ, जब दोनों का काल अलग-अलग हो जाता है तो तुम हाथ मलते रह जाते हो, मैंने कोशिश तो बहुत की पर काम हुआ नहीं या ना होने का आरोप किसी पर लगाते रहते हो। हाँ, जब तुम काम के नहीं होने का आरोप दूसरों पर ही लगाते हो, उसमें अपने आप को बचा लेते हो। भैया ने मस्ती में सिर हिलाया।

ज़रा सोचो, कभी-कभी तुम किसी को मोबाइल पर फ़ोन लगाते हो और वहाँ से वो भी तुम्हें फ़ोन लगाता है फिर तुम पूछते हो। अरे ये क्या? मेरा फ़ोन लगा है या तुम्हारा? और दोनों इस बात पर लड़ने लगते हो, क्योंकि दोनों के फ़ोन लगाने का

काल एक था, इसलिए भ्रम हो गया पर लगा तो एक ही का था और दोनों अपने-अपने भ्रम में जी रहे थे।

तुम्हारे पैसे कमाने की इच्छा, मेहनत करने का समय और नोटों का तुम्हारे पास आने का समय एक हो गया है, इसलिए तुम्हें लगता है कि मैंने पैसे कमाये, मेरे करने से हुआ। अगर तुम्हीं कमाने वाले थे तो पाँच साल पहले क्यों नहीं कमा लिये? कोशिश तो तब भी तुमने कम नहीं की थी, और ना आज कम की है। बस तब उन रुपयों की योग्यता तुम्हारे पास आने की नहीं थी, और तुम्हारी इच्छा, मेहनत और नोटों के स्थान परिवर्तन का काल एक नहीं था।

अब इसमें पत्नी कहती है कि मैं तुम्हारा साथ ना देती तो ये ना होता, ड्राइवर कहता है मैं ना होता तो आपको आराम से कौन ले जाता और आपको इतना समय मेरी वजह से मिला। बच्चे अपना क्रेडिट ले लेते हैं, फिर माल, माँग, ग्राहक आदि भी तो पीछे नहीं रहते। सबकी क्रिया का काल एक होने के कारण सबने इस कार्य के होने में कर्तृत्व का अहं अपने अपने हिसाब से अपने ऊपर ले लिया, पर अल्टीमेटली कार्य तो अपनी ही योग्यता से हुआ, अपनी ही परिणति से हुआ।

हथेली में खुजली चलती है तो हम समझते हैं कि पैसा आयेगा, अरे भाई! खुजली तो एलर्जी के कारण हो रही है, और पैसे आने का संबंध हथेली की खुजली से कैसे हो गया? कभी-कभार ऐसा हो कि तुम्हारी हथेली में खुजली हो और तुम्हारी सास का घर में आना हो, फिर वे तुम्हें जाते वक़्त पचास रुपये दे दें। बस हमेशा के लिये तुम्हारी अंध मान्यता बैठ गयी। फिर चाहे जीवन में ये दो बातों का एक समय दोबारा कभी भी ना हो तो भी तुम यही विश्वास करके बैठे रहते हो। ऐसे ही किसी न किसी घटना के कारण हमारी अंध मान्यता की गहरी जड़ें घर कर जाती हैं।

बस, कोई चीज़ जैसी होने वाली होती है और मैं भी वैसी ही चाहता हूँ, मेरा चाहना और उसका होना, दोनों का मिलन एक ही समय में हो जाता है तो मैं खुश हो जाता हूँ और सोचता हूँ कि मेरे कारण हो गया, और बस इन्हीं कभी-कभी मेरे अनुसार होने वाली चीज़ों के भ्रम के झुनझुने को पकड़ कर मैं जीवन भर बार-बार असफल कोशिश करता रहता हूँ। जैसे किसी ज्योतिषी या पंडित की जीवन में कोई बात सही निकल जाये और पूरे जीवनभर सब ग़लत निकले तो भी हमारी श्रद्धा उस पर बनी रहती है। ये मानव स्वभाव का दोष है। ये सिलसिला अनादिकाल से चल रहा है।

हम बड़ा कर्तृत्व का बोझ और अहं लेकर घूमते हैं कि हमने बड़े बेटे को बड़े अच्छे संस्कार दिये और उसे बड़ा डॉक्टर बना दिया। ये मेरी ही मेहनत थी, वरना वो तो रह ही जाता, पर तुम उस छोटे की बात क्यों नहीं करते हो जो नालायक निकल गया, आवारागर्दी करता है। बस जो बन गया उसे मैंने बना दिया और जो नहीं बन पाया, वो नालायक मेरी सुनता ही नहीं है। हमारी ये स्वार्थी, दोहरी प्रवृत्ति कैसी?

दोनों अपने-अपने कर्मों के उदय के अनुसार ही बने हैं, जिसके ज़िम्मेदार वो स्वयं ही हैं, कोई और नहीं। हाँ, तुम निमित्त हो सकते हो जिसकी कोई उपयोगिता ही नहीं है।

मेरे बाद मेरे बच्चों का क्या होगा? अरे होना क्या है? तुम्हारी परेशानी इसलिए है कि तुम ये मानते हो कि उन्हें तुम पाल रहे हो। अगर तुम ही पाल रहे हो तो उनके अपने कर्मों का क्या? कर्ता तो वो हैं और तुम तो सिर्फ़ निमित्त हो। देखो ना, जब बच्चा माँ की कोख से जन्म लेता है तो माँ के स्तन स्वतः दूध से भर जाते हैं। क्या किया तुमने उसमें? बच्चे के जन्म के बिना लाख कोशिश कर लो, एक बूँद दूध ले आओ ज़रा। बच्चा जब आया तो अपनी व्यवस्था खुद करके आया। तुम्हारे भरोसे नहीं है वो, हाँ और अगर उस समय माँ के दूध का आहार ना मिले उसे तो क्या खिलाओगे तुम उसे? तुम जबरन ही अपने ऊपर कर्तृत्व बोझ ले कर घूम रहे हो।

हाँ, तुम जैसा निमित्त उसे मिला ये भी उसके पुण्य का ही उदय है।

और सुनो, जिसका जैसा होना होता है निमित्त तो अपने आप ही हाज़िर हो जाते हैं और निमित्त की योग्यता भी बिलकुल वैसी ही होती है जैसा कार्य होना होता है।

अब ध्यान से सुनो, गुरू भाई की आवाज़ में जोश आ गया - तुमने अगर निमित्तों के इस स्वरूप को समझ लिया, तो तुम्हें दुनिया में ना तो किसी के सामने दीन-दुखी बनकर हाथ फैलाने की ज़रूरत है ना ही किसी से डरने भयाक्रांत होने की और ना ही स्वयं अभिमान में चढ़ने की, ना किसी की कृपा तुम पर होती है और ना ही तुम किसी पर कोई कृपा कर सकते हो।

शीला बोली, गुरू भाई! अगर ये अपूर्व सिद्धांत या यूँ कहें ये यूनिवर्सल लॉ समझ पूर्वक दिल में उतर जायें तो फिर क्रोध, मान, माया, लोभ, लालच, टेन्शन, डर, भय, चिंता, आकुलता, व्याकुलता, अपेक्षायें, अहसान, रूठना, मनाना सब ग़ायब हो जाएँगे? और हम यहीं अत्यंत निराकुल और सुखी हो जायेंगे क्या?

हाँ शीला, बिलकुल सही पकड़ा है तुमने! ऐसा ही है, अगर वस्तु का सही स्वरूप समझ आ जाये या यूँ कहें ये यूनिवर्सल लॉ समझ पूर्वक दिल में उतर जाये, तो अपने इस अमूल्य जीवन को जीने की अलग ही मस्ती होगी। जीवन बोझिल ना लग कर आनंदमयी हो जायेगा। हम इस सुंदर और दुर्लभ मानव जन्म को मिट्टी के भाव ख़त्म कर रहे हैं। भैया की आवाज़ में दया और कोमलता थी।

गुरविंदर के दिमाग़ में एक प्रश्न बड़ी देर से घुमड़ रहा या तो उसने बीच में ही पूछ लिया – तो दुनिया में कुछ नया होता ही नहीं है, यदि सब कुछ पहले से ही निश्चित है तो?

हाँ, गुरविंदर! सब निश्चित है, अगर सब पूर्व निश्चित ना हो तो ये विज्ञान की खोज, जैसे गूगल मैप कैसे बता देता है कि तुम दिल्ली 5 घंटे 10 मिनट में पहुँचोगे और इस-इस जगह पर ट्रैफ़िक मिलेगा। तुम जिस गाड़ी में बैठे हो और जिस स्पीड से

तुम चल रहे हो उससे कब पहुँचोगे, उसके अनुसार सब निश्चित हो गया ना।

तो जिसे दिव्य ज्ञान हो गया है, केवल ज्ञान हो गया है उसके ज्ञान में ये नहीं आयेगा क्या? हाँ, गूगल को ये नहीं पता कि रास्ते में तुम्हारा टायर पंचर हो जायेगा और तुम शाम तक पहुँचोगे। ये बात ईश्वरीय दिव्य ज्ञान में झलकती है कि तुम्हारे साथ क्या होगा और तुम कब कैसे पहुँचोगे, पर वे उसमें कुछ कर नहीं सकते।

दुर्भाग्य यह है कि हमें इस गूगल ऐप पर भरोसा है पर उस ईश्वरीय दिव्यज्ञान में नहीं।

हाँ भाई, हमें सब कुछ नया-नया लगता है, क्योंकि हमारा ज्ञान दिव्य ज्ञान नहीं है, बल्कि अज्ञान है इसलिये हमें सब अचानक लगता है, अरे! ये क्या हो गया? चाहे अच्छा हो या बुरा, यही अचानक भय हमें सताता रहता है, कहीं ऐसा ना हो जाये कहीं वैसा ना हो जाये? जीवन भर भविष्य की चिंता और शंका ही बनी रहती है जबकि जीवन का एक-एक पल अनादिकाल से पूर्व निश्चित है। अपने-अपने कर्मों के अनुसार और वह अनंतकाल तक का निश्चित है।

प्रति पल हमारे तरह-तरह के विकल्प चलते रहते हैं, और उन विकल्पों, भावों के अनुसार हमारे कर्म बँध रहे हैं और जो बँध रहे हैं, वो उदय में आयेंगे। जब एक समय भी हम भावों के बिना नहीं रहते हैं तो एक समय भी कर्मों के बंधन के बिना कैसे रह सकते हैं। जब एक समय भी कर्मों के बंधन के बिना नहीं रह सकते तो एक समय भी कर्मों के उदय के बिना कैसे रह सकते हैं, और वे कर्म तो भूतकाल में बँध ही गये और भविष्य भी निश्चित ही हो गया।

विकल्पों का कारण तो राग-द्वेष हैं और जब इन विकल्पों का शमन हो जायेगा तो कर्मों का बंधन भी नहीं होगा और वही दशा हमारी इस दुखी संसार से पूर्ण आनंद मयी वीतराग रूपी मुक्ति की होगी, यही हमारी परमात्म दशा होगी। हम तो व्यर्थ ही विकल्पों के मायाजाल में उलझे हैं, हमें इसे तोड़ना होगा। गुरू भाई की आवाज़ में जोश था।

अब नंदन काफ़ी समझ गया था। ये इस बात से पता चला, जब उसने पूछा अगर सब कुछ निश्चित है तो फिर हमारे पुरुषार्थ का क्या होगा? हम कुछ भी करें क्यों? हमारे करने, नहीं करने का कोई मतलब ही नहीं रह गया, जब सब कुछ ही पूर्व निश्चित है तो?

कहीं न कहीं सभी के दिमाग़ में ये प्रश्न घुमड़ रहा था। नंदन के पूछते ही सब की नज़रें भैया पर टिक गयीं – इसके उत्तर की खोज में।

गुरू भाई भी बस इसी प्रश्न के इंतज़ार में थे कि अभी तक किसी ने ये पूछा क्यों नहीं पर समय बहुत हो गया था और अब भैया भी इस गंभीर प्रश्न का उत्तर आज नहीं देना चाहते थे, क्योंकि आज की जुगाली के लिए इतना बहुत काफ़ी था। इस बात

से भैया ने सभा विसर्जित कर दी कि ये बहुत गंभीर और आवश्यक प्रश्न है। आज आप इसका उत्तर स्वयं खोजें। हम कल इस पर विशेष रूप से डिटेल में बात करेंगे।

पर एक सूत्र है जो आप हर स्थिति में याद रखें - टेक इट इज़ी एंड लेट्स सेलीब्रेट (Take it easy and let's celebrate)।

इस बारे में एस.पी. भारिल्ल ने उनकी पुस्तक *18 चैप्टर्स* में विस्तार से लिखा है, इसे वहाँ से पढ़ सकते हैं।

इसकी प्रैक्टिस करें। बार-बार करने से इसकी आदत हो जायेगी। आनंद लेने की इस आदत के कारण धीरे-धीरे हमारे ये सारे विकारी भाव ख़त्म हो जाएँगे और हम सिर्फ़ हर परिस्थिति में सिर्फ़ साक्षी भाव से आनंद ही लेते रहेंगे।

आनंद लेना भी एक आदत है। मतलब हमें आनंद लेने की आदत डालनी पड़ेगी, आनंद को लूटना होगा, छीनना होगा, आनंद लेना सीखना होगा। आदत डालना सिर्फ़ और सिर्फ़ हमारे हाथ में ही है जैसी चाहे वैसी डाल सकते हैं। दुनिया को भी आपकी परेशानी से सुकून मिलता है और आपको परेशान होते हुए देखकर अपनी थोथी सहानुभूति दिखाकर वो अपने आपको, आपका सहयोगी और मददगार दिखाने का ढोंग करते हैं और कई बार तो वे इसे सही भी मानते हैं। हम भी पागल उनकी थोथी सहानुभूति पाने के लिए अपने आपको दुखी ही बनाये रखते हैं। ज़रा अपने अंदर के दुश्मन को पकड़ने की कोशिश करो।

आज गुरू भाई जनता के सामने कुछ भावुक हो गये थे। सभा को समापन की ओर ले जाते हुए बड़े दयालु स्वर से बोले - देखो भाई! हम तुम्हें सत्यता की और सम्यक् स्वरूप को समझाने की कोशिश कर रहे हैं और फिर भी कोई ना समझे या मेरी बातों का ग़लत अर्थ निकाले तो पंडित टोडरमल जी ने एक बात कही है - "कोई कोढ़ी को अमृत पान कराये और वो ना करे तो उसके अभाग्य की महिमा तो हम से हो सकती नहीं..." कह कर भैया थोड़े शांत हो गये। ये बात सुनकर कुछ लोग अपने आप को महाभाग्यशाली महसूस करने लगे।

अब नंदन काफ़ी रिलैक्स होता जा रहा था, क्योंकि वो जीवन को, प्रकृति के नियम को, वस्तु के वास्तविक स्वरूप को, दर्शन को और अध्यात्म को, विश्व की व्यवस्था को समझ रहा था। हालाँकि ये बहुत विस्तृत, गहरा और आत्मचिंतन का विषय है पर उसे गाइडलाइन तो मिल ही गयी थी। लोग भी इन तथ्यों को सुनकर अपने जीवन के घटनाक्रम से जोड़ते जा रहे थे, और लोगों के चेहरे के भाव बता रहे थे कि उनमें कितना परिवर्तन आ रहा था, तत्वज्ञान, दर्शन, अध्यात्म और धर्म का मतलब थोथी अविश्वसनीय काल्पनिक बातें नहीं होती हैं, बल्कि वस्तु के सच्चे स्वरूप का ज्ञान होता है जो तर्क और युक्ति की कठोर कसौटी पर खरा उतरता है। इससे दुनिया का स्वरूप समझ आता है, कण-कण का स्वरूप समझ आता है। सारे भय, डर,

चिंतायें, समस्यायें, विषय भोग की लालसा, लालच और लोभ समाप्त होकर आनंद मयी जीवन जीना है, जिससे ये भव और आगे के अनंत भाव सुधर जायें।

दुर्भाग्य है कि स्वार्थी, मौक़ापरस्त, अज्ञानी, इसे व्यापार समझने वाले तथाकथित बाबाओं या पंडों या धर्म गुरुओं या पाखंडियों ने धर्म के नाम पर भोली-भाली जनता को अपने अपने हिसाब से उनकी श्रद्धा पर भावनात्मक तरीक़े से कुठाराघात करके उन्हें डराना, पागल बनाना और लूटना शुरू कर दिया है, जिससे समझदार लोग तत्वज्ञान, दर्शन, अध्यात्म और धर्म को ही ग़लत समझने लगे या उसकी तलाश में दर-दर भटकते रहते हैं। अगर हाथ कुछ नहीं आता है तो दूर ही होते जाते हैं।

6

असली निर्लोभी वक्ता तो श्रोता का इंट्रेस्ट देखता है अगर वो रुचि पूर्वक सुन रहे हैं, और सीख रहे हैं तो अपना दिल खोल कर रख देता है। अगर हम वक्ता से सब कुछ ले लेना चाहते हैं तो हमारा कर्तव्य यह है कि हम बड़ी रुचि और विनय के साथ अति उत्साह से वक्ता को सुनें और उन्हें रेस्पॉन्स भी दें। कोई भी शंका हो तो उसे बहस और कुतर्कों से दूर सिर्फ़ समझने के दृष्टिकोण से बड़ी विनय पूर्वक पूछें वरना ज्ञानी और निर्लोभी वक्ता के साथ कोई ज़बरदस्ती तो है नहीं कि वो अपने दिल को हमारे सामने निकाल कर रख दें।

जिस गहराई से लोग रुचि ले रहे थे, गुरू भाई को भी अब उन्हें समझाने का भाव आ रहा था। वे और गहराई में उतरते जा रहे थे, और हर बार अपने श्रोताओं की रुचि चैक करते रहते थे। उन्हें कोई स्वार्थ तो था नहीं और ना ही अपने श्रोताओं, भक्तों या श्रद्धालुओं के प्रति कोई हिडन एजेंडा था कि उन्हें अपने क़ब्ज़े में लेकर उनका दुरुपयोग कर लें।

गुरू भाई ने नंदन के कल के प्रश्न से सभा की शुरुआत की।

हाँ! तो बोलो नंदन कल तुम क्या पूछ रहे थे?

नंदन : अगर सब कुछ निश्चित है तो फिर हम कुछ भी करें क्यों? हमारे पुरुषार्थ का क्या होगा? बैठे ही रहें हम बस।

गुरू भाई : हम पुरुषार्थ का मतलब ही ग़लत समझते हैं। पहले सच्चे पुरुषार्थ का मतलब तो समझ लो, प्रश्न का उत्तर तुम ही खोज लोगे। चलो बताओ, मैं तुमसे ही पूछता हूँ, रात के दो बजे हैं और सुनसान सड़क है दो हज़ार के नोटों की गड्डी पड़ी है अब उसे उठाना पुरुषार्थ है या नहीं उठाना पुरुषार्थ है।

सभी ने एक सुर में बोला उठाना ही पुरुषार्थ है। वो ही तो कार्य है, कुछ किया ना हमने।

और सुनो –

किसी ने तुम्हें गाली दी, उसको पलट कर एक थप्पड़ रसीद कर देना, क्रोध आ जाना पुरुषार्थ है या शांत रहना?

उसे निबटा देना ही पुरुषार्थ है, वरना तो लोग हमें डरपोक समझ लेंगे, सभा में से आवाज़ आयी।

किसी ने तुम्हारी प्रशंसा की और तुम्हारा अहं में आ जाना पुरुषार्थ है या निरहंकारी रहना पुरुषार्थ है?

घर गृहस्थी में रहना पुरुषार्थ का काम है या वैरागी होकर संन्यास ले लेना?

इस बार कोई आवाज़ नहीं आयी।

देखो भाई! यही तो उल्टी मान्यता है हमारी। हम पुरुषार्थ की परिभाषा समझ ही ग़लत रहे हैं, जब वस्तु का स्वरूप ही उल्टा समझ रहे तो तो बाक़ी सब चीज़ें भी ग़लत ही समझ रहे हैं। जब वस्तु का सही स्वरूप समझेंगे तो बाक़ी चीज़ों को जो उल्टी समझ रहे थे वे भी तो ठीक होंगी।

कैसे?

हमने समझा था, हमारे चार आंतरिक शत्रु हैं – क्रोध, मान, माया और लोभ, अब इन पर विजय हासिल करना, इन्हें जीतना पुरुषार्थ है या इनके गुलाम हो जाना? अथवा इनके चंगुल में फँस जाना पुरुषार्थ है?

इन्हें जीतना, एक सुर में आवाज़ आयी।

बस, यही तो मैं समझाने की कोशिश कर रहा हूँ बेटा, अब तुम्हीं उत्तर दोगे।

सुनसान सड़क से दो हज़ार के नोटों की गड्डी तो तुमने लोभ के कारण उठाई। पुरुषार्थ तो अपनी लोभ कषाय पर कंट्रोल करना है। उसे छोड़ देना है पुरुषार्थ है, उठाना नहीं, गड्डी छोड़ कर तुमने अपनी लोभ कषाय पर विजय प्राप्त की, पुण्य कमाया, गड्डी उठा कर पाप के भागीदार बने। गाली देने वाले को पलट कर एक थप्पड़ तो तुमने क्रोध के कारण मारा, पुरुषार्थ तो अपने क्रोध पर कंट्रोल करना है, शांत रहना पुरुषार्थ है क्रोध करना नहीं, शांत रह कर तुमने अपनी क्रोध कषाय पर विजय प्राप्त की, पुण्य कमाया, क्रोध कर पाप के भागीदार बने। हमारे अहं को चोट पहुँचती है, और हमें लगता है कि अगर हम शांत रह गये तो हम छोटे हो जायेंगे, यदि हम ये समझ लें कि शांत रहने से ही बड़े बनने वाले हैं तो?

प्रशंसा सुन कर अभिमान तो तुम्हें मान कषाय के कारण आया, पुरुषार्थ तो अपनी मान कषाय पर कंट्रोल पाना है। सहज रहना है, मान में अहंकारी होना नहीं। निरहंकारी रह कर तुमने अपनी मान कषाय पर विजय प्राप्त की, पुण्य कमाया। मानी बन कर पाप के भागीदार बने।

पर में कुछ करना तो नपुंसकता है, क्योंकि वो तुम कर ही नहीं सकते हो, बल्कि अपने भावों पर विजय पाना, अंदर कुछ करना वास्तविक पुरुषार्थ है।

अपने को जानने का नाम पुरुषार्थ है और मैं पूरी दुनिया के जानने में लगा हूँ और उसे ही पुरुषार्थ मान रहा हूँ।

इस महान सिद्धांत पर श्रद्धा होना ही महा पुरुषार्थ है।

नंदन : ये तो समझ गया पर, इसका मतलब हम कुछ करें ही नहीं, जो होना होगा सो हो जायेगा।

अगर ऐसा ही होना होगा कि तुम कुछ करोगे ही नहीं तो ऐसा ही होना होगा, इसलिए ऐसा तुम सोच रहे हो। इसमें कौन सी बड़ी बात है?

इतना समझ लो कि ये सिद्धांत अगर तुम्हारी समझ में आ गये तो यही सच्चा पुरुषार्थ है, भाई! अनादि काल से ये बात ही तो समझ नहीं आयी। बाक़ी सब तो करते ही आ रहे हैं। हमें यही पता नहीं है कि क्या करना है और क्या नहीं करना है। हम सिर्फ़ कषायों की पूर्ति को कुछ करना मानते हैं, जबकि उनको नहीं करना या उन पर विजय प्राप्त करना वास्तव में कुछ करना है।

क़दम-क़दम पर, बात-बात पर हमारे अहं पर चोट लगती रहती है और हम उसकी पूर्ति में उलझते रहते हैं, और खुद ही परेशान होते हैं।

नंदन : गुरू भाई ये सब तो समझ आ गया, पर एक बात समझ से परे है। अगर आप इज़ाज़त दें तो पूछूँ? क्योंकि प्रश्न थोड़ा ऐसा ही है... और कह कर वो मुस्करा उठा।

पूछो-पूछो नंदन! शंका, शंका होती है। प्रश्न, प्रश्न होता है। कोई ऐसा-वैसा नहीं होता है। अगर पूछोगे नहीं तो मुझे भी कैसे पता चलेगा कि तुम्हारे दिमाग़ में कौनसी बात अटक रही है। आख़िर लोग बस यही ग़लती करते हैं, खुद ही अपने आप को ग़लत-सलत उत्तर देकर कन्फ़्यूज़न में ही जीते रहते हैं या फिर सही तत्वज्ञान से विमुख हो जाते हैं।

गुरू भाई की इस बात से नंदन में हिम्मत आ गयी, अब अगर लोग उसके प्रश्न पर हँसें तो भी अब नंदन हँसी प्रूफ़ हो गया था। ताक़त जो मिल गयी थी।

गुरू भाई, ये पुण्य का उदय या पाप का उदय कहते किसे हैं? जब पुण्य का उदय होगा तो हमें अनुकूलतायें होंगी, परिस्थितियाँ हमारे अनुसार चलेंगी, हम प्रसन्न रहेंगे, ख़ुश रहेंगे, और जब पाप का उदय होगा तो हमें प्रतिकूलतायें होंगी, परिस्थितियाँ हमारे अनुसार नहीं चलेंगी, हम अप्रसन्न रहेंगे, दुखी रहेंगे, तो क्या यही पुण्य/पाप का उदय है? आपने कहा था कर्म बाँधे हैं तो उदय में तो आयेंगे ही। ये तो ठीक है कि उदय में आएँगे और उन कर्मों में कोई फेर-बदल हो ही नहीं सकता, वो हो गया सो हो गया, तो हमें तो भोगना ही होगा ना अब, हम कुछ कर ही नहीं सकते तो अब करें क्या? बड़ी मासूमियत से नंदन ने एक गहराई भरा विशेष प्रश्न पूछ लिया।

बात में दम ज़बरदस्त था। एक बार तो गुरू भाई भी नंदन के प्रश्न को सुनकर सकते में आ गये कि हमारे श्रोता इतनी गहराई से भी सोचने लगे हैं? उन्हें बहुत प्रसन्नता हुई और बड़े उत्साह से बोले -

जैसा मैंने कहा कि वर्तमान में अगर मुझे अनुकूलता लग रही है तो समझ लो, मेरे पुण्य का उदय है और अगर मुझे प्रतिकूलता लग रही है तो समझ लो, मेरे पाप का उदय है। मतलब वह ''लगना'' जो भी स्थिति या परिस्थिति आयी, हम उसे कैसे देखते हैं? हमें वो कैसी ''लग'' रही है? उस समय हम कैसा ''महसूस'' कर रहे हैं? अच्छा या बुरा, क्योंकि कोई भी परिस्थिति हरेक के लिए एक सी नहीं होती है। परिस्थिति तो सिर्फ़ एक स्थिति होती है। बस, फर्क़ इस बात का होता है कि हमें वो अनुकूल लग रही है या प्रतिकूल? परिस्थिति में थोड़े ही कुछ है, हालात में कुछ थोड़े ही है। अगर परिस्थिति ही अच्छी बुरी होती तो पूरे ब्रह्मांड को एक सी ही लगना चाहिए, पर ऐसा होता नहीं है, कभी भी नहीं होता है।

देखो, बारिश किसी को अच्छी लगती है, किसी को बुरी और जिसको अच्छी लग रही है या जिसे बुरी लग रही है वो भी समय और आपके मूड पर निर्भर करती है। जिसको कल बारिश अच्छी लग रही थी, क्योंकि वो घर में पकौड़े खा रहा था और उसी को आज बुरी लग रही है; क्योंकि आज उसे घर से बाहर जाना है।

आगे बढ़ते हुए बोले – बारिश हो रही है, अब उसमें तो तेरा कोई नियंत्रण है नहीं। जो आनंद ले रहा है उसके कारण ना तो बारिश 10 मिनट ज़्यादा होगी और जो दुखी हो रहा है उसके कारण ना 10 मिनट पहले बंद हो जायेगी।

परिस्थिति तो सिर्फ़ परिस्थिति है। हालात तो सिर्फ़ हालात ही हैं। ज़रूरी तो यह है कि आप उस परिस्थिति से कैसे गुज़रते हैं। परिस्थिति तो गुज़रने ही वाली है पर इस दौरान आपके भाव ही निश्चित करेंगे कि आपके भविष्य का निर्माण कैसा हो रहा है?

परिस्थिति तो सिर्फ़ वर्तमान की स्थिति है। वो ना तो अच्छी होती है और ना ही बुरी, क्योंकि वही परिस्थिति एक के लिए अच्छी होती है और दूसरे के लिए बुरी, प्रकृति के नियम में तो पक्षपात संभव ही नहीं है ये तो सिर्फ़ और सिर्फ़ हमारे नजरिये पर निर्भर करता है कि हम उस परिस्थिति को कैसे भोगते हैं या भुगतते हैं।

दो बहनों की शादी हुई और दुर्भाग्य से दोनों की अपने-अपने पतियों से 15 साल तक नहीं बनी, वे रोज़ लड़ते-झगड़ते, माथा फोड़ते, आख़िर दोनों बहनों का तलाक़ हो गया और एक का 10 साल का लड़का और दूसरी की 9 साल की लड़की अपनी-अपनी माँ के साथ आ गये। दोनों लड़कियाँ ट्यूशन से गुज़ारा करने लगीं। अब हम कहेंगे – देखो न बेचारियों के कितने पाप का उदय है? सब उन पर दया करेंगे और दुखी होंगे, लेकिन बड़ी बहन को अपने पति के साथ रहना ज़्यादा तकलीफ़ दे रहा था और अब वो ज़्यादा खुश है, तो उसके पुण्य का उदय और छोटी बहन को अकेले रहना ज़्यादा तकलीफ़ दे रहा था, वो परेशानी महसूस कर रही थी, उसके पाप का उदय, परिस्थिति तो एक ही है, दोनों का तलाक़ हुआ है, दोनों अपने अपने पतियों से अलग-अलग ही रह रही हैं। ये निर्भर इस बात पर करता है कि आप महसूस क्या करते हैं, वेदन कैसा करते हैं, अनुभव कैसा करते हैं, अनुकूलता का वेदन करते हैं,

अनुभव करते हैं, तो पुण्य का उदय और प्रतिकूलता का वेदन करते हैं। अनुभव करते हैं, तो पाप का उदय। ये सब आपके अपने हाथ में है कि आपके पाप का उदय है या पुण्य का उदय।

छोटी बहन का एक साल ऐसे ही रोते-पीटते बीत गया था और अचानक फ़ेसबुक पर किसी व्यक्ति से दोस्ती हुई और वो इतनी बढ़ गयी कि बात शादी तक पहुँच गयी, वो लड़का भी तलाक़शुदा था, पेशे से बड़ा डॉक्टर था, भारत के साथ साथ लंदन में भी उसके हॉस्पिटल थे, बहुत पैसे वाला था, दोनों के घर वाले राज़ी हो गये और शादी हो गयी, हनीमून पर स्विट्ज़रलैंड गये, बहुत मस्त ज़िंदगी हो गयी। लाखों-करोड़ों में खेलने लगी वो, हर पल उसका पति उसे हथेलियों पर रखता, बहुत प्यार करता उससे, मानो उसका जीवन स्वर्ग ही बन गया था।

मैं पूछता हूँ बताओ, तलाक़ होना पुण्य के उदय से हुआ या पाप के उदय से? कह कर भैया हँस पड़े।

जब तक वो प्रतिकूलता का अनुभव कर रही थी। तब तक पाप का उदय और जब वो अनुकूलता का अनुभव करने लगी तब उसके पुण्य का उदय। यह भी तो संभव था कि वो तलाक़ के बाद जब ट्यूशन कर रही थी, तब भी तो वो अनुकूलता का अनुभव कर सकती थी, अगर अनुकूलता का अनुभव करती तो तब भी उसके पुण्य का उदय कहलाता, अगर इतनी बाहरी सुख-सुविधा के बाद भी वो प्रतिकूलता का अनुभव करे तो भी सारे संयोग होने के बावजूद भी पाप का उदय ही होगा उसका।

अब जो बड़ी बहन अभी तक ख़ुश थी और अपने पुण्य का उदय मान रही थी। अब उसे अपनी छोटी बहन को देख कर ईर्ष्या होने लगी, तो बस उसके पाप का उदय आ गया, क्योंकि उसे प्रतिकूलता लगने लगी, अगर उसे अनुकूलता लगे तो उसके पुण्य का उदय।

तुम अगर अपने जीवन में पीछे जाकर देखोगे तो तुम्हें ही अनुभव होगा कि जिस परिस्थिति को तुम अपना पाप का उदय समझ रहे थे, वो वास्तव में तुम्हारे वर्तमान के पुण्य के उदय के कारण ही हुआ था, तुम उसे पाप का उदय समझ रहे थे।

किसी के पास 10 करोड़ रुपये हैं, और कोई कंगाल। रुपये के होने या ना होने में सुख-दुःख या पुण्य-पाप नहीं है, कोई करोड़ होने के बावजूद भी परेशान रह सकता है और कोई कंगाल होने पर भी मस्त, आप जैसा अनुभव करते हैं, वैसा ही आपका उदय होता है।

परिस्थिति तो सिर्फ़ परिस्थिति है और वो गुज़र जायेगी पर देखना ये है कि हम उस परिस्थिति से कैसे गुज़रते हैं। कहते हुए भैया फिर हँसने लगे और चारों तरफ़ श्रोताओं की आँखों में गहराई से देखने लगे।

अब ये बात सुनते ही पूरी सभा फिर सकते में आ गयी।

एक धीरे से बोला – अरे यार! अब ये क्या नया लफड़ा?

दूसरा – हाँ, यार! पर आगे सुनते हैं, अब क्या कहते हैं?

तीसरे से रहा नहीं गया और वो उठ कर बोल ही उठा तो फिर पुण्य और पाप का उदय कुछ नहीं है। सब अपने अनुभव करने पर ही है क्या?

हाँ भाई हाँ, गुरू भाई ने बड़े शांत भाव से कहा और अपनी बात को आगे बढ़ाते हुए बोले –

ग्रंथों में कहा है – "अनुकूल वेदनीयम पुण्यम् प्रतिकूल वेदनीयम् पापम्।"

परिस्थिति तो पर की स्थिति है, इसमें तेरा क्या? वो तो पर है ना? अब तेरा नंबर आता है तू उस परिस्थिति को देखता कैसे है? जैसे देखोगे वैसा तुम्हारा उदय, जैसा अनुभव करोगे वैसा तुम्हारा उदय। अब तुम नक्की कर लो, तुम्हें पाप का उदय चाहिये या पुण्य का? कहते हुए भैया जी हँस दिए, वे तो हँस रहे थे और बाक़ी किंकर्तव्यविमूढ़ से बैठे थे।

तुम व्यर्थ ही परेशान हो रहे हो, ठंड हो रही है या गरमी हो रही है, ये सब तुम्हारे वेदन पर ही निर्भर है ना, कार में एसी 25 डिग्री पर चल रहा है। एक उसी से परेशान हो रहा है और दूसरा प्रसन्न। तुम कल इसी 25 डिग्री से ख़ुश थे और आज परेशान, तुम्हें कौन सुखी कर सकता है? तुम ही अपनी इच्छाओं को बदलते रहते हो, किसी को क्या पता तुम कब क्या चाहो? तुम्हें कौन ख़ुश कर सकता है सिर्फ़ तुम्हारे अलावा। तुम्हारी ख़ुशी सिर्फ़ तुम्हारे हाथ में है, तुम्हारी सोच में हैं वेदन में है, अनुभव में है, परिस्थिति का क्या? आज ऐसी कल वैसी।

गली के कुत्ते के भौंकने से तुम परेशान हो उठते तो और अपने घर की कुतिया के भौंकने पर ख़ुश होते हो। तुम्हें कहाँ कुत्ते का भौंकना परेशान कर रहा है। ये तो तुम्हारे वेदन पर है, तुम कैसा अनुभव करते हो।

जिस रुपये-पैसे के पीछे दिन-रात पड़े हो, उस धन के आने पर भी तुम हमेशा कहाँ ख़ुश होते हो। तुम्हें चाहिये इस साल एक नंबर का पर आता है दो नंबर का है और अगले साल चाहिये दो नंबर का और आता एक नंबर का है। बस तुम दुखी, ज़्यादा आ जाये तो तुम परेशान और थोड़ा कम रह जाये तो तुम परेशान।

सरदार गुरविंदर – अगर मेरे पास धन नहीं है तो मेरे पुण्य का उदय? ये तो कुछ जँचा नहीं।

गुरू भाई – देखो गुरविंदर मैंने कहा ना, किसी वस्तु के होने नहीं होने से क्या संबंध है। अगर मेरे पास अपार धन है और फिर भी मैं आकुलित हूँ, दुखी हूँ, उसकी अमीरी ही मेरे आकुलित रहने का कारण है। धन का होना ही मेरे दुःख का कारण है और यदि वो ही धन मेरे जेल जाने का कारण बन जाये तो वो धन कहाँ पुण्य के उदय से आया? और यदि किसी फ़क़ीर के पास बिलकुल भी धन नहीं है और वो

बहुत आनंद में है, धन का ना होना ही उसके आनंद का कारण है, उसकी फ़क़ीरी ही उसकी निश्चिंत रहने का कारण है उसके आत्म ध्यान में सहयोगी हैं, उसके लक्ष्य में उपयोगी है। उसे धन की कोई लालसा ही नहीं है तो उसके पास धन का ना होना ही उसके पुण्य का उदय है और तुम्हारे उस अपार धन ने तुम्हारी रातों की नींद ही उड़ा दी तो वो धन कहाँ पुण्य के उदय से आया?

कोई भी वस्तु या व्यक्ति या परिस्थिति या समय किसी के पुण्य या पाप के उदय का कारण नहीं बनती है; बल्कि उसमें मेरा अनुभव या वेदन ही पुण्य या पाप के उदय का कारण बनता है, जो नितांत अपने ही हाथ में है।

हमने पहले समझा था ना, परिस्थितियाँ तो परिस्थितियाँ ही हैं। ये कैसे संभव है कि वे हमेशा तुम्हारे अनुकूल ही रहें? दुनिया में हरेक यही चाहता है कि हमेशा सब उसके अनुकूल ही रहें तो ये संभव भी कैसे है? हर परिस्थिति हमेशा हरेक के अनुकूल कैसे रह सकती है? किसी न किसी के विपरीत तो होगी ही, पर उन विपरीत और अनुकूल लगने वाली परिस्थितियों में तुम तो एक से रह सकते हो ना।

बात ऐसी थी कि किसी ने पहले कभी सुनी ही नहीं थी। इतनी सप्रामाणिक सटीक, सागर से गहरी और आसमान से विशाल पर अत्यंत सरल, गुरू भाई बिना रुके उसे लोगों के गले उतार रहे थे।

अपनी इच्छा के अनुरूप हो जाना पुण्य का उदय और अपनी इच्छा के प्रतिकूल हो जाना पाप का उदय, पर या परिस्थिति या व्यक्ति या समय, हमेशा मेरी इच्छा के अनुरूप हो ही नहीं सकता, पर जो कुछ भी हो रहा है, घट रहा है उसके अनुरूप अपनी इच्छा बना लेना या उसमें ही अनुकूलता का अनुभव करना पुण्य का उदय है और ये अत्यंत स्वतंत्र प्रक्रिया है।

जीवन की और एक व्यावहारिक बात बताते हुए भैया बोले - पत्नी, बच्चे, माता-पिता अगर हमेशा मेरे अनुकूल चलें तो मुझे लगता है मेरे पुण्य का उदय है और अगर वो थोड़े से भी मेरी इच्छा के विपरीत चले तो मुझे लगता है कि हे भगवान! मुझे ये दिन देखने से पहले उठा क्यों नहीं लिया?

अरे भले आदमी! अगर वो सब पर पदार्थ तेरे हिसाब से ही चलें तो उनके अपने हिसाब का क्या होगा? उनके अपने अस्तित्व का क्या होगा? क्या उनके अपने अस्तित्व का नाश हो जायेगा? और सब, सबको अपने-अपने हिसाब से चलाना चाहते हैं तो वे किस-किस के हिसाब से चलें?

ये समझ लो, तुम अलग हो और पूरा विश्व तुमसे बिलकुल अलग है, भिन्न है। दुनिया तुम्हें अपने हिसाब से चलाना चाहती है और तुम पूरी दुनिया को अपने हिसाब से चलाना चाहते हो। ये कैसे संभव है भाई?

और तुम्हारी भी तमन्नाएँ या इच्छाएँ भी तो अनंत हैं, वे भी तो हर पल बदलती रहती हैं। तुम भी तो एक जगह टिकते कहाँ हो, तुम कभी कुछ चाहते हो तो कभी कुछ, जो तुम्हें आज पसंद है वो कल नापसंद और जो आज नापसंद होता है वो ही कल पसंद आने लगता है। अगर ये दुनिया तुम्हारे हिसाब से चले भी तो चले कैसे? तुम अकेले नहीं हो, सारे ब्रह्मांड के लोग भी तो ऐसे ही हैं। लोग नहीं, बल्कि जीव मात्र ऐसे ही हैं। प्रकृति की व्यवस्था बने भी तो बने कैसे?

हमारी बदतमीज़ियाँ तो देखो ज़रा - हमारे अनुकूल बने रहने की। प्रति समय परिवर्तनशील अनंत इच्छाएँ हैं और हम पूरे ब्रह्मांड को उसी अनुसार चलाना चाहते हैं, ये कैसे संभव है? ये चलाने वाले अकेले हम ही थोड़े हैं। क़रीब सात अरब मनुष्य, अनंत पशु-पक्षी, मच्छर-मक्खी, पेड़-पौधे, जीव-जंतु सभी की अपने-अपने अनुकूल बने रहने की, प्रति समय परिवर्तनशील अनंत इच्छाएँ हैं तो प्रति समय सभी की सभी इच्छाएँ उनके ही अनुसार हों? इन सबको भी तो वही अधिकार है जो हमें है। हम अपनी पत्नी को या अपने पति को तो अपने हिसाब से चला नहीं पाते हैं, हमारी और हमारी पत्नी की इच्छाएँ तो एक समय में एक होती नहीं हैं और हम चले हैं पूरे ब्रह्मांड को अपने हिसाब से चलाने।

ये बदतमीज़ी पूर्ण मूर्खता है या नहीं और फिर हम कहते हैं हम दुखी हैं। "ये दुःख तो अपरिवर्तनशील जगत में परिवर्तन करने की नाकाम कोशिश का है।"

बेहतर तो यही होगा ना कि सब अपने-अपने हिसाब से ही चलें, और जो हो रहा है उसमें हम अनुकूलता का वेदन करें।

सुखी होने के दो ही तरीक़े हैं – एक तो सारा विश्व हमारी बेपेंदी के लोटे की तरह बदलती हुई अनंत इच्छाओं के अनुसार चले जिनका कोई ईमान धर्म नहीं है, दूसरे जैसी विश्व व्यवस्था चल रही है, मैं अपनी इच्छाओं को उसी अनुसार परिवर्तित कर लूँ, और उसी में सहर्ष रुचि पूर्वक अनुकूलता का अनुभव करूँ।

क्या तुम चाहते हो शेयर मार्केट हमेशा ऊपर जाये? नहीं, क्योंकि जब तुम्हारे पास शेयर होते हैं तो तुम चाहते हो ऊपर जाये और जब इन्वेस्टमेंट करना हो तो तुम चाहते हो नीचे जाये। जब तुम्हें इन्वेस्ट करना है तब किसी को बेचना है वो चाहता है ऊपर जाये तो बताओ, बेचारा मार्केट किसकी सुने? किसके हिसाब से चले? बेहतर नहीं होगा वो अपने हिसाब से चले और वो जैसा चल रहा है, उसमें हम अपने आप में अनुकूलता का वेदन करें, वरना इस दुनिया में कोई भी परिस्थिति सुखी करने वाली होगी ही नहीं।

जो जैसा चल रहा है मैं उसी में अनुकूलता का अनुभव करूँ प्रसन्नता पूर्वक तो मेरे अत्यंत पुण्य का उदय है और मुझे इस दुनिया में कोई माई का लाल दुखी करने

वाला ही पैदा नहीं होगा। अगर अनुकूलता और प्रतिकूलता का अनुभव नहीं करके साक्षी भाव से हर परिस्थिति में सहज रहूँ तो धर्म।

अब नंदन से रहा ही नहीं गया, बिना सोचे-समझे उठ गया और आश्चर्य से अपने पैंट को ऊपर की ओर चढ़ाते हुए बोला –

मैं अलग और पूरा विश्व अलग? मैं, मैं और बाक़ी सब पर? मैं पूरे ब्रह्मांड से अलग? थोड़ी देर पहले जो बात आपने कही वो क़तई समझ में आयी नहीं, गुरू जी! कुछ बैठ नहीं रही है।

तुम्हारी समझने की पकड़ बहुत सूक्ष्म है नंदन। तुम किसी भी एक बात को भी नीचे नहीं गिरने देना चाहते हो। बहुत ख़ूब! ऐसे लोगों का कल्याण होने से कौन रोक पायेगा, पर क्या सब आज ही समझ लोगे? आज जो नोट्स बनाये हैं उन्हें बार-बार पढ़ना, चिंतन करना, मंथन करना उसी धारा में रहना आज, उसी मस्ती में रहना, हो सके तो अपने लोगों को समझाना तुम्हारा पक्का हो जायेगा और अंदर बैठ जायेगा – कह कर गुरू भाई उठ गये।

नंदन किसको समझाये कौन उससे समझे, पर वो तो अपने आप में ही मस्त हो चला था, जिसको ऐसी अद्भुत बात समझ आ जाये तो उसे मस्त रहने के लिए किसी की ज़रूरत नहीं होती है, बल्कि एकांत की ज़रूरत होती है। अब वो अपनी ही मस्ती में मस्त हो चला था, मानो हवा में उछल रहा था। उसे प्रकृति का सिद्धांत समझ आ गया था वस्तु का स्वरूप समझ आ गया था।

आज नंदन निर्णय करके उठा कि अब अपने वर्तमान के भावों का ख़याल रखेगा, निमित्तों पर दोषारोपण आज से बंद, हर परिस्थिति में अनुकूलता का अनुभव करेगा, जिससे अब उसे कौन दुखी कर पायेगा। ना तो कोई परिस्थिति और ना ही कोई व्यक्ति अपने आप में साक्षी भाव से दुनिया को देखने का अभ्यास करेगा, तमाशगीर बन कर रहेगा, और ये होगा।

सोचते-सोचते अपने आप में ही मुस्कराने लगा और जो कभी एक-एक क़दम भारी हुआ करते थे, आज उसकी वही चाल मानो इठलाते हुए बादलों के बीच जंगल के मोर का मदमस्त नृत्य बन गयी थी, जिसे किसी की परवाह नहीं होती है।

नंदन की बाहरी परिस्थिति में कोई फ़र्क़ नहीं आया था, पर नंदन में आमूल-चूल परिवर्तन था। मुरझाया चेहरा खिला हुआ था, जो मुट्ठी भर दवाइयों, चूरन-चटनी के निगलने से भी बदल नहीं रहा था। काला पड़ा हुआ मुरझाया चेहरा चमक उठा था जो रोज़ साबुन रगड़ने से भी से सफ़ेद नहीं हो रहा था, जैसा मुख मंडल आज खिला था ऐसा करोड़ों कमा लेने के बाद भी नहीं खिलता, निराशा से भरी ज़िंदगी में उत्साह मानो आसमान पर था। अपने आप को दुनिया के शिखर पर महसूस करता हुआ, अपने आप में झूमता हुआ नंदन घर निकल गया।

जैसी दृष्टि वैसी सृष्टि। आपकी दृष्टि जहाँ जाती है वही हमारी सोच में घूमता रहता है, और हमें पूरी दुनिया उसी तरफ़ भागती हुई दिखाई देती है। जैसे जब हम कोई नयी कार बुक करते हैं तो हमें सड़क पर चारों तरफ़ वही गाड़ी दिखाई देने लगती है। हमारी दृष्टि अगर अपने प्रतिद्वंद्वियों पर है तो हमें चारों ओर वो ही दिखाई देते हैं, और हम परेशान होते रहते हैं।

घर की मालकिन घरवाली शकुंतला तो कुछ समझ ही नहीं पा रही थी कि इन्हें हुआ क्या है? क्या कोई काम-धंधा मिल गया है? कुछ दिनों से ये तो पूरे बदल गये हैं। ना तो चिड़चिड़ाते हैं और ना ही परेशान दिखते हैं। मुझे कुछ बताते भी नहीं हैं कि कहाँ जाते हैं, क्या करते हैं, कुछ अलग ही दुनिया में जी रहे हैं।

दुनिया की एक समस्या यह भी है कि आप परेशान क्यों नहीं हैं? वो आपको आनंद में भी नहीं देखना चाहती। शकुंतला ने सोचा कल चुपचाप इनके पीछे-पीछे जाऊँगी कहीं कोई नशे की लत में तो नहीं उलझ गये हैं और अपना आपा ही खो बैठे हों।

हाँ, सच है! नंदन अभी तक अज्ञान के नशे में था अब वो नशा उतरने लगा था तो दुनिया को नशे में दिखने लगा था। सारे ही नशे में हों तो बे-नशे वाला सबको नसेड़ी दिखता है। अज्ञानियों के रेले को एक ज्ञानी पागल ही दिखता है और ज्ञानी को सारे अज्ञानी पागल, पर हमेशा बहुमत तो अज्ञानियों का ही होगा, इसलिए ज्ञान के संबंध में कोई भी निर्णय कभी बहुमत से नहीं हो सकता, सिद्धांत, तर्क, युक्ति, समझ और अपने अनुभव से ही हो सकता है।

7

ना शकुंतला बदली थी और ना ही कोई परिस्थिति, पर नंदन तो पूरी तरह बदल ही गया था। बदल क्या गया था, उसकी सोच बदल गयी थी। चिंतन की धारा बदल गयी थी। सोच बदल गयी तो मानो दुनिया ही बदल गयी। सोच ही तो बदलना है, विचारों में ही तो परिवर्तन लाना है। सोच सिर्फ़ पूर्वाग्रह की गठरी ही तो है।

अपने को ही तो बदलना है, दुनिया थोड़े ही बदलना है। आज तक नंदन अपनी सोच को बदलने की वज़ह से दुनिया को बदलने चला था। दुनिया तो बदली नहीं वो ही परेशान था। दुनिया तो जैसी थी वैसी ही थी। वो कहाँ बदलने वाली है।

मैं मतलब मेरे विचार, मेरी सोच, मेरी सोच मतलब मेरे पूर्वाग्रह की गठरी।

मेरा चिंतन, मेरा व्यक्तित्व, मेरा व्यवहार, मेरी ईर्ष्या, मेरी आकुलता, मेरी टेन्शन, मेरा छोटा या बड़ा बनना, कुछ अच्छा लगना या कुछ बुरा लगना, ये सब पूर्व सोच की गठरी से ही तो बना है, और मेरी सोच घटनाओं से, कषायों से, नकारात्मक सोच से, और डर के कारण बनी, सत्यता के आधार पर नहीं।

नंदन सोचता अगर शकुंतला इतने उलाहने नहीं देती तो मैं इस अलौकिक बात से ही वंचित रह जाता, और मुझे इससे क्या वो अपने भाव कर रही है और मैं अपने। दोनों को अपने-अपने भावों का फल मिलेगा। वो तो पर है, मेरा उससे क्या संबंध? मैं जबरन ही उसमें परिवर्तन करने की कोशिश करता रहता हूँ, जो संभव ही नहीं है। मुझे तो हर हाल में साक्षी भाव ही रखना है, और मैं भी कितना पागल था, जबरन ही परेशान और दुखी था।

नंदन का जीवन के प्रति नज़रिया ही बदल गया था और साथ ही व्यवहार भी, हालाँकि कोई सारा ज्ञान उसे नहीं हो गया था, पर सही रास्ता मिल गया था। वो ट्रैक पर आ गया था। अब तो सिर्फ़ आगे बढ़ने के लिए स्पीड की ज़रूरत थी; दिशा की नहीं।

जब पंगत में कुछ अच्छा खाने को मिल जाये, तो अपने पहले याद आते हैं। ये तो ऐसा पारसमणि मिल गया था, जो इसके संपर्क में आ जाये उसका इस जन्म का ही नहीं, बल्कि जनम-जनम का कल्याण हो जाये। ऐसी अद्‌भुत चीज़ मिल जाये

तो सबसे पहले अपनी पत्नी शकुंतला ही याद आनी थी, और अपना बेटा। बेटे का ख़याल आते ही उसे लगा, रहने ही दो! कौन अपनी बेइज़्ज़ती करवाये और शकुंतला का ध्यान आते ही उसे लगा, कौन आग के गोले को छेड़े? सब अपने-अपने समय पर अपनी-अपनी योग्यता से समझ लेंगे।

फिर भी शकुंतला तो साथ ही रहती और बीच-बीच में नंदन का बोलने का मन भी होता तो वो उसे क्या समझाता और वो नंदन से समझने वाली भी क्या थी? वो तो इतना भी कहने की पोज़ीशन में नहीं था कि तू सुन तो ले ज़रा, इतना कहता और ना जाने कहाँ-कहाँ की सुनना पड़ती। जब समझाने का ज़्यादा मन होता भी तो सोच लेता, जिसकी जैसी गति निश्चित हो गयी है उसकी मति वैसी ही चलेगी, मेरे समझाने से क्या? ऐसा सोचकर वो चुप रह जाता।

गुरू भाई की ही प्रेरणा से इन दिनों नंदन को पढ़ने का भी शौक़ चढ़ गया था। सुबह गुरू भाई के पास से आने के बाद उसके पास दो ही काम थे – एक तो उनकी वर्कशॉप के नोट्स को घोंट कर पी जाना और दूसरे जीवन उपयोगी किताबों को पढ़ना। दिन कहाँ निकल जाता उसे पता भी नहीं चलता। सुन तो रखा था उसने कि अच्छी किताबें ही सच्ची दोस्त होती हैं। वे ही दिमाग़ का भोजन हैं, हर व्यक्ति को रोज़ कम से कम आधा घंटा अच्छी किताबें पढ़ना ही चाहिए, पर दुर्भाग्य ही था जो अभी तक ये बात उसे समझ नहीं आयी थी, उसे पता भी नहीं था कि उसकी पढ़ने की स्पीड इतनी ज़्यादा है। अब उसके दिमाग़ में दुनिया भर का कचरा नहीं पनप रहा था। बस, उन्हीं चीज़ों का राज था जो वो चाहता था।

अपनों का राग तो परेशान कर रहा था, रहा नहीं जा रहा था। बोले बिना और बोलने को भी हो नहीं रहा था। बहुत ऊहापोह के बाद सोचा आख़िर एक पत्र ही लिख देता हूँ और अपनी सारी भावनायें उसमें उड़ेल देता हूँ, फिर जो होगा देखा जायेगा।

सबसे बढ़िया तरीक़ा है ये, क्योंकि एकतरफ़ा अपनी बात तो कह दी जाती है वरना पति-पत्नी में सबसे बड़ी समस्या यही होती है कि दोनों एक-दूसरे की पूरी सुनते ही नहीं हैं। अगर शांति से बिना पूर्वाग्रह से एक दूसरे की सुन लें तो सारे लफड़े ही निबट जायें।

आख़िर वो बालकनी में अपनी शकुंतला को पत्र लिखने बैठ ही गया।

प्रिय शकुंतला,

ये ख़त लिखते वक्त मैं बहुत संशय में हूँ, क्योंकि अंत तक मैं ये निश्चित ही नहीं कर पा रहा था कि तुम्हें पत्र लिखूँ या नहीं, और जो मैं कहना चाहता हूँ वो अपनी बात तुम्हें बता भी पाऊँगा भी या नहीं, फिर सोचा तुम तो अपनी ही हो, तुमसे कैसा पर्दा? ये सोच कर हिम्मत कर ली।

बहुत कोशिश की तुम्हें समझाने की पर जब भी मैं अपनी बात करने की कोशिश करता हूँ तो कह ही नहीं पाता हूँ। मेरे एक शब्द पर तुम फिर बोलना शुरू कर देती हो और तुम्हारे एक शब्द पर मैं, बात पता नहीं कहाँ-कहाँ घूम जाती है, और फिर वही चिल्ला-चोट, चीख़ना-चिल्लाना और अंत हमेशा की तरह अलग-अलग हो जाने की क़समों पर होता। मैंने सोचा, चलो आज पत्र लिख दूँ तुम्हारे नाम और लिख दूँ अपने मन की बात, इस उम्मीद के साथ कि तुम इसे उसी भावना से समझोगी जिस भावना से मैं लिख रहा हूँ, इसमें गूढ़ संदेश ढूँढ़ने की कोशिश नहीं करोगी, और कोई मैसेज बिट विन द लाइन ढूँढने की कोशिश करोगी, और संभवतः उत्तर भी दोगी, उत्तर तुम पत्र लिखकर देना तो अच्छा होगा। मैं भी तुम्हारी भावनायें समझ पाऊँगा।

उनतीस-तीस साल हो गये हैं, हमें इस विवाह बंधन में बँधे। फिर भी क्या हम एक दूसरे को पहचान ही नहीं पाये? फिर भी क्या हम एक दूसरे को जान ही नहीं पाए? चौबीस घंटे साथ रहने के बावजूद भी हम एक दूसरे की रुचियों को जान नहीं पाए? यदि जान गये हैं तो फिर ये रोज़-रोज़ का झगड़ा क्यों? यदि नहीं तो फिर इन उनतीस सालों में हमने किया क्या है?

मुझे याद है हमारे वो डेटिंग के 3 साल जब लव मैरिज एक अभिशाप माना जाता था, लोग इसे गंदी नज़र से देखते थे, तब तुमने सबको छोड़कर मेरा साथ दिया। हमारी चुहलबाज़ी होती थी, छेड़खानी होती थी, कैसी भी मज़ाक़-मस्ती होती थी पर ना तुम बुरा मानती थी और ना मैं। बस जब शाम को अलग होते थे तो एक घंटा तो इसमें ही निकाल देते थे कि कल कितने बजे कहाँ? और जितने घंटे भी अलग रहते थे, बस सारा समय एक-दूसरे की याद और मधुर स्मृतियों में ना जाने कब गुज़र जाता था। तब ना तो ये वाट्सएप था और ना फ़ेसबुक। हम अपनी भावनायें ख़त लिख कर एक दूसरे को बताते रहते थे, जो आमने-सामने नहीं बोल पाते थे। कितने छोटे लगते थे ये लंबे-लंबे दिन, जो आज खाने को दौड़ते हैं। बस, सपने देखते थे शादी के बाद चौबीसों घंटे साथ रहने के, ना कोई गिला ना शिकवा, ना कोई उम्मीद, ना आशाएँ, ना एक दूसरे से कोई अपेक्षा, ना एक दूसरे की उपेक्षा, ना कल का दुःख, ना कल की चिंता, बस संगत के हर उस पल को लूट लेना चाहते थे एक पल भी बेकार की बातों में जाया नहीं करना चाहते थे, क्योंकि पता था कि बस थोड़ी सी देर में ही जुदा होना है तो हथिया लो, इस मौक़े को।

तुम्हें भी याद होगा एक दिन जब तुम रूठ गयी थी, तो तुम्हें मनाने में मुझे पूरे दो घंटे लग गए थे। मैंने तो पूरे मज़े लिये ही थे पर तुमने भी मस्ती करने में कोई कसर नहीं छोड़ी थी, बात तो हमें आज तक पता नहीं है तुम नाराज़ क्यों हुई थी। उस पुरानी झील के किनारे जब हम दोनों बैठे थे और मैं तुम्हारे घने बालों की प्रशंसा कर रहा था; क्योंकि उसे दिन मेरे मन में शैतानी थी जो मैं घर से सोच कर आया था कि

आज तुम्हारी ज़ुल्फ़ों में हाथ फेरूँगा, और जैसे ही मैंने शुरुआत की और सामने से एक बाबा जी खखारते हुए आ गये और मैं सहम गया था।

तुम्हें याद होगा। बात-बात में तुम कहती थी। मुझे तुमसे बहुत कुछ सीखना है तुम सिखाओगे ना, मैं बहुत कुछ समझना चाहती हूँ समझाओगे ना, मैं तुम्हारी हर बात को मानने को तैयार हूँ, बस तुम कभी मुझसे नाराज़ ना होना, और मैं सिर्फ़ सिर हिला देता था, तुम्हारी उस मासूमियत को देखकर और तुम्हारे उस भोलेपन को देखकर तुम पर और प्यार आ जाता था।

पता है क्यों? क्योंकि तब हम अपने एक दूसरे के रिश्ते को प्रिविलेज मानते थे, अपना सौभाग्य मानते थे। अब हम अपने रिश्ते को अधिकार मानने लगे हैं। अपना अधिकार मानने लगे हैं, तब एक-दूसरे से कोई अपेक्षाएँ नहीं थीं और अब आपसी अपेक्षाओं का अंबार लग गया है, तब एक-दूसरे को पढ़ने की कोशिश करते थे और अपने आप को एडजस्ट करते थे, जिससे हमारी ज़िंदगी ख़ुशनुमा हो। अब हम चाहते हैं कि सामने वाला मुझे पढ़े और वो मेरे हिसाब से एडजस्ट करे, तब आपस के रिश्ते में एक रोमांच था और अपनी कल्पना शक्ति का पूरा उपयोग करके हम अपनी ज़िंदगी को डिज़ाइन करते थे, जो स्वर्ग से कम ना थी। अब जब सब कुछ हो गया है, साथ-साथ रहने लगे हैं वो सब प्रत्यक्ष है तो ना जाने कहाँ चला गया वो रोमांच और रोमांस, अपनी संग-संग रह कर रोमांचित ज़िंदगी को जीने की ख़ूबसूरत कल्पनायें, क्योंकि अब, जब रोमांच नहीं रहा तो तनाव ने घर बना लिया, दोनों में से एक ही तो रहेगा।

हाँ! मैं जानता हूँ अब नोन-तेल-लकड़ी की चिंता सताने लगी है और वो जीवन के लिए ज़रूरी भी है, पर इन दोनों का आपस में संबंध कहाँ है। वो रोमांच और रोमांस का रिप्लेसमेंट थोड़े होना चाहिए। हम साथ मिल कर तो दुनिया जीत सकते हैं, शकुंतला।

याद है तुम्हें, जिन बातों पर हम मस्ती करते थे, आज उन्हीं बातों पर हम झगड़ लेते हैं, आख़िर क्यों?

हमें परिस्थितियों के कारण बदलना थोड़े ही था, बल्कि हमने तो क़सम खायी थी कि मिल कर परिस्थितियों को ठीक कर लेंगे। अब ये आपस में ब्लेमिंग क्यों? हम मिल-बाँट कर सब ठीक कर सकते हैं ना।

शकुंतला याद होगा तुम्हें, जब-जब भी मैं तुम्हारी ख़ूबसूरती पर मस्ती में व्यंग्य मारता था, तब-तब तुम मुझे जी भर कर छेड़ती थी और शरमा कर मुँह छिपा लेती थी, अब अगर ग़लती से भी मस्ती में तुम्हारी साड़ी के लिए कुछ कह दूँ तो तुम चार सुनाती हो, आपको तो मेरी कब कौन सी चीज़ अच्छी लगी है... कभी मेरे बारे में कुछ कहा ही नहीं चाहे मैं कितना भी कर लूँ... बस, मेरी कमी ही निकालते रहो,

उसी में आपको मज़ा आता है... हाँ, मैं तो बुरी ही दिखती हूँ। दिखती क्या हूँ, हूँ ही बुरी... मैं तो कर-कर के मर गयी इस घर के लिए और आपने कभी अहसान माना ही नहीं... मैं कब कह रही हूँ कोई मेरा अहसान माने... मैंने तो सिर्फ़ अपना कर्तव्य निभाया है... लेकिन कभी कोई जस तो मिले। मुझे आज तक कुछ लाकर तो दिया नहीं... इससे बढ़िया तो मैं मेरे घर में थी जहाँ मेरे पापा और भाई मुझे इतना प्यार करते थे कि अगर मैं ना दिखूँ तो हाहाकार मचा देते थे... और यहाँ किसी को मेरी कोई परवाह ही नहीं है... तुम्हारे इस थोबड़े को देखकर क्या शादी कर ली तुमसे? क्या फ़ायदा ऐसे जीने से...

अरे शंकु, मैंने तो इतना सोचा ही नहीं था और ना ही कहा था जितना तुमने बोल दिया। बाप रे! कहाँ-कहाँ तक पहुँच गयीं तुम, अगर तुम वहीं तक रहतीं जितना मैंने कहा था तो इतनी बात ही नहीं बढ़ती। वास्तव में तो तुम्हारे मन में बातें इकट्ठी होती रहती हैं, जैसे फोड़े में पस। जब सुई लगती है तो सारा सड़ा हुआ पस पिचकारी की तरह बाहर निकल जाता है। तुम्हारे दिल और दिमाग़ में वे सारी बातें और घटनायें इकट्ठी हो जाती हैं, जिन बातों का कोई सरोकार ही नहीं है, जिन्हें तुम खुद के चश्मे से देखती हो और वो ही समझती हो जो समझना चाहती हो, वो नहीं जो सत्य है। याद रखना कोई भी बात अगर समय पर मन से ना निकाली जाये तो वो सड़ना शुरू हो जाती है और जितने समय मन में रहती है, उतनी ज़्यादा सड़ती है, और पस बन जाती है फिर तनिक भी सुई लगी और वो सब बाहर, याद रखना जब तक वो पस अंदर रहता है, तब तक दर्द भी बहुत देता है।

जब ये बातें सड़ना शुरू होती हैं तो फिर पता ही नहीं चलता असल में बात क्या थी, और मुद्दा क्या था। फिर उसके संपर्क में जो भी बातें आती हैं वो सब भी सड़ना शुरू हो जाती हैं उसी ढाँचे में ढल जाती हैं। आख़िर दिमाग़ी इन्फ़ेक्शन फैलना शुरू हो जाता है और हर बात उस इन्फ़ेक्शन का शिकार हो जाती है।

शकुंतला, बातों को इकट्ठा करना बंद कर दो वरना वक्त बे-वक्त वे सड़ी और इन्फ़ेक्टेड बातें ही बाहर निकलेंगी, जिससे और इन्फ़ेक्शन फैलेगा। इसके अलावा और कुछ नहीं, और उसका इफ़ेक्ट मुझ पर और बाक़ी लोगों पर भी पड़ता है और सबसे ज़्यादा तुम पर, तुम कौन सी ख़ुश रह पाती हो? बंद कर दो ये पुरानी बातों की गठरी को ढोना, बहुत वज़न हो गया है उसमें, तुम उसे लेकर कर घूमती रहती हो और जब चाहो, जो चाहो उसमें से वो निकाल कर घोंटती रहती हो। खुद भी दुखी होती हो और मुझे भी।

जानती हो तुम, पहले हम भावनाओं पर ध्यान देते थे और अब शब्दों पर, पहले शब्दों के पीछे की भावनाओं को पकड़ते थे और अब सिर्फ़ शब्दों के बीच की भाषा को ज़बरदस्ती पकड़ने की कोशिश करते हैं, भावनाओं को तो हमने आग ही लगा दी है।

मैं कोई दूध का धुला नहीं हूँ, मैं भी कभी-कभी कुछ कुछ कह देता हूँ, जो नहीं कहना चाहिए। हमारा झगड़ा कभी भी इतनी बड़ी बातों पर नहीं होता है जो जीवन-मरण का प्रश्न बने। हँसने लायक़ बातें होती हैं, वो सब, मैं तुम्हारे में परिवर्तन करने की कोशिश करता हूँ और तुम मुझ में।

शकुंतला, मैं जानता हूँ, हम अलग रह नहीं सकते और प्यार से रहते नहीं हैं। ये रोज़-रोज़ मर-मर कर क्यों जीना? अगर तुम्हें लगता है हम ख़ुशी-ख़ुशी साथ रह ही नहीं सकते हैं तो अलग हो जाना ही बेहतर है। अलग होते नहीं हैं और प्यार से रहते नहीं हैं, ये क्या बात हुई मतलब जीवनभर दुखी ही रहना है? हमें अलग होना नहीं है ये बात पक्की है, क्योंकि अलग होने की कल्पना से ही मैं सिहर उठता हूँ।

जैसा कि मैंने कहा हमारे झगड़े की जड़ आपस की फ़िज़ूल अपेक्षायें हैं, जो हम दोनों को फ़िज़ूल लगती नहीं हैं। हम एक-दूसरे को ठीक करने में लगे हैं, क्यों ना हम पहले जैसे हो जायें। अपने-अपने को ही ठीक कर लें और जैसे हैं वैसे ही एक दूसरे को स्वीकार कर लें - जैसे हैं वैसे ही।

देखो, ये इंसान कोई मोम का पुतला तो है नहीं, जो जैसा चाहो वैसा अपने-अपने अनुसार ढल जाये। हाँ, हम अपने-अपने को ज़रूर ठीक कर सकते हैं और सामने वाले को अपेक्षा रहित जैसा है वैसा ही स्वीकार कर लें।

स्त्री की और पुरुष की बनावट में बहुत फ़र्क़ है उनके जीन में फ़र्क़ है। हम दोनों को वो समझना होगा शंकु! मैं कोई बहुत बड़ा ज्ञानी तो हो नहीं गया हूँ, पर जैसा इन दिनों सुना है, पढ़ा है बस वो ही बता रहा हूँ।

स्त्री और पुरुष इक्वल हैं, सिमिलर नहीं। वे बराबर हैं, समान नहीं। गड़बड़ यहीं से शुरू हो जाती है, जब स्त्री अपने आप को पुरुष के समान समझने लगती है। इसका मतलब कोई छोटा हो गया, कोई बड़ा ऐसा नहीं है; बल्कि प्रकृति का सिस्टम ही ऐसा है, ऐसा ही हार्मोनल बैलेन्स है, ऐसी ही बनावट है। इसलिए कहते हैं, पति-पत्नी में एक हेड होना चाहिये और एक नेक। दो हेड, कैसे हो सकते हैं? हेड मतलब मुखिया भी तो होता है, अगर दो मुखिया होंगे तो सिर ही फूटेंगे। मुखिया तो हमेशा एक ही रहना चाहिये, दो नहीं। पति हेड, सिर होना चाहिये और पत्नी नेक, गर्दन। देखो गर्दन पर ही सिर टिका है और जहाँ गर्दन चाहती है सिर वहीं घूमता है। इसका मतलब इन दोनों में कोई छोटा हो गया कोई बड़ा ऐसा नहीं है, पर दोनों की पोज़ीशन अलग-अलग है। अपनी-अपनी है। दुनिया भी इसी तरह से चलती है तो जीवन क्यों नहीं।

अगर ये अलाइन्मेन्ट नहीं रहेगा तो सब्मिशन ही समाप्त हो जायेगा। यहीं से बच्चों की परवरिश की गड़बड़ी की शुरुआत होती है, वे कन्फ़्यूज़्ड ही रहते हैं। वे अपने आप को किसे सब्मिट करें, अगर ये अलाइन्मेन्ट सही रहा तो वे भी उसका

एक हिस्सा बन जाते हैं, पिता, माँ, और फिर बच्चे। वरना वे फिर दोनों के मज़े लेते हैं और जहाँ उनकी मर्ज़ी की बात होती है उसकी सुन लेते हैं, खुद वो करते हैं, जो उनके मन में आता है। पति-पत्नी ही अगर आपस में एक-दूसरे का सम्मान नहीं रखेंगे, तो बच्चे तो दोनों का ही नहीं रखेंगे। पति-पत्नी ही आपस में कॉम्पिटिशन करते रहेंगे एक-दूसरे को नीचा दिखाते रहेंगे तो बच्चे दोनों को ही अपने जीवन का गुरु नहीं मानेंगे, लगता है हमारे बच्चों की परवरिश में भी यही ग़लती हुई है, उन्हें दोष देने से क्या फ़ायदा, इस बात की चिंता किये बिना कि तुम मेरी बात को कितना समझोगी, मैं तो कहे जा रहा हूँ, पर मुझे उम्मीद तो पूरी है कि तुम समझ लोगी।

महिला दिखती कमज़ोर है पर होती बहुत स्ट्रॉन्ग है और आदमी दिखता तो बहुत स्ट्रॉन्ग है पर अंदर से बहुत कमज़ोर होता है। महिला प्रसव पीड़ा जैसा दर्द भी सहन कर लेती है और पुरुष ज़रा से काँटे में चीख़ उठता है।

पत्नी अगर पति का साथ ना दे तो वो अंदर से टूट जाता है, पर दिखाता नहीं है, लेकिन पत्नी का अगर कोई साथ ना दे तो भी वो दुनिया जीत लेती है, और सहानुभूति भी पूरी दुनिया की लूट लेती है। अगर पति ना रहे तो पत्नी पूरी ज़िंदगी निभा लेती है और अगर पत्नी चली जाये तो पति को साल-दो साल काटना मुश्किल हो जाता है। पुरुष को कोई सहारा तो चाहिये, पहले माँ और बाद में पत्नी। औरत अबला नहीं है पर अबला दिखती है, पर असलियत में वो है सबला, आदमी दिखता मूँछों पर ताव देता हुआ मज़बूत कड़क व्यक्तित्व, पर होता छुईमुई जैसा कोमल।

पत्नी संभवतः ये नहीं समझ पाती है कि उनकी क़ीमत पति की नज़र में कितनी ज़्यादा है और एक पति को पत्नी की कितनी ज़रूरत है, पर पति ये दिखाता नहीं है। पति इतना कमज़ोर है कि पति को पत्नी का छोटा सा टोंचा भी तीर सा चुभता है, जबकि पत्नी को लगता भी नहीं है कि मैंने कोई टोंचा भी मारा है। पत्नी का ज़रा सा सहारा और प्रशंसा पति को हवा सिंह बना देता है। इसलिए पति को हमेशा पत्नी के सपोर्ट की ज़रूरत होती है।

दुनिया समझती है कि शादी की ज़रूरत जवानी में होती है और वो भी सेक्स के लिये, पर वो तो शादी का सबसे छोटा सा आवश्यक काम है, शादी की ज़रूरत तो बुढ़ापे में पड़ती है। जब आपस में अच्छी अंडरस्टैंडिंग वाले एक साथी की ज़रूरत पड़ती है वरना अकेलापन ही खा जाता है। बच्चे, पोते-पोतियाँ अपने-अपने में मस्त हो जाते हैं और बूढ़े माँ-बाप का ख़याल नहीं रख पाते हैं, तब पति-पत्नी ही आपस में एक-दूसरे का सहारा होते हैं, एक-दूसरे का दुःख-दर्द बाँटने के लिये।

सच बताऊँ, मुझे तुम्हारे सहारे की बहुत ज़रूरत है शंकु।

महिला हार कर जीतना जानती है और पुरुष जीतकर भी हार जाता है।

बताने की कहाँ ज़रूरत है, इतिहास उठा कर देख लो ताक़त, सहनशीलता और काम करने की ज़िद सीता की, द्रौपदी की और रानी लक्ष्मीबाई की, या तुम्हारी-मेरी माँ की, चाहे अपने आप को देख लो, चाहे आस-पड़ोस में।

महिलायें रिश्ते चाहती हैं और पुरुष रुतबा। महिला को प्यार चाहिये और पुरुष को आदर। पति को पत्नी की सुंदरता पसंद है और पत्नी को पति की हिम्मत, उसका जाँबाजपन।

रिश्तों में आपस में सिर्फ़ प्यार करना ही पर्याप्त नहीं होता है; जताना और बताना भी ज़रूरी होता है।

नाइट-रिलेशनशिप में भी शर्माने की बजाय बातचीत करना चाहिये। दोनों को आपस में एक-दूसरे की भावनाओं का और संतुष्टि का ख़याल रखना चाहिये, अपन दोनों को, एक-दूसरे का ख़याल रखना होगा शकुंतला।

पत्नी का काम, पति का ध्यान रखना है और पति का काम, ज़िम्मेदारी निभाना पर एक-दूसरे को उसके काम के लिये चैक करना और शंका करना नहीं। दोनों अपना-अपना काम करें बस, एक-दूसरे को ना चेक करें और ना ही ये देखें कि वो करें तो मैं करूँ, पहले कौन करे?

महिला की जो कमज़ोरी है वो पुरुष की ताक़त और जो पुरुष की कमज़ोरी है वो महिला की ताक़त। तभी दोनों मिलकर जीवन की गाड़ी बख़ूबी चला नहीं सकते, बल्कि दौड़ा सकते हैं, दुनिया जीत सकते हैं। बशर्ते वे एक यूनिट बनकर रहें। एक दिशा में काम करें और एक-दूसरे की कमज़ोरियों और ताक़त को साथ ही उनके ज़ीन को समझ कर डील करें तो, स्वभाव को समझकर व्यवहार करें।

अगर हम इतना समझ जायें तो कभी तकलीफ़ ही ना हो।

क्यों ना हम आज से एक नियम ले लें हम एक-दूसरे को सुधारने की बात नहीं करेंगे बस अपने-अपने को ही सुधारेंगे और सिर्फ़ एक ही काम करेंगे 'मुस्कराना।'

मुझे तुम्हारी वही शर्माते हुए तिरछी मुस्कान वाला चेहरा चाहिये, बस।

कहीं-कहीं काग़ज़ उसके आँसुओं से भीग गया था। बहुत भावुक हो गया था नंदन, पर अभी भी कुछ लिखना बाक़ी था। नाक पोंछता जा रहा था और लिखता जा रहा था; आज मानो वो अपने आप को इस पत्र में उड़ेल देना चाहता हो।

शकुंतला, हम सिर्फ़ इतना कर लें जब तुम गुस्से में कुछ बोलो तो मैं बिलकुल चुप रहूँ और जब मैं बोलूँ तो तुम चुप रहो तो हमारा कभी कोई झगड़ा बढ़ेगा ही नहीं, क्योंकि हमारे बीच झगड़े के कोई बड़े-बड़े मुद्दे तो हैं नहीं।

देखो शकुंतला, हमारे माता-पिता की तरह हमारी भी ज़िंदगी का अंत तो होना है। अलग होना कोई उपाय नहीं है एक तो हम दोनों को कोई दूसरा पार्टनर मिलना

मुश्किल है और अगर मिल भी गया तो क्या गारंटी है वो ठीक होगा? एडजस्ट तो वहाँ भी करना ही होगा, अगर हम से भी ख़राब मिल गया तो फिर क्या तीसरी शादी? ये तो कोई सोल्यूशन नहीं हुआ ना?

जितने दिन हैं ये ही सोच कर बिता लो जैसे हम कोई नाटक कर रहे हैं। फ़िल्म का सीन फ़िल्मा रहे हैं। नाटक के मंच पर जैसे एक लड़का-लड़की प्यार का नाटक करते हैं वैसे भी तो अपन बची हुई ज़िंदगी में कर सकते हैं क्या पता नाटक करते करते कहीं वापस से प्यार हो जाये, आपस की इस खींचातानी में क्यों बर्बाद करें अपने जीवन के ये सुनहरे पल, वास्तव में तो पूरा जीवन ही एक नाटक है।

ये तो हमारी च्वॉइस है कि हम कैसा जीवन जीना चाहते हैं।

भला कौन सुलटा सकता है पति-पत्नी के झगड़े, और उन्हें सुलटाने के लिये ज़रूरत भी किसकी है? ना तो किसी व्यक्ति की और ना ही किसी बात के क्लेरिफ़िकेशन की। बस, ज़रूरत है तो सिर्फ़ अपनी-अपनी सोच को ठीक करने की, आपस में विश्वास पैदा करने की। हर रिलेशन को आवश्यकता है त्याग की, आपसी त्याग की, आपसी अटूट विश्वास की, तभी जाकर संबंधों में मिठास पैदा होती है।

मैं तुमसे दिल से क्षमा चाहता हूँ, मेरी आज तक की सभी ग़लतियों के लिए और तुम्हारी जो ग़लतियों से मुझे तकलीफ़ हुई है उसके लिए मैं तुम्हें माफ़ भी करता हूँ। आज से मैं पिछला सब भूल गया हूँ, उम्मीद है, तुम माफ़ कर दोगी, आओ शुरू करें अपनी नयी ज़िंदगी।

आई लव यू शंकु!

तुम्हारा अपना,

नंदू।

और लिखते-लिखते नंदन फूट-फूट कर रोने लगा।

अब कोई राजमहल तो था नहीं, दो कमरों का घर था। सुबकियों की आवाज़ आयी तो शकुंतला बाहर आयी, भौंहें चढ़ाते हुए आँखें मीड़ते हुए रोते हुए नंदन से पूछा -

क्या हो गया है?

कुछ नहीं।

क्यों?

बस, ऐसे ही।

पहले तो ऐसे कभी नहीं हुआ।

हूँ।

हालाँकि बालकनी में रोशनी बहुत कम थी, शकुंतला ने अपने बालों को बाँधते हुए पूछा वो क्या है उस हाथ में नीचे की तरफ़।

कुछ नहीं, बस ऐसे ही।

कुछ तो।

हूँ।

नंदन ने जेब में से रूमाल निकाल कर मुँह को पोंछने के बहाने पूरे मुँह को ढँक लिया, उसने भावनाओं में आकर लिख तो दिया था, पर अभी भी इसी क़शमकश में था उसे दूँ या ना दूँ, देने से शांति होगी या बबाल, वो सामने तो बिलकुल भी देने वाला नहीं था, पर उसके सोचने से होता क्या है, जो होना होता है वो ही होता है।

शकुंतला भी ज़्यादा कुछ बोलने के मूड में नहीं थी। आधी नींद में से उठी थी, उसे नंदन से ज़्यादा चिंता घर में कोई कहीं घुस तो नहीं गया इसकी थी, सो वो सब ठीक था।

थोड़ी देर बाद नंदन भी उठा और बाहर के कमरे में लेट गया, पता नहीं कब नींद आ गयी। अब वो हल्कापन महसूस कर रहा था; क्योंकि उसका सारा बोझ तो निकल गया था। इससे क्या फ़र्क़ पड़ता है वो शकुंतला के सामने निकला या काग़ज़ पर, असलियत में ये बोझ तो सब माइंड गेम ही तो है।

सुबह-सुबह जल्दी उठ कर नंदन तैयार हो गया और शकुंतला के बाथरूम जाने का इंतज़ार करने लगा। उसके बाथरूम जाते ही नंदन ने पत्र चुपचाप शकुंतला के तकिये पर रख दिया और बाहर चला गया; क्योंकि वो अब शकुंतला का सामना नहीं करना चाहता था, वो अच्छे माहौल को देखने से संकोच कर रहा था और बुरे से डर रहा था। वास्तव में बुरा तो क्या होता बस इतना ही बुरे से बुरा होता कि उस पर इस पत्र का कोई असर नहीं होता, लेकिन उसे संभावना अच्छे की ज़्यादा थी, पर उस परिस्थिति का आमना-सामना करने में हिचकिचा रहा था।

तैयार होकर शकुंतला जैसे ही अपने बेड पर गयी और उसे एक सुव्यवस्थित काग़ज़ों का पुलिंदा मिला। बड़ी उत्सुकता से उसे उठाया और खड़े-खड़े ही गीले ही बालों में उसे गहरी आँखों से पढ़ती रही, पता नहीं एक बार पढ़ा कि तीन बार, कब वो बैठ गयी और कब बाल सूख गये कुछ पता नहीं। वो कहीं खो गयी थी। इतना ज़रूर हुआ कि पत्र के अंतिम पेज पर कुछ आँसुओं की बूँदें टपक गयीं।

शकुंतला की हालत को शब्दों में बयान करना मुश्किल नहीं, बल्कि असंभव सा है। वो कभी अपने को ग्लानि से भरा आकंठ मानती तो कभी अंदर ही अंदर प्रसन्न होती तो कभी दुःख से सिहर उठती तो कभी अपने आप पर गर्व महसूस करती, वास्तव में वो खुद ही नहीं समझ पा रही थी उसे क्या हो रहा था। मेडिकल भाषा में कहें तो कुछ हार्मोनल चेंजेज़ होने लगे थे। अंततः उसने सोचा मुझ में अब इनका

सामना करने की ताक़त तो है नहीं, जो भी भावनाओं का उद्वेग है उसे काग़ज़ पर उतार दूँ बिना किसी सोच विचार के, अब वो चाहे पत्र बन जाये या मेरे जीवन की गाथा।

मेरे प्रिय,

मुझे कुछ समझ नहीं आ रहा है, कहाँ से शुरू करूँ और क्या शुरू करूँ? तुमने तो पता नहीं क्या-क्या लिख दिया। मुझे आज पता चला कि तुम इतने समझदार हो गये हो और मुझे पता भी नहीं चला।

सच बताऊँ, मैं आज कुछ कहने लायक़ ही नहीं हूँ, क्योंकि तुमने मुझे कुछ कहने लायक़ छोड़ा ही नहीं। सब कुछ तो कह दिया तुमने। बस, मैं इतना कहना चाहती हूँ कि ये कोल्ड वार, झगड़ा, टेंशन, चीख़ना-चिल्लाना कोई मुझे अच्छा थोड़े ही लगता है, पर क्या करूँ, आज समझ आ रहा है कि मैंने हमेशा एक पक्ष से ही देखा है और सोचा है, जबकि मुझे तुम्हारे पक्ष से भी सोचना चाहिये था। बस, यही ग़लती मनुष्य कर देता है। अगर वो सामने वाले के दृष्टिकोण से ज़रा सा भी सोच ले तो बात ही बदल जाये पर ये हमेशा अपने को सही और दूसरे को ग़लत समझता है, आख़िर ये सामने वाले के पक्ष को समझे तो तब, जब शांति से उसकी सुने।

मुझे जब अपने पुराने दिन याद आते थे तो मैं वैसे ही दिन वापस लाने की वज़ह से अपनी क़िस्मत को कोसने लगती, जबकि उस परिस्थिति को सुधारा जा सकता था। कभी-कभी सुधारने की सोचती तो लगता मैं क्यों सुधारूँ? तुम शुरुआत करो, बस इसी ईगो में या ना-समझी में हमने अपने जीवन के अमूल्य पल बर्बाद कर दिये, आज लगता है, पति-पत्नी में कैसा ईगो और कैसी रेस?

मैं अकेले में कभी-कभी अपने वो ख़त निकाल कर पढ़ लेती थी, तो याद करती थी, अपने वो सुनहरे पल और सोचती थी कि तुम बहुत बदल गये हो, पर वास्तव में तो मैं बदल गयी थी, मेरी सोच बदल गयी थी। अगर मैं सही दिशा में सोचती तो शायद ये सब कुछ नहीं होता जो हुआ, आज लगता है कि अपना जीवन अपनी-अपनी सोच की दिशा का ही परिणाम है।

रही बात पैसों की तो उसमें क्या है? जैसी जो परिस्थिति है, हम अपनी चादर देखकर अपनी गृहस्थी बढ़िया चला ही रहे हैं। पैसे का तो आना-जाना लगा ही रहता है, और अब क्या ज़ेवर और क्या फ़िज़ूल की तमन्नायें? आपसी प्रेम और ख़ुशी एवं शांति के सामने इनकी क्या बिसात?

सच कहा तुमने, हम सारी ज़िंदगी सगाई और शादी के बीच की तरह भी तो बिता सकते हैं, क्यों नहीं एक अच्छे दोस्त की तरह रह सकते हैं, क्यों नहीं हो सकता वही आकर्षण, वही चुहलबाज़ी? वही रोमांचित कर देना वाला रोमांस, अगर हम अपनी सोच की थोड़ी सी दिशा बदल दें।

देखो, मैं तुम्हें चढ़ा नहीं रही हूँ, पर एक बात ज़रूर बता देना चाहती हूँ कि आज तुमने मेरी सोचने की दिशा ही बदल दी है, और अपने आप को बहुत हल्का महसूस कर रही हूँ। वास्तव में तो तुमसे झगड़ा करते वक्त सबसे पहले तो मैं परेशान होती हूँ, तुम परेशान हुए या नहीं ये तो बाद की बात है।

देखो, तुम में कोई कमी नहीं है ऐसा भी नहीं है। वो तो हरेक इंसान में होती ही है, पर मेरी ग़लती यह रही कि मेरा ध्यान कभी भी तुम्हारी एक भी अच्छी बात पर नहीं गया, बल्कि तुम्हारी कमियाँ ही मुझ पर हावी रहीं। वास्तव में तो मैंने अपने अधिकारों का ही ध्यान रखा और अपने कर्तव्यों को भूल गयी थी, और ज़िंदगीभर गाना अपने बने बनाये कर्तव्यों का गाती रही और उसके झूठे बोझ से दबी रही।

मैं विश्वास दिलाती हूँ। आज मैंने अपनी सारी पुरानी सभी बातों में आग लगा दी है, और उन सबको पूरी तरह भूल चुकी हूँ, आगे से यह वादा करती हूँ कि अब बातों का बवंडर नहीं बनने दूँगी।

मैं तुम्हारे सब्मिशन में हूँ। अब हम एक दूसरे के पूरक रहेंगे और एक दूसरे की कमियों को अपनी एक टीम बनाकर पूरा करेंगे।

मेरी वज़ह से तुम्हें जो तकलीफ़ हुई है, उसके लिये मैं तुमसे दिल से माफ़ी माँगती हूँ और तुम्हारे कारण मुझे जो भी परेशानी हुई है, उसके लिये मैं तुम्हें मन से माफ़ करती हूँ।

और क्या कहूँ, अब कुछ कहने को नहीं है बस समझने को है।

सिर्फ़ तुम्हारी, अपनी।

शंकु।

शाम होते-होते जैसे ही नंदन घर आया शकुंतला ने पत्र लिफ़ाफ़े में रख कर नंदन के हाथ में दे दिया और उसी के सामने नज़रें नीची करके खड़ी होकर बड़ी हिम्मत से इंतज़ार करने लगी उसके पढ़ने का।

महिलाओं की विशेष अदायें जिन पर सिर्फ़ उनका ही अधिकार होता है पुरुषों का मन हरने के लिए पर्याप्त होती हैं। बस, इतना ही कमज़ोर है ये पुरुष, इतने में ही तो पानी-पानी हो जाता है, ये बात महिलायें समझ लें बस, अगर वे इनका सही उपयोग करें तो वे उनका आभूषण हैं।

शकुंतला ने नंदन को नशीली भरी आँखों से जी भरकर देखा, कुछ पल एकटक देखती ही रही और उसे अपनी बाँहों में भर लिया उसके कंधे पर सिर रख कर फूट-फूट कर रोने लगी मानो बरसों पुराना गुबार अचानक फूट पड़ा हो, नंदन अकबका गया, क्योंकि इसकी उम्मीद तो उसे क़तई नहीं थी।

शकुंतला के मुँह से कुछ ना निकला, बस इतना कह कर कमरे में भाग गयी – आई लव यू!

कोमलता के परिणाम तो हरेक के अंदर होते हैं। चाहे वो राक्षस ही क्यों नहीं हो, पर उन परिणामों को निकालने वाला चाहिये, पर ये तो अपनी ब्याहता पत्नी थी। दया के परिणाम तो मानव जाति का मूल गुण है, दुष्टता तो ऊपर से ओढ़ी जाती है। उन परिणामों को बाहर निकलने की ज़रूरत होती है। चाहे कितना बड़ा बदमाश, गुंडा या चोर–उक्का का हो अंततः वे एक ना एक दिन सज्जन हो ही जाते हैं या तो किसी की संगत से, उद्‌बोधन से या समय की मार से।

बताने की ज़रूरत नहीं है कि बरसों बाद आज की रात नंदन और शकुंतला की कैसी बीती, दोनों मौन थे पर वार्तालाप सबसे ज़्यादा था। शांत थे पर स्नेह की लहरें अपने वेग पर थीं। जब चिड़ियों की आवाज़ें आने लगीं तो पता चला भोर हो गयी है।

वक्त अनुकूल हो तो पता ही नहीं चलता कब बीत गया और प्रतिकूल हो तो काटे नहीं कटता पर मज़े की बात है कि वक्त तो अपनी ही गति से चलता है ये तो अपनी सोच से धीमा और तेज़ हो जाता है।

8

आज मौसम अपने रंग दिखा रहा था। उधर घने बादल घुमड़ रहे थे, और इधर भावनाओं के बादल घुमड़ रहे थे, फ़र्क़ इतना था कि वहाँ बारिश शुरू हो चुकी थी, और यहाँ दोनों की भावनाओं की बारिश हो तो रही थी पर बाहर परिलक्षित नहीं हो रही थी। शकुंतला ने आज नंदन को अच्छी तरह से पराँठे का नाश्ता कराया पर बोली कुछ नहीं, और ना ही नंदन कुछ बोल पाया। आज बरसों बाद ऐसे पराँठे नंदन ने खाये, बने तो रोज़ जैसे ही थे, पर चाहे पत्नी हो या माँ खाना बनाते वक्त उनका प्यार और स्नेह खाने की रेसेपी में मिलता ज़रूर है। उनका फ़ोकस खाने के स्वाद से ज़्यादा अपनों का ख़याल रखना होता है। देखना ये होता है कि खाना बनाते वक्त उनका मूड कैसा है, इसलिए ही तो घर के खाने में कुछ अलग मिठास होती है जो दुनिया के किसी भी फ़ाइव स्टार होटल में नहीं मिलती, माँ और पत्नी के हाथ का बना खाना आदमी जीवनभर खा कर भी कभी उस खाने से बोर नहीं होता है, और बाहर बड़े-बड़े शेफ़ के द्वारा बने सुंदर-सुंदर तरीक़े से प्रस्तुत की गयी, इंटरनेशनल रेसेपी खाने से दो दिन में ही जी ऊब जाता है।

उधर, गुरू भाई जी को लग रहा था आज लोगों का आना मुश्किल है, पर जिसको एक बार सच्ची बात समझ आ जाये उसे क्या बारिश और क्या तूफ़ान? तत्वज्ञान का दीपक तो अंदर जल उठा था उसे अब कौनसा तूफ़ान बुझा सकता था? मौसम के, समय के, सब बहाने हैं और बहाने वो ही बनाते हैं जिनको उस काम की ललक नहीं होती है। ललक हो और बहाने हों ये दो एक साथ हो ही नहीं सकते। बिना ललक वाला तो सिर्फ़ बहाने ही ढूंढ़ता रहता है। पंडित जवाहर लाल नेहरू ने एक बार कहा था कि मैं काम ना होने के बहाने नहीं सुनना चाहता हूँ, मैं ये चाहता हूँ कि काम हो, बस।

लोग बनाते तो बहाने हैं और समझते हैं, यही सही है। वे उसे बहाने नहीं समझते हैं, और उसे ही सच मान कर खुद ही अपने आप को संतुष्ट कर लेते हैं, वे सिर्फ़ अपने आप को ही धोखा देते हैं।

सभा शुरू होते ही गुरू भाई ने कहा – आज की बात मैं तुमसे कुछ पूछकर करता हूँ और तुम लोग जैसा बोलोगे बस, विश्व व्यवस्था बिलकुल वैसे ही चलेगी, यह कहते हुए भैया हँस पड़े।

देखो, मैं क़तई मज़ाक़ नहीं कर रहा हूँ। कल रात मुझे सपना आया और आसमान से गूँजती हुई आवाज़ आयी कि तुम लोग ही मिलकर नक्की कर लो कि ये प्रकृति कैसे चलना चाहिये। अब आज हम सब मिल कर ही निश्चित करेंगे कि दुनिया को कैसे चलना चाहिये, कहते हुए वे हल्का सा मुस्करा दिये।

सबसे पहले ये बताओ हमें स्वतंत्रता पसंद है या परतंत्रता? एक स्वर से आवाज़ आयी – स्वतंत्रता।

सोच लो एक बार और फिर बदलना नहीं।

सोच लिया, स्वतंत्रता।

अब गुरू भाई बोले –

पूरी प्रकृति में कितनी स्वतंत्रता है। एक-एक पेड़ का एक-एक आम अपने आप में कितना स्वतंत्र है। किसान एक सी खाद देता है, एक सा पानी देता है, सब पर एक सी हवा लगती है, एक सी धूप, फिर भी हरेक आम का स्वाद अलग-अलग होता है, एक खट्टा तो एक मीठा। एक ही ककड़ी में आधी कड़वी होती है, तो आधी मीठी। सूर्य, चंद्रमा, नदी सभी अपने-अपने में स्वतंत्र हैं कौन किस पर निर्भर है और कौन किसके कारण कार्य करता है? एक क्लास में 50 बच्चे पढ़ते हैं, एक ही टीचर है और नंबर सबके अलग-अलग आते हैं, टीचर के पढ़ाने से थोड़े सब पढ़ते हैं। सब अपने-अपने में स्वतंत्र हैं।

हम बहुत आसानी से पूरी दुनिया को दो भागों में बाँट सकते हैं – एक जीव और दूसरा अजीव, जीव माने जो जानता देखता है, जिसमें ज्ञान है, चेतना है और अजीव माने जो जानता देखता नहीं है, जिसमें ज्ञान नहीं है अचेतन, जड़। मैं जीव हूँ, चेतन हूँ, और ये टेबल, माइक, रेल, कार, फ़ोन यहाँ तक कि मेरा शरीर सब अजीव हैं, जड़ हैं।

चींटी, कुत्ता, हाथी, पेड़-पौधे सब जीव हैं।

शरीर अजीव? पीछे से आवाज़ आयी।

हाँ, शरीर अजीव है। इसलिए तो मुर्दा देख, सुन, चल नहीं पाता है। उसमें से आत्मा निकल गयी तो उसकी ये हालत हो गयी। इसका मतलब देखने-सुनने वाला कोई और था जो इस शरीर में से निकल गया।

अब एक बड़ी बात और सुनो, कहकर गुरू भाई फिर थोड़ा मुस्कराये।

बोलो शंभु, हाथी जीव है या अजीव?

जीव।

नहीं, मेरे भाई वो मेरे लिए अजीव है।

शंभु यह कह कर अपनी बात को कन्फ़र्म करने की मुद्रा में अग़ल-बग़ल में देखने लगा कि अरे! अभी-अभी तो आपने बताया ना कि हाथी जीव है।

गुरू भाई : हाँ, कहा था पर मेरा प्रश्न तुमने ध्यान से नहीं सुना। हाथी मेरे लिये जीव है या अजीव?

भाई, हाथी की आत्मा जीव है और उसका शरीर अजीव है। मुझे उसकी आत्मा तो देखती नहीं है और ना ही मेरा उससे कोई सरोकार है मेरा। उससे जो कुछ भी सरोकार है वो उसके शरीर से ही है, तो मेरे लिए तो वो अजीव की श्रेणी में आ गया।

ऐसे ही अपनी पत्नी, बच्चे मकान, कार, रुपये-पैसों के बारे में समझ लेना भाइयों और बहनों! लहराती आवाज़ में उन्होंने कहा और मौन हो गये। लोग चिंतन में डूब गये प्रैक्टिकली अपना-अपना विभाजन करने लगे। अब नंदन को लगने लगा था कि बस मैं एक अकेला स्वतंत्र जीव हूँ, जिसका संबंध किसी से नहीं है। ये सब माने, पूरी दुनिया मुझसे भिन्न है।

गुरू भाई को लगा अभी और स्पष्टता की ज़रूरत है तो उन्होंने समझाना शुरू किया -

पूरे विश्व के दो टुकड़े हो गये, एक जीव और एक अजीव। एक मैं जीव, चेतन और दूसरा पूरा विश्व मेरे लिए अजीव, अचेतन, जड़। मतलब एक मैं और बाक़ी सब पर।

तराज़ू के एक पलड़े पर हम हैं और दूसरे पर सारी दुनिया, तू एक जीव और तेरे लिए बाक़ी सब अजीव, जड़।

जीव या अजीव? इनका आपस में संबंध कैसा?

ये एक दूसरे के रूप कैसे हो सकते हैं। ये एक-दूसरे पर निर्भर कैसे हो सकते हैं। ये जीव, जड़ की क्रिया कैसे कर सकता है? और जड़ जीव की क्रिया कैसे कर सकता है?

मेरे अपने अलावा पूरे विश्व में कोई मेरा अपना कैसे हो सकता है? क्योंकि कोई मेरे जैसा है ही नहीं। मैं तो अलबेला, अनोखा एक ही हूँ।

जीव, अजीव में कोई हस्तक्षेप कर ही नहीं सकता। छेड़खानी कर ही नहीं सकता, और ना ही अजीव, जीव में।

''मैं'' और दूसरा ''पर'', जो मैं नहीं हूँ वो सब ''पर'' है माने मैं पूरे ब्रह्मांड में सिर्फ़ एक। ''मैं'' और मेरे अलावा पूरा ब्रह्मांड ''पर'', तो मेरा कंट्रोल तो मुझ पर चलेगा पर के ऊपर कैसे चल सकता है? और तू है कि पूरे ब्रह्मांड पर अपना कंट्रोल करना चाहता है। जीव और अजीव में तो जाति की भिन्नता है तो उनका एक दूसरे पर कैसे कंट्रोल हो सकता है? सारी दुनिया पूरे ब्रह्मांड को अपने-अपने हिसाब से चलाना चाहती है, इतना ही नहीं, हम तो कण-कण पर अपना रौब ज़माना चाहते हैं। उसे अपने-अपने हिसाब से चलाना चाहते हैं, हर चीज़ को अपने ही हिसाब से चलाना चाहते हैं, बेचारा ब्रह्मांड किस-किस के हिसाब से चले? ये प्रकृति किस के

अनुसार चले? सब अपने आप पर तो कंट्रोल करना नहीं चाहते और पूरी दुनिया को अपने हिसाब से चलाना चाहते हैं, तो प्रकृति के नियम में ये कैसे संभव है? असंभव काम को हम करना चाहते हैं और वो संभव होता नहीं है और हम दुखी बने रहते हैं।

एक चीज़ तो तेरे हिसाब से चलती नहीं, प्रतिपल हम ये देखते हैं, और अफ़सोस करते हैं, फिर तुरंत दूसरी चीज़ अपने हिसाब से चलाने की कोशिश करते हैं, फिर असफल हो जाते हैं। थोड़ा दुखी होते हैं और फिर तुरंत किसी और को... ये अंतहीन सिलसिला रुकता ही नहीं है।

असलियत में तो मैं प्रकृति के नियम से संघर्ष करता हूँ। उसके विरुद्ध चलता हूँ, इसलिए चित्त में भी संघर्ष होता है और आकुलता का दुःख होता है। अगर हम प्रकृति के नियम के अनुसार चलें तो बस, हो गया काम।

''प्रकृति से संघर्ष बंद कर दो।''

मैं स्वतंत्रता के इस महा सिद्धांत को समझता ही नहीं हूँ और सुबह से शाम तक सिर्फ़ ड्रामा करता रहता हूँ। अपने आप के साथ अपने को ही धोखा देता रहता हूँ अपने को ही बहलाता रहता हूँ और खुद दुखी बना रहता हूँ। हम सिर्फ़ भ्रम में ही जी रहे हैं, और इसका उपाय भ्रम को दूर करना है, ये भ्रम इस ज्ञान से ही दूर होगा। जिन्होंने इस महा सिद्धांत को समझ लिया वो अनंत सुखी हो गये।

अनादिकाल से भले ही जीव और अजीव साथ-साथ हों, फिर भी जीव कभी अजीव नहीं हो सकता और अजीव कभी जीव नहीं हो सकता।

अब गुरु भाई पूरा ज़ोर लगा रहे थे; क्योंकि वो जानते थे कि ये बात आसानी से सभी के समझ आना मुश्किल है, फिर भी वे पूरी ताक़त से समझा रहे थे। ये सोच कर कि यदि किसी एक को भी समझ में आ गया तो मेरा मक़सद पूरा हो जायेगा, और संभव है, एक बार में समझ नहीं आयेगा तो दो-तीन बार सुनेंगे, पढ़ेंगे तो समझ आ ही जायेगा। बस, रुचि की एवं लगन की ज़रूरत है और कुछ नहीं। वे सोचते थे अगर ये बातें मैं नहीं बताऊँगा तो फिर इन्हें कौन बतायेगा? ये सब जीवन भर इससे अनभिज्ञ ही रह जायेंगे। यह विचार करते हुए वे बोलते जा रहे थे।

जैसे बारिश पर तेरा कंट्रोल नहीं है, वैसे ही दुनिया की किसी वस्तु पर नहीं है; क्योंकि प्रकृति में रूल तो एक ही काम करेगा, दो रूल काम नहीं करेंगे? किसी व्यक्ति के लिए कोई रूल और किसी के लिए कोई और? किसी परिस्थिति के लिए कोई रूल और किसी के लिए कोई और? ये प्रकृति के नियम में संभव ही नहीं है।

अगर प्रकृति का कण-कण स्वतंत्र हो जाये और सब अपने-अपने में ही मगन हो जायें तो कितना अच्छा हो। सब अपनी-अपनी योग्यता से ही परिणामित हों, अपने-अपने लिए ज़िम्मेदार हों, ना मुझ पर किसी का बंधन हो और ना मेरा बंधन किसी पर हो।

मज़े की बात तो ये है कि प्रकृति का नियम ऐसा ही है। इस प्रकृति के संचालन के लिये यही एक उपाय है।

हम सब को अपने अनुसार बाँधना चाहते हैं, पर अपने पर किसी का बंधन नहीं चाहते?

क्या ये न्याय है? और ये अन्याय प्रकृति में कैसे संभव है?

क्या ये संभव है? और ये असंभव प्रकृति में कैसे संभव है?

ना जीव का अजीव पर कोई बंधन होता है और ना ही अजीव का जीव पर। दोनों में जातिगत भिन्नता है।

कहते हुए उन्होंने टेबल पर ज़ोर से हाथ मारा।

कोई किसी को कैसे मार सकता है? जब तक उसकी आयु पूरी ना हो जाये। जिस समय उसकी आयु पूरी हुई और उसी समय तुम्हें उसे मारने का भाव आया, दोनों का समय एक था। तूने गोली चलायी वो मर गया बस, तुझे लगा तूने उसे मार दिया। अगर तू ही मार सकता था तो जब दूसरे पर तूने गोली चलायी तो वो कैसे बच गया?

दूसरे की आयु अभी शेष थी तो तेरी गोली से भी कुछ नहीं हुआ। फिर तू ख़ुद कहता है, पहले को तो मैंने मार डाला और दूसरा बच गया, पर छोड़ूँगा नहीं उसे भी।

पहले के मरने में तू सिर्फ़ निमित्त था बस, और जैसा हमने समझा था, निमित्त माने कार्य के होने पर जिस पर आरोप आ जाये, आरोप आये बस, वो करता कुछ नहीं है। होता तो सबके अपने अपने कर्मों के उदय के अनुसार ही, और दूसरे को मरना नहीं था इसलिये तू उसकी मौत के लिये निमित्त नहीं बना।

गुरू भाई बिना रुके बोलते रहे, सुबह से शाम तक प्रतिदिन हमारे साथ जो घट रहा है तुम एक इस फ़ॉर्मूले पर घटा सकते हो।

ज़रा याद करो और उत्तर अपने मन में ही दे लेना अब तक तुम सब समझ ही गए हो –

- कल जो क्रोध के कारण तुम्हारी आँखें लाल हो गयीं थीं, वो क्रोध किस कारण आया था?
- कल जो अहंकार के कारण तुम्हारी कमर अकड़ गयी थी, उसका कारण क्या था?
- तीन दिन पहले जो किसी बात पर तुमने थोड़ी सी मायाचारी की, उसका कारण क्या था?
- तुम्हें आज किस चीज़ का लोभ सताया? उसका कारण क्या था?
- तुम्हें जो भी दुःख हो रहा है, उसका कारण क्या है?

सब फिर सोच में डूब गये, गुरू भाई ने कहा कि हिम्मत है तो इन कारणों को अपनी-अपनी डायरी में लिखो, मैं तुम्हें एक जादू दिखाता हूँ, लिखोगे तुम और उत्तर दूँगा मैं, और हल्के से मुस्करा दिये।

सबने लिखना शुरू कर दिया, शांति छा गयी।

गुरू भाई चारों ओर देख रहे थे, लोग नीची गर्दन किये सीरियसली लिख रहे थे, लिखें क्यों नहीं? ये आख़िर उनकी अपनी बात है और वस्तु के वास्तविक स्वरूप को समझने का सही तरीक़ा भी जिससे वे अभी निराकुल हो सकते हैं।

गुरू भाई : देखो, लिखा तुमने है और सबका जबाब मैं दे रहा हूँ, चैक कर लेना बिलकुल सही होगा। तुम्हें जो भी ये विकारी परिणाम हुए, दुःख हुआ वे सब अजीव के कारण से हुए, पर के कारण हुए जड़ ही उनके होने का कारण रहा, जड़ या पर के संयोग होने के कारण हुए, सब मेटेरियलिस्टिक चीज़ों के कारण मैं परेशान हूँ। इसका कारण कोई जीव तो है ही नहीं जीव तो सिर्फ़ मैं ही हूँ, जीव का मेरा इस जड़ का कोई संबंध हो ही नहीं सकता, है ही नहीं। देखो ना, मैं कहाँ उलझा हूँ?

मेरे पास इतना पैसा है, लंबी गाड़ी है, बड़ा बंगला है और इस कारण मैं अभिमान में चूर-चूर हो रहा हूँ। ये सब अजीव हैं, मेटेरियलिस्टिक चीज़ें हैं, जड़ हैं। मैं जीव, चेतन इन तुच्छ चीज़ों के कारण अपने आप को बड़ा मान रहा हूँ, जो इतनी क्षणिक हैं, आज हैं कल नहीं रहेंगी, जबकि मेरे जैसा इस विश्व में कोई है ही नहीं। उसके कारण तो मैं अपने को बड़ा मान ही नहीं रहा हूँ और इन तुच्छ चीज़ों को अपना मान कर कर्मों का बंध कर रहा हूँ, और इस तुच्छता के कारण बँधे कर्म तो भोगने मुझे ही पड़ेंगे।

इन अस्थाई चीज़ों के उपभोग की मैं स्थाई क़ीमत चुका रहा हूँ।

ज़रा सोचो -

मैं जीव किससे अपनी तुलना कर रहा हूँ? सभी अजीवों से, जड़ से मेटेरियलिस्टिक चीज़ों से।

मैं जीव किस पर क्रोध कर रहा हूँ, सभी अजीवों पर, जड़ पर, मेटेरियलिस्टिक चीज़ों पर।

मैं जीव किन कारणों से अपने को मानी मान रहा हूँ, सभी अजीवों के कारण, जड़ और मेटेरियलिस्टिक चीज़ों के कारण।

मैं किससे ईर्ष्या कर रहा हूँ? सभी अजीवों से, जड़ से मेटेरियलिस्टिक चीज़ों से।

मैं किन चीज़ों की इच्छा कर रहा हूँ, सभी अजीवों की, जड़ की, मेटेरियलिस्टिक चीज़ों की और वो भी कितनी अस्थिर और स्वार्थी हैं।

इन सबसे बार-बार धोखा खाते हैं, हमेशा से खाते आये हैं, और फिर भी इन्हीं की गोद में जाकर बैठ जाते हैं। नहीं लगता है कि हम भी कितने मूर्ख हैं, और कहाँ उलझे हैं।

कण-कण कैसे स्वतंत्र है, कितना स्वतंत्र है? जरा देखो तो सही तुम, अगर समझ लोगे तो तुम्हें बहुत मज़ा आयेगा।

हमने बोला, ये जो बोलने की क्रिया हुई, इसका ज़रा एनालिसिस करते हैं। हमारे बोलने में हमारे ही ये चार काम हुए -

1. बोलने की इच्छा हुई।
2. होंठों का हिलना हुआ।
3. भाषा का निकलना हुआ।
4. जो बोला उसका ज्ञान हुआ।

अब ये बताओ, मैंने बोला, उसमें मेरी ही ये चारों क्रियाएँ हुईं। ये चारों आपस में एक दूसरे पर डिपेंडेंट हैं या ये भी आपस में इंडिपेंडेंट हैं?

ये चारों तो आपस में एक-दूसरे पर निर्भर ही हैं ना भैया जी? ये तो एक ही हैं ना? क्योंकि क्रिया तो बोलने की एक ही है ना? बड़े आत्मविश्वास के साथ नंदन ज़ोर से बोला, जैसे उसी की बात बिलकुल सच है।

गुरू भाई मंद-मंद मुस्कराये और बोले, नंदन सुनो - गूँगे की बोलने की इच्छा होती है, पर भाषा नहीं निकल रही है। अब उसकी इच्छा का संबंध उसके उसके बोलने से कहाँ रहा?

देर रात तुम घर आये पिताजी गुस्से में डंडा लेकर बैठे हैं, बोलने की इच्छा भी हो रही है, होंठ भी हिल रहे हैं पर भाषा नहीं निकल रही है। अब तुम्हारी इच्छा और तुम्हारे होंठ का संबंध तुम्हारी भाषा से कहाँ रहा?

कई बार बोलने की इच्छा नहीं होती है, फिर भी हम बोलते रहते हैं और कहते हैं कि बोलने का मन तो नहीं है फिर भी बोल रहा हूँ। अब इच्छा का संबंध हमारे बोलने से और बोलने का संबंध हमारी इच्छा से कहाँ रहा?

पागल व्यक्ति क्या बोल रहा है, उसे ही पता नहीं होता है और जो ज्ञानी है वो बोलता नहीं है, तो उसके बोलने का संबंध उसके ज्ञान से कहाँ रहा?

जो हमारे पास ज्ञान है वो सब हम समझा नहीं पाते, बोल नहीं पाते। हम कहते हैं ना, मैं समझ तो रहा हूँ पर तुम्हें समझा नहीं पा रहा हूँ, तो हमारे ही ज्ञान का संबंध हमारे ही बोलने से और बोलने का संबंध हमारे ही ज्ञान से कहाँ रहा?

पति कहता कुछ और है और पत्नी समझती कुछ और है। अब किसी और के कहने का और हमारे सुनने का संबंध कहाँ रहा?

कुछ लोग नींद में ही चलने लगते हैं। सुबह उनसे पूछो तो उन्हें कुछ पता ही नहीं होता है। अब उनके चलने की क्रिया का संबंध उनकी इच्छा से और उनके ज्ञान से कहाँ रहा?

खाना खाते-खाते हमारी जीभ कट जाती है, कौन चाहता है कि वो कटे पूछो तो कहते हैं पता नहीं कैसे कट गयी। जब नहीं कटती है, तब भी पता नहीं होता कि कैसे नहीं कट रही है?

कोई तुमसे नाराज़ हो जाता है और तुम्हें पता ही नहीं होता है वो क्यों हो गया? किस पर तुम्हारा क्या बस है? सब अपनी-अपनी क्रियाओं और भावों के ज़िम्मेदार हैं।

मतलब साफ़ है, हमारी ही इच्छा हमारी ही क्रिया और हमारा ही ज्ञान का संबंध आपस में नहीं है, एक-दूसरे पर उनका कंट्रोल नहीं है और मैं चला पूरी दुनिया पर अपना कंट्रोल करने, मैं कैसे तुम पर कंट्रोल कर सकता हूँ और तुम मुझ पर?

ग़ज़ब की बात तो ये है कि ये जीव, अजीव के कारण परेशान हो रहा है और उस अजीव को ये पता ही नहीं है। कहते हुए भैया जी ज़ोर से हँसे।

कितनी ग़ज़ब की बात है। तुम्हें अपने दो बच्चों पर किसी एक ही बात पर क्रोध आया और तुमने उन पर गुस्सा किया। दोनों बच्चों पर तुम्हारे गुस्से का असर बिलकुल अलग-अलग होता है। हो सकता है, एक बहुत ज़ोर से रोये एक मन ही मन हँसे हो सकता है दोनों रोयें, हो सकता है दोनों मन ही मन हँसें, हो सकता है, उन दोनों पर ही कोई असर ना हो, ऐसा क्यों होता है?

क्योंकि वो असर तुम्हारे किये गये क्रोध के कारण नहीं हुआ है, अगर तुम्हारे किए गए क्रोध के कारण होता तो दोनों पर बिलकुल एकदम एक सा ही असर होता। उन पर असर तो उनकी अपनी-अपनी उस समय की योग्यता के कारण हुआ, उनके अपने-अपने कर्मों के उदय के कारण हुआ, देखो ना! कितनी स्वतंत्रता है। अगर ऐसा ना हो तो बच्चे तुम्हारे कंट्रोल में आ गये तो उनके अस्तित्व का क्या होगा? फिर तुम किसी और के कंट्रोल में आ जाओगे तो तुम्हारे अस्तित्व का क्या होगा?

और मज़े की बात तो ये है कि तुमने अपने नवीन कर्मों का बंध ज़रूर कर लिया। मतलब कितने घाटे का सौदा हो रहा है, जिसके कारण भाव बिगड़े उस पर कोई असर नहीं और उल्टा अपना ही नुक़सान भरपूर हो रहा है।

गुरू भाई ने अब कुछ सूत्र वाक्य बोले -

कण कण की स्वतंत्रता का ये स्वरूप प्रकृति का नियम है।
कण कण की स्वतंत्रता का ये स्वरूप वस्तु का स्वरूप है।
कण कण की स्वतंत्रता का ये स्वरूप स्वचालित विश्व व्यवस्था है।
कण कण की स्वतंत्रता का ये स्वरूप बड़ा आनंद दायी है।

अगर हमें ये महा सिद्धांत समझ आ जाये और इस पर श्रद्धा हो जाये तो सारे डर, भय, चिंता, आकुलता सब एक पल में ख़त्म हो जायें, कौन किस को मार सकता है? कौन किसको जिला सकता है? कौन किसका भला कर सकता है और कौन किसका बुरा कर सकता है? हमारी किसी व्यक्ति पर और परिस्थितियों पर निर्भरता समाप्त हो गयी और किसी की हम पर। यही समस्त आकुलताओं का निराकरण है, दुःखों से मुक्ति का उपाय है।

जब कण-कण स्वतंत्र है, हम भी पूर्णतया स्वतंत्र हैं। जो होना है वो अपनी योग्यता से होकर ही रहेगा। मेरा उसमें कोई कर्तृत्व है ही नहीं तो मैं फ़िज़ूल का बोझ ढोकर क्यों परेशान हूँ? अब हमारा काम तो पर पदार्थों से (जो मेरे हैं ही नहीं) मोह छोड़ कर सिर्फ़ अपनी आत्मा में लीनता ही रह जाता है, अपने में ही मस्त होना रह जाता है।

भगवद् गीता 3/ 17 में लिखा है -

यस्त्वात्मरतिरेव स्यादात्मतृप्तश्च मानवः।
आत्मन्येव च सन्तुष्टस्तस्य कार्यं न विद्यते।।

अर्थ : जो मनुष्य आत्मा में ही रति करता है, आत्मा में ही तृप्त होता है और आत्मा में ही संतुष्ट होता है, उसे कुछ भी कार्य करना शेष नहीं है।

समयसार में आचार्य कुंद कुंद देव ने तो यहाँ तक कह दिया -

अयि कथमपि मृत्वा तत्त्वकौतूहली सन्,
अनुभव भव मूर्तेः पार्श्ववर्ती मुहूर्तम्।

पृथगथ विलसन्तं स्वं समालोक्य येन
त्यजसि झगिति मूर्त्या साकमेकत्वमोहम्।।

अर्थ : अरे! कैसे भी मर कर भी तत्व के कौतूहली बन कर, एक मुहूर्त के लिये शरीर आदि के पड़ोसी बन कर, उन शरीर आदि से सर्वथा पृथक् अपने आत्मा का शीघ्र अनुभव करो, जिससे तू अपने आत्मा के वैभव को इन पर पदार्थों से भिन्न देख कर इन सब पुद्गल (अजीव) से मोह को शीघ्र छोड़ देगा, तेरा कल्याण होगा।

अब क्या बचा था, समझने को सब तो समझ लिया था, नंदन के मुँह में शब्द नहीं थे। आज उसके विचारों में एक स्पार्क सा आया, और मुँह से निकला ''वाह'' जैसे ताज महल देखकर तुम्हारे मुँह से ''वाह'' निकलता है, ऐसे ही जब अध्यात्म के रहस्यों को समझ कर मुँह से वाह निकले तो समझ लेना कि अब बात समझ आयी। ये ''वाह'' (Wow) फ़ैक्टर तुम्हें एक स्पार्क देगा।

नंदन उठा और भैया के सामने जाकर खड़ा हो गया। एकटक निहारता रहा बिना कुछ बोले। उसकी आँखों से अश्रुधारा बहने लगी, कुछ ना बोल सका कुछ ना कह सका और अपना माथा उनके पैरों में रख दिया।

जीवन में एक तो गुरू का मिलना मुश्किल है और सच्चे गुरू का मिलना तो दुर्लभ है जो निर्लोभी होकर, नि:स्वार्थ भाव से, बिना किसी अपेक्षा के रुचिवंत लोगों को आध्यात्मिक सिद्धांत उनके गले उतार सके, निश्चित रूप से ऐसे गुरुओं के पास भीड़ कम होती है, क्योंकि हमारे लोगों को भी तो चमत्कार ही चाहिये। चमत्कार से ही उन्हें डर, चिंता और आकुलता समाप्त करना है, चमत्कार से ही धन लक्ष्मी चाहिये। भले उससे सैकड़ों बार धोखा खा चुके हों। तत्वज्ञान किसे समझना है? भाग्यशाली हैं वे जिन्हें ऐसे गुरू का सहज समागम, संगत मिल गयी हो।

समझ ही नहीं आता कि वे चमत्कार से वे लोगों का डर, समाप्त करते हैं या डराते हैं। चमत्कार से वे लोगों को धन लक्ष्मी दिलाते हैं या बहला-फुसला कर ले लेते हैं।

बात समझ तो आ गयी थी पर अनादिकाल की प्रैक्टिस तो एकदम उल्टी थी। इतनी जल्दी ये सब कैसे जीवन के हर पल में उतर आये? जीवन में उतारने के लिए लगातार अभ्यास की ज़रूरत है, पहले समझ आये फिर इन पर बेशर्त श्रद्धा हो बस फिर क्या है, धीरे-धीरे जीवन में उतर ही जाता है, पर आनंद तो उसी पल से आने लगता है, जिस पल समझ कर इन पर श्रद्धा हो जाती है।

इन अभूतपूर्व, अलौकिक, अद्‌भुत इस जीवन के उपयोगी और इस जीवन के बाद भी अनंत काल के लिए सुखी कर देने वाले ये सिद्धांत कोई एक बार पूरी रुचि से सुने ले बस, तो उसका कल्याण तो निश्चित ही है पर लोग सुनते ही कहाँ हैं। अब भला यही सोच कर अपने को शांति मिलती है कि जिसकी जैसी गति होनी होती है, उसकी मति वैसी ही चलती है। कौन किसको समझा सकता है? सुनेगा भी तो वही जिसकी गति अच्छी होनी होगी।

अगर कोई एक भी व्यक्ति सिद्धत्व को प्राप्त हो सकता है। परम आनंद को प्राप्त हो सकता है। परम सुख को पा सकता है तो मैं भी कर सकता हूँ, और मुझे वह मार्ग पता हो, साथ ही जब वही व्यक्ति मार्ग भी प्रकाशित कर दे तो मुझे कौन रोक सकता है।

9

अगले दिन भीड़ तो जमा हो गयी पर गुरू भाई वहाँ नहीं थे। पता नहीं किसी को वो कहाँ चले गये? सुबह से शाम हो गयी। इंतज़ार की भी इंतहा हो गयी। अंतत: लोग निराश होकर लौट गये। प्रयत्न कम नहीं किये उन्हें तलाश करने के, पर वे मिले ही नहीं और ना ही उनसे कोई संपर्क हुआ। वे इंद्रधनुष की तरह जीवन में आये और चले गये, ऐसे संतों के बारे में ऐसे ही पता चल जाये तो फिर वो काहे के संत, उनके ऊपर ना तो किसी का बंधन था और ना ही उन्हें कोई विकल्प। जब तक समझाने का मन था लोगों को समझाया और जब अपना काम करने का मन हुआ तो चल दिये। ना उन्हें किसी के अच्छे लगने की चिंता थी और ना ही बुरे लगने की, वे तो अपने आप में ही मस्त थे, उनका ना तो घर-बार था और ना ही कोई मठ-आश्रम, वे तो अपने आप में मस्त फ़क़ीर ही थे।

वे अगर ऐसे नहीं जाते तो ये स्वार्थी जगत उन्हें छोड़ता ही नहीं और घेरे रहता। उन्हें ना तो एकांत मिलता और ना ही आत्मिक शांति।

उनका वास्तविक उद्देश्य तो अपना कल्याण करना था। वे मुक्ति की उस राह पर चल पड़े थे जहाँ से सिर्फ़ मोक्ष का रास्ता निकट होता है। उन्हें जब बीच-बीच में भाव आ जाता तो लोगों को समझाने के लिये अपने एकांत से बाहर आ जाते और जब मन करता तो वापस चले जाते।

नंदन, गुरू भाई के विछोह से मन ही मन दुखी तो बहुत था पर क्या करता? वो घर में तो रह रहा था पर घर में नहीं रह रहा था माने सबसे निर्लिप्त, बेअसर, निर्विकल्प सा हो गया था, गृहस्थी में तो था पर अब गृहस्थी उसके अंदर नहीं थी, घर में ही संत की तरह हो गया था वो।

अब वो अपनी ही मस्ती में रहता, उसकी मुस्कराहट में निश्छलता थी, और चेहरे पर मासूमियत। अब समझ आया कि मन के भाव चेहरे पर कैसे आ जाते हैं। उसे कोई फ़र्क़ नहीं पड़ता कि उसके बारे में कौन क्या सोच रहा है और कौन क्या कह रहा है। जहाँ वो बात-बात में रियेक्ट करता था और टेंशन में आ जाता था, अब किसी बात पर रियेक्ट ही नहीं करता, सुन लेता और जान लेता ज़रूरी समझता तो जबाब दे देता, इस बात की अपेक्षा किए बिना कि उसकी बात मानी-सुनी ही जाये और उसकी बात का किस पर क्या असर हो रहा है।

हमारी समस्या यही है, हम ये तो सोचते ही हैं कि हम क्या सोच रहे हैं, साथ ही उससे कहीं ज़्यादा ये सोचते हैं कि सामने वाला क्या सोच रहा है, वो मेरे बारे में क्या-क्या सोच रहा होगा, उसका क्या मतलब निकलेगा, वो क्या मतलब निकालेगा, फिर उस मतलब का क्या होगा? अगर हम सामने वाले की सोच के बारे में सोचना बंद कर दें तो 90% बेकाम के विकल्पों का ऊहापोह समाप्त हो जाये।

नंदन के उस ऐतिहासिक पत्र को शकुंतला ने अकेले में कम से कम आठ-दस बार पढ़ा और हर बार उसे कुछ ना कुछ नया समझ आया। शकुंतला में समझने की योग्यता आ गयी थी, इसलिए इन दिनों दोनों के मधुर संबंध बनने में नंदन का पत्र एक निमित्त बन गया था।

आप सुबह-सुबह कहाँ जाते हैं? पर पाँच-सात दिन से जा भी नहीं रहे हैं, शकुंतला ने उसी अंदाज़ में पूछा, जैसे शादी के पहले पूछा करती थी।

गुरू भाई के सत्संग में सत्संग क्या है एक वर्कशॉप है, जीवन को समझने का विज्ञान है। जीवन को जीने की कला है। बहुत तर्क और युक्ति के साथ प्रकृति के नियम को समझने का तरीक़ा है और ना जाने क्या-क्या है, ना कोई पोपडम है और ना ही कर्मकाण्ड, ना कोई धर्म के नाम पर ढोंग है ना ही अंधविश्वास, बस तत्वज्ञान है पूछो मत क्या बताऊँ? कुछ भी बोलूँगा कम ही होगा, क्योंकि शब्दों की तो सीमा है पर भाव तो असीमित होते हैं। इतना समझ लो मैं कुछ बता नहीं सकता।

अच्छा बाबा! मैं समझ गयी। क्या मैं भी कल से चलूँ?

शंकु, अब बहुत देर हो चुकी है, वे चले गये। हाँ, हम उनके नेक्स्ट प्रोग्राम में ज़रूर चल सकते हैं, पर वे कब करेंगे कहाँ करेंगे पता नहीं, हम इंतज़ार करेंगे।

शकुंतला - तो तुमने पहले क्यों नहीं कहा?

नंदन - कहता कैसे? तुम सुनती भी कहाँ थीं? सोचा तो बहुत बार था पर बस रह गया।

शकुंतला - मैंने कब, आपकी कौनसी बात टाली है? हमेशा आपका साथ ही तो दिया है और जो बोला है वो भी घर की भलाई के लिए ही तो बोला है।

नंदन - हूँ...

नंदन स्वरूप समझ गया था, अतः सिर्फ़ "हूँ" बोलने में ही भलाई समझी।

नंदन - सच बात तो ये है तुम्हारी योग्यता में उन्हें सुनना नहीं था और तुम्हारी गति में वहाँ जाना नहीं था तो मेरी भी मति तुम्हें ज़िद करके ले चलने की नहीं हुई, ये ऐसा ही होना निश्चित था।

शकुंतला - मैं कुछ समझी नहीं, पर तुम्हारे जीवन में इतना परिवर्तन? मैं तो आश्चर्यचकित हूँ, कैसे हुआ ये सब?

एक मिनट में तो बता नहीं सकता, पर मैं चाहता हूँ तुम्हें बताऊँ ज़रूर।

चलो एक काम करते हैं, मैं अपने भाई को भी बुला लेती हूँ, वो भी कुछ समझ जाये तो अच्छा है ना? शकुंतला ने शांत भाव से कहा।

मुझे क्या आपत्ति है? अपनी डायरी से देख-देखकर ही तो समझाना है बुला लो, पर हाँ पहले बता देना क्यों बुला रही हो वरना वो आने में आना-कानी करेगा, सोचेगा वही हमारे झगड़े सुलझाने के लिए बुला रहे होंगे और नंदन मुस्कराने लगा।

शकुंतला ने नंदन को छेड़ते हुए हल्के से उसकी बाँह पर मारा और शर्माती हुई पश्चाताप की मुद्रा में ज़मीन की ओर देखने लगी।

इन दिनों शकुंतला के चेहरे पर नूर भी बढ़ गया था, धीरे-धीरे आँखों के नीचे के काले गड्ढे भी भर रहे थे, उसकी एन्टी एजिंग की प्रॉसेस शुरू हो गई थी, बिना मेकअप किये चेहरे पर शाइनिंग आ रही थी, इससे बिलकुल साफ़ हो गया था कि सुंदरता शरीर की चीज़ नहीं है, ऊपर से लीपने-पोतने से कुछ नहीं होता है, जब तक आंतरिक निराकुलता और ख़ुशी ना हो, चिंतन की धारा सही दिशा में नहीं हो।

नंदन और शकुंतला के जीवन में ख़ुशहाली के लिए किसकी ज़रूरत थी, किस संयोग की ज़रूरत थी, कौन सी मेटेरियलिस्टिक चीज़ें बढ़ गयी थीं? कौन सी भोग-उपभोग और विषय कषाय के साधन बढ़ गये थे, जिन्हें हम सफलता की परिभाषा में शामिल करते हैं? वे कौनसी चीज़ें इकट्ठी हो गये थे? कौनसी परिस्थितियाँ ठीक हो गयी थीं?

शकुंतला का भाई राजू बिलकुल अपने आप को जेंटलमैन ही मानता था, भले हो या ना हो। जो अपने आप को स्वयं ही मान ले उसका कोई क्या करे? राजू के पास जैसे ही शकुंतला का फ़ोन आया कि भैया, घर आ जाओ इन्हें पता नहीं क्या हो गया है? राजू ने सोचा बस, फिर कोई नया लफड़ा हो गया है। अब बार-बार कौन पंचायत करे? बहुत टालने की कोशिश की पर टाल नहीं पाया, घर आया तो माज़रा ही कुछ और था।

अब समझने सिर्फ़ शकुंतला ही नहीं बैठती थी। एक-एक करके अड़ोस-पड़ोस के लोग भी आने लगे, हवा की तरह नंदन की सुगंध फैलने लगी, हरेक ने सिर्फ़ अपने-अपने एक-एक क्लोज़ व्यक्ति को ही बुलाया और अब घर में लोगों को बैठने की जगह ही नहीं मिलती तो लोग खड़े ही रहते।

लोगों ने ही एक बड़े हॉल का इंतज़ाम करके नंदन से वहाँ पधारने का निवेदन किया, फिर क्या था अब नंदन अपने मिशन में लग गया, लोगों का ताँता लग गया था, भीड़ थमने का नाम नहीं ले रही थी। ना चाहते हुए भी नंदन की ख्याति अब आग की गति से फैल रही थी। उसे इसमें बड़ा संकोच होता पर क्या करें। लोगों की ज़िंदगियों में अगर परिवर्तन आएगा तो वो तो अहसान मानेंगे ही। ना किसी धर्म की

मान्यता का बंधन था और ना ही उम्र का, अधिकतर नयी उम्र के लड़के-लड़कियों की भरमार थी, क्योंकि वे लोग पोपडम से ज़्यादा तथ्यों और तर्क पूर्ण बातों पर विश्वास करते हैं।

लोगों ने नंदन की स्पीच को फ़ेसबुक लाइव करना शुरू कर दिया, और लोगों ने अपने-अपने यूट्यूब चैनल पर डालना शुरू कर दिया और एक ने तो नंदन के नाम से ही यूट्यूब चैनल बना डाला, उसके सब्सक्राइबर दिन-रात बढ़ने लगे। नंदन को ये सब कुछ पता ही नहीं था, पर अब नंदन सीमाओं से परे डिजिटली भी बहुत लोकप्रिय होता जा रहा था।

एक दिन नंदन के छोटे बेटे आकाश के सामने जब उसके ऑफ़िस के बॉस ने लंच में अपने गुरुजी के बारे में क़सीदे पढ़ना शुरू किये और अपने जीवन में होने वाले परिवर्तन के बारे में बताया तो आकाश ने बड़ी रुचिपूर्वक सुना, अपना इंट्रेस्ट भी दिखाया और कल साथ चलने का वादा भी कर लिया। कैंटीन में लंच के बाद जब बॉस ने अपने गुरुजी के बारे में और महिमामंडन करते हुए अपने मोबाइल की होम स्क्रीन पर अपने नंदन गुरुजी की फ़ोटो दिखाई तो आकाश के पैरों के नीचे से ज़मीन खिसक गयी, और मुँह से अचानक निकल पड़ा – हैं..., और फिर अपने आप को नॉर्मल दिखाने की कोशिश करने लगा।

जब भी बॉस आकाश से उसके माता-पिता के बारे में पूछते, हर बार वो इस बात को टाल देता। उसने अपने परिवार के बारे में कभी नहीं बताया, क्योंकि आकाश को अपने पिता का परिचय देने में शर्म आती थी, पर आज तो...

इतिहास गवाह है, बेटा कैसा भी हो पर माँ-बाप उसे दुनिया के सामने कभी छिपाते नहीं हैं और ना ही उन्हें किसी के सामने उसका परिचय देने में शर्म आती है, चाहे वो उनका साथ ना दे, आज्ञाकारी ना हो, उन्हें कितने भी दुःख दे यहाँ तक कि वो कोई ऐसा काम करे जिससे उनका सिर शर्म के मारे नीचा हो जाये, या फिर वो थोड़ा बड़ा बन जाये और उसे अपने माँ-बाप के बारे में बताने में शर्म आये तो भी माँ की प्रगाढ़ता और बाप के प्रकट वात्सल्यपूरित स्नेह में रंच मात्र भी कमी नहीं आती है।

जब बच्चे बड़े हो जाते हैं तो शायद इसी बात का ग़लत फ़ायदा उठाते हैं, और उनके साथ ऐसा दुष्टता का व्यवहार करते हैं। चिंता की क्या बात है, उनके साथ भी बिलकुल ऐसा ही होगा कोई लंबी-चौड़ी बात नहीं है और दस बीस साल बाद।

मुझे समझ नहीं आता वे एक ही समय में ऐसा कैसे कर लेते हैं – अपने छोटे-छोटे बच्चों से बिलकुल वैसा ही मधुर व्यवहार करते हैं, जैसा उनके बचपन में उनके माँ-बाप उनके साथ करते थे। लड़ियाते हैं, लपलपाते हैं, पुचकारते हैं, उल्टी-सीधी बातें मानते हैं, वे अपने माँ-बाप के साथ उसी समय असहनीय दुर्व्यवहार करते हैं!

ग़ज़ब है इन लोगों का माइंड सेट भी, कैसे बदल जाता है तुरंत और कैसे भूल जाते हैं अपने बचपन को और कैसे याद नहीं आता है उन्हें अपना बुढ़ापा?

बच्चे भले ही अपने माँ–बाप से नाराज़ हो जायें, उनसे वर्षों नहीं मिलें, उनसे बात करना भी पसंद ना करें, उनका ख़याल ना रखें उनका सम्मान ना करें, तो भी माँ–बाप के दिल में निरंतर अपने बच्चों के प्रति प्रगाढ़ता और स्नेह की अटूट धारा चलती रहती है, पर बच्चों के मन में वो टूट जाती है, या होती ही नहीं है। इसलिये हमेशा माँ–बाप ही अपने बच्चों को माफ़ करते हैं, क्योंकि दिल से तो वो कभी नाराज़ हुए ही नहीं थे, वे तो जैसे थे वैसे ही हैं।

कोई तो समझाओ उन माँ–बाप को, कि अगर तुम्हारे बच्चे नालायक हैं तो तुम ही समझ जाओ, दुनिया में कई अनाथ बच्चे हैं जिन्हें तुम्हारी, तुम्हारे अपने बच्चों से ज़्यादा ज़रूरत है, और वे भी तुम्हारा ख़याल रखेंगे। वे बेचारे तरस रहे हैं तुम्हारी इस प्रगाढ़ता को और वात्सल्यपूरित स्नेह को। छोड़ो इनको और अपना लो उनको।

नंदन का दमा अब विकराल रूप ले रहा था, ऊपर से डायबिटीज करेला और नीम चढ़ा का काम कर रही थी। अपने सेशन के बीच में लंबी खाँसी तो अक्सर आ ज़ाया करती थी, दवा लेकर काम चल रहा था।

रविवार का दिन था। रोज़ से आज भीड़ ज़्यादा थी। शकुंतला ने तो कहा था, आज मत बोलिये लेकिन नंदन कहाँ रुकने वाला था, जिस तत्वज्ञान ने उसके जीवन को बदल दिया, वो चाहता था कि जीवन के अंतिम क्षण तक उसे लोगों के कंठ में उतार दूँ।

जब कोई भी काम, काम की परिभाषा के पार चला जाता है और मिशन बन जाता है तो फिर वो काम, काम नहीं रहता है उसका परिश्रम, परिश्रम नहीं लगता है, उसमें ना तो थकान होती है और ना ही कोई तकलीफ़, नंदन के लिये तो अब ये मिशन बन गया था।

आज तो सभा में एक विशिष्ट अतिथि आया था, आकाश और उसकी पत्नी। कुछ दिन पहले ही उसने कोर्ट मैरिज कर ली थी और नंदन और शकुंतला को उसकी शादी की ख़बर थोड़े दिन बाद किसी पड़ोसी से मिली थी। वे ऐसे विशिष्ट अतिथि थे, जो मुश्किल से मिली सबसे पीछे वाली सीट पर मुँह छिपाते हुए बैठे थे। लगातार ये कोशिश कर रहे थे कि कहीं कोई पहचान नहीं ले, पर ये तो उनका ही भ्रम था। भला यहाँ किसे फ़ुरसत थी इन्हें देखने की। वे हालात का जायज़ा ले रहे थे, क्योंकि अपने बॉस की बात पर भरोसा ही नहीं हो रहा था।

कुछ भी हो, जहाँ आकाश को आज गर्व से भर जाना चाहिये था, पर वो ग्लानि से भरपूर था, क्योंकि वो अपने आप को बड़ा मानने लगा था और अपनों को छोटा,

इसलिये उसने अपनों को ही छोड़ दिया था, पर किसे पता है, कब किसके दिन फिर जायें, पर अब आकाश के हाथ से बाज़ी जा चुकी थी।

दो घंटे तक लगातार बोलते-बोलते नंदन अचानक ज़ोर से खाँसा और अपने ही तख़्त पर लुढ़क गया, पूरी सभा घबरा गयी। सौ-पचास लोग तेज़ी से स्टेज की तरफ़ भागे और उसे उठाया। आकाश भी आनन-फ़ानन में उठा और स्टेज की तरफ़ भागा तो वॉलेन्टियर्स ने उसे रोक दिया, वे किसी अपरिचित व्यक्ति को उनके पास नहीं जाने देना चाहते थे, वो कुछ बोलने से भी रहा, लेकिन आज वो अपने आप को दुनिया का सबसे दुर्भाग्यशाली व्यक्ति मान रहा था। सभा में कुछ डॉक्टर्स की टोली थी, चेक किया तो पता चला अचानक ब्लड प्रेशर बहुत बढ़ गया है ऑक्सीजन की मात्रा काफ़ी कम हो गयी थी। जब उसे अस्पताल ले जाने लगे तो नंदन ने बड़ी सहजता से थोड़ी देर बाद जाने को कहा और हाथ से इशारा करके माइक अपने मुँह के पास लगवाया और आँखें बंद करके बोलना शुरू किया -

मैं कौन हूँ, कहाँ से आया हूँ और कहाँ जाने वाला हूँ, इसका विचार विवेक पूर्वक मैंने कर लिया है।

मैं एक शुद्ध ममत्व हीन और ज्ञान दर्शन से भरपूर, परिपूर्ण जीव आत्मा हूँ, जिसे किसी पर जड़ या पुद्गल द्रव्य की आवश्यकता ही नहीं है।

मैंने स्वयं को पहचान लिया है, मैंने वस्तु के स्वरूप को समझ लिया है और इस क्षणभंगुर, स्वार्थी संसार को, इसके नाते-रिश्तों की असलियत को जान लिया है, ये सब सिर्फ़ श्मशान तक ही साथ देंगे, मैं तो अनादिकाल से था और अनंतकाल तक रहूँगा।

ये मनुष्य जन्म तो मेरे लिए बड़ा क़ीमती उपहार है। इसका एक-एक पल अमूल्य है, जो प्रति पल बीत रहा है। इसे ऐसे ही व्यर्थ नहीं जाने देना है। मुझे अपने स्वरूप को पहचान लेना है जिससे ये सार्थक हो जाये।

मैं इस बेमतलब डर और मूर्ख चिंता से परेशान हूँ कि कभी, कहीं, कुछ गड़बड़ हो ना जाये। कहीं मेरा नुक़सान ना हो जाये, कहीं किसी और का फ़ायदा ना हो जाये, कहीं अपना बिछुड़ ना जाये और पराया रह नहीं जाये, मैं इसकी चिंता में ही दुबला हो रहा हूँ, जबकि वो सब अपनी-अपनी योग्यता से होता है, उसमें कोई फेर-बदल हो ही नहीं सकता, जबकि इसमें से 99% घटनायें तो कभी घटती ही नहीं हैं। मैं जबरन ही अप्रत्याशित दुःख से दुखी हो रहा हूँ कुछ नया होता ही नहीं है, फिर भी मुझे नया लगता है, क्योंकि मुझे उसका ज्ञान नहीं था। ये तो मेरे अज्ञान की निशानी है।

मैं अब वर्तमान में जी रहा हूँ। अब मैं ना तो भूतकाल का शिकार होकर चिंतित हूँ, ना ही अनिश्चित लगने वाले भविष्य के किसी डर से। वर्तमान तो मात्र एक समय का है। ऐसे में मुझे कौन दुखी कर सकता है? मैंने मेरे ही द्वारा निर्मित पूर्व विचारों की

मज़बूत गुँथी हुई और बहुत भारी गठरी को आग लगा दी है, और अब मैं भविष्य की लिए निश्चिंत हूँ, क्योंकि जो होना है वो तो निश्चित ही है उसमें कोई फेर-बदल संभव ही नहीं है और वो न्याय पूर्वक कर्मोदय के अनुसार ही होना है, तो फिर मैं क्यों चिता समान चिंता करूँ? मैं क्यों दूसरों के कारण दुखी हूँ? जबकि सामने वाले को पता भी नहीं होगा कि मैं उसके कारण दुखी हूँ। क्या पागलपन है ये?

मेरे साथ जो भी अनुकूल-प्रतिकूल घट रहा है उसमें आकुलित-व्याकुलित होने का क्या फ़ायदा? वो सब मेरे पुण्य और पाप के उदय पर निर्भर करता है। इसमें मेरा क्या? मैं क्यों व्यर्थ में ही अपने को सुखी-दुखी महसूस करता हूँ। वो मेरे पूर्व में बँधे शुभ-अशुभ कर्मों के उदय के अनुसार ही वर्तमान में हो रहा है, जिसका ज़िम्मेदार मैं स्वयं ही हूँ, जो होना है वो तो निश्चित है। उसमें कोई परिवर्तन संभव ही नहीं है। जब अपने-अपने कर्मों के उदय के अनुसार ही फल मिलता है, तो क्यों मैं निमित्तों को ढूँढ़-ढूँढ़ कर लाता हूँ और उन पर आरोप ढोता रहता हूँ। इसलिये मैं क्यों किसी को दोष दूँ? किसी का कोई दोष है ही नहीं। मैं ही मेरे फल को भोग रहा हूँ – चाहे वे मेरे अनुकूल हों या मेरे प्रतिकूल हों, वे सब तो निमित्त मात्र हैं। मुझे तो हर पल मेरे भावों का ख़याल रखना है, बस।

मैं ना तो किसी का भला-बुरा कर सकता हूँ और ना ही कोई मेरा भला-बुरा कर सकता है, जब कोई अपने उदय को परिवर्तित नहीं कर सकता तो फिर दूसरों के उदय भी तो उसके कर्माधीन हैं। कोई चाहते हुए भी कुछ नहीं कर सकता और ना चाहते हुए भी रोक नहीं सकता, इसलिए ना तो मुझे किसी से कोई डर है, भय है, और ना ही किसी को मुझ से डरने की या चिंता करने की ज़रूरत है, और ना ही मुझे कुछ करने के कर्तृत्व का अभिमान। मैं क्यों दुनिया का बोझ अपने माथे पर ढो रहा हूँ? जाने दो सारे सारे विकल्पों को भाड़ में, और हो जाओ भार रहित।

जो मेरा है ही नहीं, उसे मन ही मन अपना मान बैठा हूँ और वो मिलता नहीं है बस मैं दुखी होता रहता हूँ। मान लो किसी लड़की की शादी किसी और लड़के से पक्की हो गयी है और मुझे इस बात का ज्ञान नहीं है और मैंने मन ही मन उसे अपना मान लिया। बाद में, मैं दुखी होता रहूँ कि वो तो मेरी थी पर मुझे मिली नहीं, अरे पगले! तेरी होती तो कोई ले जा नहीं सकता था और यदि कोई ले गया तो वो तेरी थी ही नहीं। जो धन-दौलत सांसारिक चीज़ें तेरी हैं वो कोई ले जा नहीं सकता और अगर कोई ले गया तो वो तेरी थी ही नहीं। मैं व्यर्थ ही दुखी हो रहा हूँ। मेरा कभी जाता नहीं है और जो चला जाता है वो मेरा था ही नहीं। मैं मूर्ख अपने मन ही मन पूरी दुनिया को अपना मान बैठा हूँ तो ऐसे मूर्खों को दुखी होने से कौन बचा सकता है?

जो होना है वो तो निश्चित है उसमें कोई परिवर्तन संभव ही नहीं है, और जैसी गति होनी निश्चित है मति वैसी ही चलती है।

मेरे जीवन में होने वाली अनुकूलतायें और प्रतिकूलतायें तो मेरे पुण्य-पाप के उदय के अनुसार ही होती हैं। इसमें मुझे अभिमान पालने की या दुखी होने की क्या ज़रूरत है?

तुमने भी देखा ही होगा, अच्छे-अच्छे सूरमाओं को अर्श से फ़र्श पर आते हुए, क्योंकि उनका पुण्य क्षीण हो गया और अच्छे-अच्छे फ़र्श पर पड़े लोगों को अर्श पर जाते हुए, क्योंकि उनके पुण्य का उदय आ गया। ये सब तो पुण्य-पाप का खेल है भाई!

ये विश्व मेरे अधीन चले और सब मेरे ही अनुसार हो, ये कैसे संभव है? हर व्यक्ति, पदार्थ, कण-कण सब अपनी अपनी योग्यता से परिणामित होते रहते हैं, और मैं उन सब को अपने हिसाब से चलाना चाहता हूँ, उसमें परिवर्तन करना चाहता हूँ, वो होता नहीं है बस, इसलिये मैं दुखी बना रहता हूँ। जब प्रकृति का नियम यही है कि कण-कण स्वतंत्र है तो कोई किसी की स्वतंत्रता में बाधा कैसे डाल सकता है। कोई किसी को पराधीन कैसे कर सकता है? मेरे सुखी होने के लिए मुझे सिर्फ़ इस बात के ज्ञान के साथ उस पर अटूट श्रद्धा की ज़रूरत है और फिर उसको अपने प्रतिदिन के जीवन में उतारने की ज़रूरत है।

मैंने चीज़ों को या व्यक्तियों को अपने से जुदा देखना और मानना शुरू कर दिया है, अनासक्ति के सिद्धांत को श्रद्धा में तो स्वीकार कर लिया है और मैं निरंतर इसका अभ्यास कर रहा हूँ।

मैंने विश्व व्यवस्था का और वस्तु का यथार्थ स्वरूप समझ कर अपनी सोच के स्विच को बदल दिया है, जो अभी तक ''चेंज एवरी थिंग मोड'' पर था उसे अब ''एक्सेप्ट एज इट मोड'' पर कर दिया है, इसलिए मैंने हर परिस्थिति को ज्यों का त्यों स्वीकार कर लिया है। मुझे सब सहर्ष स्वीकार है। अब मुझे कौन दुखी कर सकता है? दुःख तो परिवर्तन का था, ना मुझे किसी से कोई शिकायत है ना कोई शिकवा। अब मैं बिलकुल बिंदास हो गया हूँ और अपने आप में मस्त।

निराकुल रहने के लिये परिस्थितियों को पलटने की अनधिकार चेष्टा करने की जगह वस्तु स्वरूप का विचार कर अपने परिणामों को पलट लेना ही सही, सीधा व सरल उपाय है, यही सच्ची सहनशीलता है और सहिष्णुता है। यही जीवन जीने की कला है।

मेरा प्रकृति के नियम से कोई संघर्ष नहीं है। मैं उसके अनुरूप चलता हूँ, इसलिए चित्त में अनंत शांति और निराकुलता है।

मैं तो पुरुषार्थी हूँ और मेरा पुरुषार्थ तो अपने आंतरिक शत्रुओं पर विजय पाना है। अपनी कषायों के और पाप के भावों पर विजय पाना है और इन बे-लगाम, आवारा, अस्थाई, असीमित इच्छाओं को अपने वश में करना है। देखो तो, मैं

चेतन अभी तक इनका गुलाम बना बैठा था, ये मुझे चलाती थीं और मैं चल रहा था।

ना मुझे मरण का भय है और ना ही जीने की लालसा, चाहे लाखों बरसों तक जीवित रहूँ या अभी मर जाऊँ, जो होना हो जाये। मैं तो साक्षी भाव में हूँ, लोग अपना मरण सुधारने की चिंता करते हैं, मरण किसे सुधारना है? जिसका जीवन बिगड़ा हो उसे मरण सुधारने का विकल्प आता है और जिसका जीवन बिगड़ा है उसका मरण सुधर ही नहीं सकता है, जिसका जीवन सुधर गया उसका मरण तो स्वतः सुधर ही गया। अरे भाई! जीवन सुधारने की तैयारी करो, मरण तो एक समय का काम है।

मुझे तो मेरे परमात्मा जैसा बनना है, जैसे वो सिर्फ़ जानते देखते हैं बस, वैसा ही मुझे सिर्फ़ जानना देखना है। मैं कर्ता नहीं हूँ बस ज्ञाता हूँ। सारा उपद्रव तो कर्ता बने रहने का है। परिस्थितियाँ कैसी भी हों, मैं तो उन्हें जानने वाला हूँ, कर्ता तो मैं हूँ ही नहीं, यही अनंत पुरुषार्थ है, जानने में ही पुरुषार्थ है करने में नहीं। बस जानना... जानना...जानने का भी तनाव नहीं करना है, और जानना भी सहज होने दो।

जो भी घट रहा है, मैं तो उन सब को सिर्फ़ साक्षी भाव से जान रहा हूँ मेरा जीवन ही सहज हो गया है। मैं बड़ा ही सहज हो गया हूँ, और अपनी मौज में हूँ, जानो, देखो और मौज करो।

जो कुछ भी मेरे जीवन में घट रहा है मेरा उससे क्या, मैं तो सिर्फ़ तमाशगीर हूँ।

अभी तक मेरी सोच, मान्यता ही उल्टी थी, इसलिये मैं दुविधा में था, पर अब मैंने सत्य को स्वीकार कर लिया है, इसलिये मेरी मान्यता भी सीधी हो गयी है।

अब मैं लाखों वर्षों तक जी लूँ या मृत्यु आज ही आ जाये, मैं तो हर हाल में सहज हूँ।

इस शरीर के भाई-बंधुओं! बेटे-बेटियों! व कुटुंबीजनों! मेरा आप सबसे कोई भी संबंध नहीं है, ये सब रिश्ते जिस शरीर के साथ थे। उस शरीर से ही जब मैंने संबंध विच्छेद कर लिया है, तो अब आपसे भी मेरा क्या संबंध? जब देह ही अपनी नहीं तो देह के रिश्तेदार अपने कैसे हो सकते हैं? अतः आप मुझसे मोह छोड़ो, मैं भी इस दुखदाई मोह से मुँह मोड़कर सबसे संबंध छोड़ना चाहता हूँ।

अतः आप सब भी ऐसा विचार करें कि - मैं शरीर नहीं, मैं तो एक अखंड ज्ञानानंद स्वभावी अनादि अनंत आत्मा हूँ तथा ये शरीर मुझसे सर्वथा भिन्न जड़ पुद्गल है। इससे मेरा कोई संबंध नहीं है।

आप लोग मेरी मृत्यु के बाद दुखी ना हों। खेद-खिन्न नहीं हों तथा आत्मा-परमात्मा की साधना में सदा तत्पर रहें।

बस, यही मेरा आपको संदेश है, उपदेश है, आदेश है और आशीर्वाद है। इस स्वर्ण अवसर को यों ही नहीं जाने दें।

अब मेरे पास बहुत समय नहीं है। मैं ज्ञायक हूँ... जानने वाला... बस, सिर्फ़ जानने वाला... सिर्फ़ तमाशगीर... ज्ञायक... आनंदमयी... ही हूँ मैं... अपनी ही मस्ती में... निराकुल... शांत.... शां... त...!

बोलते-बोलते वे मौन हो गये... मौन क्या हो गये, हमेशा के लिये शांत हो गये। पता नहीं स्टेज पर ही कब उनके प्राण-पखेरू उड़ गये। लोग तो इंतज़ार ही करते रहे।

अमर हो गये उनके ये अंतिम शब्द या अंतिम उपदेश अथवा जीवन का सार ये आज भी रोज़ सुबह-सुबह लाखों लोगों के घरों में गूँजते हैं। लोग रोज़ नंदन के इस अंतिम उपदेश का पाठ करते हैं, और अपने में उतारने का भरपूर प्रयत्न करते हैं। कुछ लोग ज़िंदा रहकर भी मरे जैसे रहते हैं और कुछ लोग मर कर भी ज़िंदा रहते हैं।

पिघलती ज़िंदगी

प्रकाश कोई पैदाइशी बड़े अमीर बाप की औलाद नहीं था। गाँव में पैदा हुआ हीन साधनों में पला-बढ़ा, पर माता-पिता के संस्कार उसमें कूट-कूट कर भरे थे। शुरू से ही उसकी अवसरों को नहीं छोड़ने की आदत और जी-तोड़ मेहनत ने उसे आज एक ऐसे मुकाम पर खड़ा कर दिया, जहाँ उसकी सफलता की कहानियाँ सुनाई जाती हैं पर अपने तो अपने ही होते हैं, वे कहाँ समझ पाते हैं अपनों की बात?

प्रकाश का बेटा अच्छा जॉब करने लगा था, पर इस जमाने की हवा से वह कहाँ अछूता रह गया था।

वही फटी ज़्यादा सिली कम जींस, एक कान में बाली, लंबे लच्छेदार बाल, टाइट टी-शर्ट और बातचीत के दौरान टूटी-फूटी आधी-अधूरी अंग्रेज़ी का प्रयोग, सारे जमाने की चीज़ों की अपने पे ओढ़ता हुआ, देर रात दोस्तों के साथ मोबाइल पर पब्जी जैसे गेम खेलना, फिर देर से उठना, कभी-कभार एक-दो पैग लगाने में भी उसे ऐतराज नहीं था, इन्हीं सब बातों को स्टैण्डर्ड और जमाने के साथ चलने की परिभाषा में गिनता हुआ, साल में एकाध-बार पापा के पास मिलने आ जाता।

एक साल से आस लगाये प्रकाश बहुत ख़ुश था। दीपक कल सुबह आने वाला था, इस वीक-एण्ड के लिये, सोचा तो बहुत था प्रकाश ने कि कैसे दीपक के साथ बितायेगा ये दो दिन पर वह निश्चित नहीं कर पा रहा था, क्योंकि सब कुछ साहबजादे के मूड पर डिपेंड करता है कि वे किस मूड में हैं। हालाँकि शादी तो हो गयी थी पर ज़िम्मेदारी नहीं आयी थी, अब ये ज़िम्मेदारी किसी के देने से थोड़े ही आती है ये तो ऐसी चीज़ है, जो स्वयं लेनी पड़ती है, छीननी पड़ती है, लपकनी पड़ती है।

लोग ना जाने किसे एन्जॉय समझते हैं? किसे स्टैण्डर्ड समझते हैं, किसे अपनी सेल्फ़ रेस्पेक्ट समझते हैं? ये सब अपनी-अपनी व्यक्तिगत गढ़ी-गढ़ाई परिभाषायें होती हैं, जबकि यथार्थ सत्य इन सबसे परे होता है।

आज दीपक कुछ अच्छे मूड में लग रहा था, तो मौक़ा देखते हुए प्रकाश ने कहा - बेटा! शाम को झील के किनारे घूमने चलोगे?

हाँ पापा, पर छह बजे के बाद उसके पहले दोस्तों के साथ टाइम-सेट हो गया है।

ठीक है।

आज दीपक कैसा भी हो गया हो, पर अपने पापा के नज़दीक था; ऐसा अक्सर होता नहीं है या तो पापा अपने बेटे को उतनी स्पेस ही नहीं देते हैं, जिससे बेटा उनके

नजदीक आ सके, वे अपने बेटे को वेवजह ही बिना समझाइश की डाँट-डपट एवं अपने ही नियम-क़ानून में इतना बाँध देते हैं कि अपना सगा बेटा ही उनसे दूर हो जाता है। वे बात भी नाप-तौल कर करते हैं, जिससे बेटे को ज़्यादा लिफ़्ट नहीं मिल जाये। अपना झूठा सम्मान बनाकर रखने के चक्कर में धीरे-धीरे वो बेटा ही दूर हो जाता है और वो अपना साथी बाहर ढूँढ़ने लगता है, जबकि बचपन में जिस बाप के साथ रहता है, जो बाप उसके लिये सब कुछ करता है वो ही उससे दूर हो जाता है और बाप-बेटे में एक फ़ॉर्मल रिलेशन बन जाते हैं, जबकि एक गहरे दोस्त की तरह रिलेशन बनना चाहिए। कई पिता तो जानबूझकर अपने बेटे को डरा कर ही रखते हैं। यदि बेटा बाप से ही डरने लगेगा तो कौन प्यार करेगा? वो कहीं न कहीं बाहर ही सहारा ढूँढ़ेगा। वे ये समझते हैं कि प्यार तो अंदर भरा है, उसके हित के लिये ही तो ये सब कर रहा है, पर भाईसाहब! जो आपके अंदर भरा है उसे बाहर निकालकर उसका इजहार भी करना पड़ेगा।

धीरे-धीरे ये अंतर बढ़ता जाता है और दुनिया इसे जेनरेशन गैप कहने लगती है। थोड़ा बाप अपनी उम्र से नीचे आकर सोचे और थोड़ा बेटा अपनी उम्र से बड़ा होकर सोचे, दोनों एक-दूसरे की भावनाओं और विचारों का ख़याल रखें, तो काहे का जेनरेशन गैप? भला बाप बेटे में भी गैप? ये दोनों की ज़िम्मेदारी है। अतः दोनों को अपनी ज़िम्मेदारी लेनी होगी। बाप बड़ा होता है तो शुरुआत बाप को ही करनी होगी।

प्रकाश ने इसका पूरा ध्यान रखा था, बस इसी कारण दीपक कैसा भी हो, पर दोनों के आपसी संबंध काफ़ी खुले और एक-दूसरे के प्रति काफ़ी रिस्पेक्टफुल थे।

घूमते-घूमते दीपक ने मलाई वाली कुल्फ़ी खाने की इच्छा जताई, पर प्रकाश को नहीं खाना थी, इसलिये एक ही कुल्फ़ी ली और वे झील के किनारे बनी मुँडेर पर बैठ गये।

बात करने को कोई अजेंडा तो प्रकाश के पास था नहीं बस, यूँ ही बेटे के साथ टाइम बिताने का मन था।

प्रकाश बेटे को एकटक कुल्फ़ी खाते हुए देख रहा था, वो बड़ी जल्दी-जल्दी कभी नीचे तो कभी ऊपर से, कभी आगे से तो कभी पीछे से, कभी टेढ़ी करके कभी सीधी करके, जबान से, ही चाट रहा था कुल्फ़ी, क्योंकि वो पिघल रही थी, टपक रही थी, उसे जल्दी थी कि कहीं कुल्फ़ी पिघल नहीं जाये। खाते ही हाथ पोंछते हुए रिलैक्स महसूस कर रहा था, मानो एक छोटी-मोटी जंग जीत ली हो।

प्रकाश को ये देखकर रहा नहीं गया आख़िर बोल ही पड़ा -

बेटा! तुझे 10 रुपये की कुल्फ़ी ना पिघल जाये यह चिंता तो सता रही थी, पर यहाँ ज़िंदगी पिघले जा रही है, उसकी परवाह ही नहीं है। कुल्फ़ी पिघलती दिख रही थी पर कमबख़्त ये ज़िंदगी पिघलती तो उससे भी तेज़ है पर पिघलती दिखाई नहीं देती।

कुल्फ़ी तो पिघलकर टपकती ही है, चाहे मुँह में जाये या ना जाये और चंद मिनटों के बाद डंडी ही हाथ रह जाती है। ये ज़िंदगी भी हर पल पिघलनी ही है, चाहे हम कुछ करें या नहीं करें और चंद दिनों के बाद कुछ डंडियाँ (लकड़ियाँ) ही अंतिम सफ़र में हाथ रह जाती हैं।

जब ज़िंदगी की डंडी दिखाई देने लगती है, तब समेटने को कुछ बचता ही नहीं है और अंततः कोरी लकड़ियाँ ही हाथ रह जाती हैं।

ज़िंदगी पिघलती जा रही है, हर पल घुलती जा रही रही है, बेटा! प्रकाश ने कहा।

दीपक – कहाँ पिघल रही है पापा? इतनी लंबी ज़िंदगी तो है अभी उम्र ही क्या हुई है अभी तो बरसों जीना है, पर कई दिन तो ऐसे होते हैं जो काटे ही नहीं कटते हैं। टाइम पास ही नहीं होता है, बोर हो जाता हूँ, ये बोरियत बड़ी बेकार चीज है, बस इसीलिये टाइम पास के तरीक़े ढूँढ़ता रहता हूँ। कई बार तो ऐसा टाइमपास होता है कि मज़ा आ जाता है, पता ही नहीं चलता, पर कई दिन से तो... इसलिये अपना सभी तरह का अलग-अलग सर्कल भी होना चाहिये, जिससे आसानी से टाइमपास हो सके।

प्रकाश चुपचाप सुनता जा रहा था। अंदर ही अंदर इसकी बेवकूफ़ी भरी बातों को सुनकर गुस्सा भी आ रहा था पर उसे ऐसे ही चुप नहीं करा सकता था।

बेटा! एक बात बता – तू टाइम पास करता है या ये टाइम तुझे पास कर रहा है? कितनी बड़ी ग़लतफ़हमी में जी रहा है रे तू? बड़ा टाइम है रे तेरे पास! जीवन की ये साँसें, ये पल, ये क्षण निश्चित हैं। मौत तो आनी ही है अपने निश्चित समय पर, पर तुझे और मुझे वो समय मालूम नहीं है, इसलिये हम सोचते हैं कि हम तो अमर हैं। ये समय उसी मौत की किटी में से ही कम होता है ये मौत की किटी उसी समय शुरू हो गयी थी जब हमारा जन्म हुआ था। उस समय की किटी में समय कहीं से बढ़ना नहीं है, बल्कि प्रतिपल कम ही होना है। हम प्रतिपल मौत के नजदीक जा रहे हैं, जैसे जीवन मानो 1,00,000 कि.मी. की रोड है, कहीं 8 लाइन फर्राटेदार हाइवे है तो कहीं गली-कूचे, तो कहीं गड्ढे तो कहीं बड़े-बड़े गड्ढे हैं, हाइवे पर 1,00,000 कि.मी. के बाद उसका डेड एण्ड है और वो 50,000 फ़ीट की किसी गहरी खाई में ख़त्म हो रही है। एक ऐसी गाड़ी जो 24 कि.मी. प्रतिघंटा की स्पीड से ऑटोमैटिक चलती ही रहती है, अपनी ही गति से, रुकती ही नहीं है, तुम चाहे जो करो और 1,00,000 कि.मी. के बाद खाई में गिरना निश्चित ही है, जहाँ कोई साइन बोर्ड नहीं है।

तुम्हें ये तो पता चलता है कि तुम कितना चल आये हो पर ये पता नहीं चलता कि खाई कितनी दूर और है, और अचानक तुम झटके से उस खाई में गिर गये और जीवन समाप्त हो गया।

चार आदमी आये थोड़ा रोये-गाये कुछ क्रिया-कर्म किये 3 दिन ख़त्म, अपने भी तुम्हें भूल गये, पराये भी भूल गये, सब अपने-अपने काम में जुट गये।

गहरी लंबी ठंडी साँस लेते हुए प्रकाश ने कहा, और फिर पता नहीं ये अमूल्य मनुष्य जन्म फिर कब मिलेगा? समय को बचा लो बेटा! गंभीर होकर प्रकाश ज़ोर से चिल्लाते हुए बोला, और पलभर के लिये चुप हो गया।

चुप्पी तोड़कर बोला - हम जीते ऐसे हैं जैसे कभी मरेंगे नहीं और मरते ऐसे हैं जैसे कभी जियेंगे ही नहीं।

भले ही दो लोग थे, पर अब माहौल में गंभीरता आ गयी। प्रकाश की शक्ल ऐसी लग रही थी जैसे किसी गहरे चिंतन में डूब गया हो, और दीपक कुछ समझ ही नहीं पा रहा था कि अचानक हुआ क्या?

प्रकाश बोला - बेटा! मान लो, अगर हमारे पास सिर्फ़ 80 साल की उम्र है, प्रत्येक वर्ष में 365 दिन के हिसाब से कुल 29,200 दिन ही हमारे पास हैं, और यदि प्रत्येक दिन के 24 घंटे से गुणा करने पर कुल 7,00,800 घंटे ही हैं। हमारी ज़िंदगी में जिसमें ज़िंदगी की सारी कहानी शामिल है। जिसमें पैदा होना, बचपन, खेलना-कूदना, पढ़ना-लिखना, रोना-गाना, कमाना-खोना, सोना-उठना सब शामिल है, मतलब सब कुछ 7 लाख घंटों में करना है।

जाने दो सब बातें, तुम हो गये हो 35 के और अब मान लो तुम्हारे पास सिर्फ़ 45 साल ही बचे हैं मतलब 16,425 दिन रह गये और 3,94,200 घंटे जिसमें तुम्हें रोज़ के 8 घंटे तो सोना ही है, 2 घंटे नित्य-क्रिया-कर्म करना, 2 घंटे अत्यावश्यक काम और कमाने के लिये ज़िंदगी चलाने के लिये कम से कम 8 घंटे का काम, 2 घंटे आने जाने ट्रैफ़िक, ट्रेवलिंग आदि में गये। बचा क्या? सिर्फ़ 2 घंटे बस? और उसमें भी हमें पढ़ना है – नेगेटिव ख़बरों से भरा अख़बार, हमें देखना है बेतुके टी.वी. सीरियल, हमें करनी है राजनैतिक-सामाजिक पंचायत, फूहड़ मज़ाक़-मस्ती जिसे हम मनोरंजन का नाम देते हैं, हमें खेलना है मोबाइल पर फिजूल के गेम जिसे बनाने वाला करोड़ों कमाता है वो तो इसमें सफल हो जाता है और हम पागलों को देखो... हमें ओढ़ना है वो चिंताएँ, जिससे हमारा कोई लेना-देना नहीं है, हमारे करने से उसमें कुछ होता नहीं है, हमें करना है सामाजिक व्यवस्थाओं का आलोचनात्मक अध्ययन जो हमारे वश में ही नहीं है, हमें झाँकना है, उन फ़िल्मी हीरो-हीरोइन की व्यक्तिगत ज़िंदगियों में जो हमें पहचानते तक नहीं हैं, हमें देखना है क्रिकेट वो भी टी.वी. पर और घर बैठे गालियाँ देना है, उन खिलाड़ियों को जिनके बॉल या बैट को हम उठा भी नहीं सकते। स्टैण्डर्ड, मस्ती, आनंद के नाम पर घंटों बैठकर पी लेना है शराब, धौंक लेनी है सिगरेट। देखते रहना है बेतुके वाट्स एप और फ़ेसबुक संदेश, बार-बार ताकते रहना है, अपना मोबाइल और लैपटॉप और सबसे ज़्यादा उन बातों के बोलने में जिससे कुछ नहीं हो सकता जिसे हम टेंशन का नाम देकर अपने को बड़ा मानने लगते हैं।

सोचो बेटा, कितना समय बचा है हमारे पास?

जो लोग 2-4 घंटे टी.वी. देखते हैं या अख़बार पढ़ते हैं, उनके नाम कभी ना तो टी.वी. पर आते हैं और ना ही अख़बार में छपते हैं। जिनके नाम टी.वी. पर आते हैं या अख़बार में छपते हैं वे लोग उन्हीं 2-4 घंटों में ऐसा कुछ कर डालते हैं, जिससे टी.वी. और अख़बार को उनका नाम देना मजबूरी हो जाता है। वही 2-4 घंटे हैं जिसे या तो दूसरों को देखने या पढ़ने में बरबाद कर दें या स्वयं ऐसा कुछ कर लें जिससे दुनिया तुम्हें देखे और पढ़े, क्योंकि ज़िंदगी के घंटे तो फ़िक्स ही हैं वे तो बढ़ने वाले हैं नहीं।

तो क्या अख़बार पढ़ना ही बंद कर दें? समाचार सुनना भी बंद कर दें? दीपक तपाक से बोल पड़ा - मैं कब ये कह रहा हूँ, जानकारी लेने की मनाही कहाँ है? जो इम्पोर्टेन्ट है, ज़रूरी जानकारी है वो 5 मिनट में भी ली जा सकती है, उसके लिये घंटों अख़बार पढ़ना ज़रूरी नहीं। अनावश्यक काम करने और आवश्यक काम करने में फ़र्क़ तो होता है बेटा! टी.वी. से चिपके रहना ज़रूरी तो नहीं है।

कैसे सपने? कैसे लक्ष्य...? दीपक तुनक कर बोला -

क्या हमारे जीवन के वित्तीय लक्ष्य, सामाजिक लक्ष्य, आध्यात्मिक लक्ष्य नहीं होना चाहिए? अंततः जीवन का अंतिम उद्देश्य भी तो निश्चित होना ही चाहिये बेटा। मैं कौन हूँ, आया कहाँ से और जाना कहाँ है, मेरा स्वरूप क्या है...?

सच बताना बेटा! क्या ये सब हमारे जीवन के उन सपनों में, उन लक्ष्यों में, उन टारगेट्स में 1 प्रतिशत भी रोल अदा करते हैं जो हमने हमारे लिये बनाये हैं?

रुडयार्ड किपलिंग ने अपने बेटे जैक से एक बार कहा था - अगर आप एक मिनट के सभी 60 सेकेंड का पूरा और सही इस्तेमाल करना सीख जाओगे, तो उस दिन कुछ बन जाओगे। उस रोज़ काम के आदमी हो जाओगे।

बनाते कितने लोग हैं पापा! दीपक पापा से बोला।

यही तो संकट है, लोगों को पता ही नहीं, जाना कहाँ है, करना क्या है? और जा कहाँ रहे हैं? कर क्या रहे हैं?

कमबख़्त ज़िंदगी नहीं हुई हवा में झूलता तिनका हो गया कहीं भी चल दिया, कहीं भी गिर गया, किसी ने भी फूँक मार दी, किसी ने उठा लिया, किसी ने गिरा दिया, कुछ पता नहीं बेचारे तिनके को कि उसकी गति क्या हो रही है? और क्या होनी थी।

उस तिनके में एक बीज है एपल का, अगर सही जगह लग जाये तो उसमें से लाखों करोड़ों एपल पैदा हो सकते हैं। पूरी दुनिया वो एपल खा कर पेट भर सकती है, वरना बरबाद हो सकता है वो इतना क्षमतावान बीज।

हमें ये तो दिखाई देता है कि एक एपल में कितने बीज हैं पर ये दिखाई नहीं देता है कि उस एक-एक बीज में कितने एपल हैं, और उस एक बीज की सही शक्ति कितनी है अगर वो सही जगह लग जाये तो, और अगर वो पत्थर पर पड़ जाये तो उसका अस्तित्व ही समाप्त हो जाये।

इम्पोर्टेन्ट यह नहीं है कि आपमें कितनी शक्ति है। शक्ति तो अपार है, कल्पनातीत है। भले ही हमें पता हो या नहीं हो, बल्कि इम्पोर्टेन्ट ये है कि वो किस जगह लग रही है। आबाद हो रही है या बरबाद हो रही है। शक्ति का सही उपयोग हो रहा है या शक्ति का रिसाव हो रहा है।

अपनी शक्तियों के रिसाव के बारे में थोड़ा सोचो, बेटा! प्रकाश ने भावुक होकर बेटे को देखते हुए कहा।

शक्ति के रिसाव शब्द पर दीपक को एक स्पार्क आया, पर प्रकाश बिना रुके बोलता ही जा रहा था।

वर्षों से भाप का रिसाव हो रहा था, न्यूटन ने उस रिसाव को रोक कर सही जगह लगा दिया तो इंजन बन गया, जिसमें शक्तियों का भंडार पैदा हो गया। पानी तो बह रहा था बस यूँ ही, किसी ने उसकी शक्तियों के रिसाव को रोका और सही जगह लगा दिया, बिजली बन गयी। गोबर तो फिक रहा था, किसी ने उसकी शक्ति के रिसाव को रोका, इकट्ठा करके गोबर गैस बना दी।

सूर्य तो रोशनी फेंक ही रहा था, किसी ने उसकी शक्ति के रिसाव को रोका सौर ऊर्जा बन गयी।

महापुरुषों ने भी अपनी शक्ति के रिसाव को रोका, तभी इस दुनिया में महान काम हो सके। संतों ने अपनी शक्ति के रिसाव को रोका, तभी वे मुक्त हो सके या जो अभी तक भगवान बने उन्होंने भी तो यही किया अपनी शक्ति के रिसाव को रोका तभी वे उस मुकाम तक पहुँच पाये।

दीपक, उन शक्तियों के रिसाव को रोकने की शुरुआत होती है अपने 'समय' के रिसाव को रोकने से समय ही शक्ति है, बेटा!

अब प्रकाश रुकने का नाम ही नहीं ले रहा था वो अपने फुलफ़ॉर्म में आ गया था। वो टहल रहे थे पर कभी-कभी जब प्रकाश को किसी बात पर ज़ोर देना होता तो वो रुक जाता और दीपक की तरफ़ देखने लगता। हालाँकि दीपक पापा की सभी बातों से संतुष्ट नहीं हो रहा था, पर विरोध भी नहीं कर पा रहा था, लेकिन बीच-बीच में उसे लग रहा था कि फिर अपनी ज़िंदगी के एन्जॉयमेंट का क्या होगा? फिर भी पूरी रुचि लेकर गंभीरता से दीपक सुन रहा था, इसीलिये प्रकाश भी बोलता जा रहा था। जबकि ये बात दीपक के नेचर के ख़िलाफ़ थी, पर वह निरुत्तर था।

प्रकाश ने बेटे के कंधे पर हाथ रखते हुए आगे कहा -

मैं बात कर रहा हूँ तुम्हारे जीवन के उन रोमांचित कर देने वाले अपने व्यक्तिगत, इमोशनल, अचीवेबल सपनों की जो पैसों से ही पूरे होने हैं, यानी आर्थिक लक्ष्य की। मैं बात कर रहा हूँ इस अनमोल, ख़ूबसूरत जीवन के उन आध्यात्मिक लक्ष्यों की जिससे इस जन्म के साथ-साथ आगामी अनंत भव भी सुधर सकें। जीवन में सदाचार, शांति का और निराकुलता का अनुभव हो, साथ ही हमारे कर्मों के कुचक्र को रोक कर, इन कर्मों के बंधन से मुक्त होकर स्वयं मुक्त होने की। मैं बात कर रहा हूँ, इस शरीर के उत्तम स्वास्थ्य के लक्ष्य की, जिसके स्वस्थ रहने से मेरे सारे लक्ष्य पूरे हो सकें। मैं बात कर रहा हूँ, आपके उस मानसिक स्वास्थ्य की जिससे मेरा इमोशनल बैलेंस बना रहे और मैं प्रतिपल ख़ुश रह सकूँ। मैं बात कर रहा हूँ, मेरी उन सामाजिक ज़िम्मेदारियों के लक्ष्यों की जिनको पूरा करके मुझे संतुष्टि मिलती है।

अब दीपक चलते-चलते रुक गया और रुक-रुक कर पापा को गहरी नज़रों से देखने लगा; क्योंकि पापा ने दीपक को कहीं न कहीं छू लिया था। वो सब कह दिया जो पाने के लिये दीपक अत्यधिक कन्फ़्यूज़्ड या सोचा करता था, पर दिशा हीन और जब कोई रास्ता नहीं मिलता तो बस, सब चीज़ों को पीछे छोड़ देता, पर पापा ने आज उसे जादूगर की तरह हाथ पर रखकर दिखा दिया। दीपक के मन में पिक्चर कुछ-कुछ क्लीयर हो रही थी।

पर पापा... दीपक कुछ बोलना चाह रहा था, चलो छोड़ो, कह कर दीपक चुप हो गया, उसे शब्द नहीं मिल रहे थे।

बोलो... बोलो... क्या है...? प्रकाश बोला।

नहीं कुछ नहीं... आप बोलो क्या बता रहे थे?

हूँ... देखो दीपक, 97% लोग जो चाहते हैं वो करते नहीं और जो करते हैं वो चाहते नहीं हैं। तुम जो चाहते हो उसमें समय लगाते नहीं हो और जहाँ समय डालते हो वो वास्तव में जीवन में चाहते नहीं हो, ज़रा 5 मिनट सोचो। तुम्हारा इतना क़ीमती समय क्या वहीं ख़र्च हो रहा है, जो तुम्हारे जीवन का गोल (लक्ष्य) है। 3-4 मिनट के लिये चुप्पी छा गयी और दीपक कहीं खो गया।

टहलते-टहलते वे झील के किनारे पर आ गये। ठंडी-ठंडी हवा तो चल रही थी पर दीपक को महसूस ही नहीं हो रही थी। वह पत्थर जैसा जो हो गया था। जल की अपनी मस्ती का कोलाहल तो था पर उसे कुछ सुनाई नहीं दे रहा था। बहरा जैसा जो हो गया था, सुन रहा था तो सिर्फ़ अपनी ही आवाज़। रातरानी की ख़ुशबू आ रही थी पर उसे कोई ख़ुशबू नहीं आ रही थी, नाक जो बंद-सी हो गयी थी। सूँघ रहा था तो सिर्फ़ अपनी ही ख़ुशबू।

प्रकाश भी पूरी तरह से मशगूल हो गया था अपनी ही बातों में क्योंकि वो कोई प्रोफ़ेशनल कॉनसेप्ट की बातें नहीं कर रहा था। बस, दिल से अपना अनुभव ही शेयर

कर रहा था, जो उसने जीवन में किया पर बच्चों को कहाँ फुर्सत है अपने बाप की भी सुनने की? वे तो उन्हें आउट ऑफ़ डेट मानते हैं, पर वे होते हैं अनुभव का पिटारा बस, खुलने की देर होती है।

ज़रा सी टेक्नोलॉजी बच्चों को क्या आ गयी। छोटे-मोटे कपड़े क्या पहनने लगे, वे अपने आपको अपटूडेट समझने लगते हैं। बाप से क़दम-क़दम पर कहते मिल जायेंगे कि ''पाप आप समझते तो हैं नहीं!'' वाह बेटा! जिन्होंने तुझे पैदा करके इतना बड़ा कर दिया, अब वो समझता नहीं है। वे बच्चे ही सबसे ज़्यादा नासमझ हैं जो बाप को समझदार नहीं समझते।

बात दिल की थी बस, इसीलिये बात करते-करते प्रकाश का सुर कभी तेज़ हो जाता तो कभी धीमा हो जाता, तो कभी तेज़ी से बोलता तो कभी बड़ा सा पॉज ले लेता। कभी दीपक की पीठ पर ज़ोर से थपकी मारता, तो कभी कंधे पर हाथ रख देता एक अच्छे दोस्त की तरह।

आसमान की तरफ़ देखते हुए आख़िर प्रकाश ने ही चुप्पी तोड़ी। देखो ना, कितनी विचित्रता है, लोग जो नापसंद करते हैं, वहाँ उनका कमिटमेंट लेवल ज़्यादा होता है और जो पाना चाहते हैं वहाँ कम, क्योंकि जो पाना चाहते हैं उसमें अपने आप पर विश्वास नहीं होता है। भरोसा ही नहीं होता है। बस, उसमें ही उलझे रहते हैं जो सामने दिखाई देता है।

ये ज़िंदगी अपनी है। ये सारा समय हमारा ही है पर अपने ही समय को अपने आप से ही चुराना पड़ेगा। बेटा! वो काम मत करो जो कोई और कर सकता हो।

मतलब बड़े काम हम करें और छोटे काम किसी और से करवायें। सबको अपना-अपना काम तो करना चाहिये पापा, थोड़ी आक्रामक मुद्रा में दीपक बोला।

ऐसा नहीं है, अगर सब काम हम ही करेंगे तो समय की तो सीमायें हैं। वो तो लिमिटेड ही हैं घंटे तो हमारे पास फ़िक्स ही हैं तथा हम वो काम कर रहे हैं, जो कोई और कर सकता है तो वो काम कौन करेगा जो सिर्फ़ मैं ही कर सकता हूँ और जो मेरे ही हैं, मुझे ही करना है, जो मुझे मेरे लक्ष्य की ओर ले जाने वाले हों।

बेटा! कोई भी काम छोटा या बड़ा नहीं होता। बस, तुम्हारे जीवन की प्राथमिकतायें ही निश्चित करती हैं कि तुम्हारे लिये कौन-सा काम छोटा है, कौन-सा बड़ा? तुम्हें कौन-सा काम करना है, कब करना है व कितने समय में करना है? जीवन की प्राथमिकतायें निश्चित होनी चाहिए, तुम्हारे जीवन के सपने, लक्ष्य और आवश्यकताओं के आधार पर। ये समयबद्ध होना चाहिये कि कौन सा काम कितने समय में निबटाना है, जिसे हम समयबद्ध सपना कहते हैं।

दीपक को शांत देखकर लग रहा था कि उसे ये बात उतनी समझ नहीं आयी, जिनकी आनी चाहिये थी, पर वो रुचि पूरी ले रहा था। प्रकाश इस बात को और

अच्छी तरह से स्पष्ट करने के लिये कोई सटीक व्यावहारिक उदाहरण सोच ही रहा था कि इतने में सामने एक ओपन कॉफ़ी शॉप में टी.वी. पर आ रहे एक प्रसिद्ध गिटारिस्ट के प्रोग्राम पर प्रकाश की नज़र पड़ गयी, जिसे अभी-अभी ग्रेमी अवार्ड मिला था और वो रातों-रात सुपर स्टार बन गया था। प्रकाश ने अँगुली दिखाते हुए कहा -

दीपक देखो, अगर ये उन सब कामों में व्यस्त हो जाता जो इसे इसके सपनों की ओर नहीं ले जाते, तो क्या ये इतना बड़ा प्रसिद्ध गिटारिस्ट हो जाता? अगर ये अपना समय अनावश्यक कामों में, फ़ालतू के घूमने-फिरने, सफ़ाई करने, ताश खेलने, बेतुकी गप्पें मारने, घंटों अख़बार पढ़ने व टी.वी. देखने में लगा देता और अपने सपने को पूरा करने के लिये सभी सीमाओं को लाँघ कर रियाज नहीं करता तो इसे आज टी.वी. पर कौन देखता? कौन इसके पीछे भागता? कौन इसे पूछता? कौन इसके इतने गुणगान करता? कौन इसके साथ सेल्फ़ी लेता? कौन इसके ऑटोग्राफ़ लेता? इसने एक बार कहा था - मैंने वर्षों तक ये नहीं देखा और ना ही इस बात पर ध्यान दिया कि मेरे आस-पास क्या हो रहा है। मैं और मेरा गिटार, बस। मैं गिटार में व्यवस्थित रहा और पूरी दुनिया में अव्यवस्थित। मैंने अपने जीवन की प्राथमिकतायें सेट कर ली थीं।

आपको अपने सपनों के आधार पर निश्चित की गयी प्राथमिकताओं के लिये व्यवस्थित होना होगा और बाक़ी सारी दुनिया के लिये अव्यवस्थित।

अगर ये अपने दिन के 1-2 घंटे घर की सफ़ाई और यहाँ-वहाँ के कामों में लगा देता तो देश को ऐसा कलाकार कहाँ से मिलता?

दीपक : तो मतलब घर की सफ़ाई जैसे काम नहीं करना चाहिए? ये कह कर दीपक इन कामों से भी फ़्री होना चाहता था।

प्रकाश : ऐसा नहीं है बेटा! वो काम कोई छोटा काम नहीं है पर वो काम कोई और कर सकता है तो वो करे ना। ये अपने समय को वहाँ से बचा कर अपने रियाज में लगाये ना। घंटे तो फ़िक्स, सीमित ही हैं ना।

अगर ये अपने बच्चों को पढ़ाने में उनके होम वर्क करवाने में अपने रोज़ के 2 घंटे लगा देता तो ये रियाज़ कौन करता, जबकि उसका होम वर्क तो 1000-2000 रुपये लेकर कोई ट्यूटर भी करवा सकता है ना जिसकी वो प्रायोरिटी है और बच्चों को भी उसके ड्रीम और गोल सेट करके इस बात के लिए प्रेरित और तैयार किया जा सकता है कि वे भी अपने गोल के लिए काम करें। हम उन्हें इस काम के लिए पुरस्कृत भी कर सकते हैं। ज़्यादा बेहतर नहीं होगा, अगर सब अपने-अपने प्रोडक्टिव काम बख़ूबी करें।

देश के प्रमुख नेता भी अगर अपने घर की सफ़ाई करने में या अपने बच्चों को पढ़ाने में, ट्यूशन पर छोड़ कर आने में या घर की सब्ज़ी लाने में, बनाने में, अपने समय को लगायें तो देश की सफ़ाई की चिंता कौन करेगा? देश के 130 करोड़ लोगों

के बच्चों को पढ़ाने पर कौन काम करेगा? देश में हर घर में अनाज-सब्ज़ी पहुँचे इसके बारे में कौन योजना बनायेगा? अगर ये काम करते हैं तो वो अपना काम न्याय पूर्वक नहीं कर रहे हैं, अन्याय कर रहे हैं देश के हरेक नागरिक के प्रति, और साथ ही वो ईमानदार भी नहीं हैं अपने आपके प्रति, उनके एक घंटे की क़ीमत 130 करोड़ घंटे है।

बड़े गर्व भरे स्वर में प्रकाश ने दीपक की आँखों में गहराई से देखते हुए कहा, बेटा दीपक, तुम भी किसी देश के प्रमुख नेता से कम नहीं हो, उन्हें कोई और काम की ज़िम्मेदारी मिली है और तुम्हें किसी और काम की, उन्होंने किसी और काम को चूज किया है और तुमने किसी और को, उनकी दिशा कुछ और है और तुम्हारी कुछ और, कोई फ़र्क़ नहीं है, तो तुम्हें भी उसी ज़िम्मेदारी से अपने जीवन के लक्ष्य के प्रति और उससे संबंधित काम के प्रति ईमानदार रहना होगा।

अभी तक दीपक ने इस तरह से सोचा भी नहीं था। वो तो अभी तक इसी बात से परेशान रहता था कि ये क्या वी.आई.पी. कल्चर है, जब देश का प्रमुख नेता देश का एक नागरिक है, सेवक है तो उसके लिए ट्रैफ़िक क्यों रोका जाता है, और हमारे लिए क्यों नहीं? आज उसे समझ आ गया कि अगर वो एक घंटे भी ट्रैफ़िक में फँस गया तो उसके 130 करोड़ घंटों का नुक़सान होगा। वो कोई बड़ा आदमी बन गया है इसलिए ऐसा हो रहा है, ऐसा नहीं है, बल्कि उनके ऊपर बड़ी ज़िम्मेदारी है, जिसका एक-एक मिनट क़ीमती है, इसलिए ऐसा होता है, क्योंकि उसके पास भी तो उतने ही घंटे हैं जितने हमारे पास।

अपनी बात को गहराई से समझाने के लिये प्रकाश ने बोलना जारी रखा, क्योंकि ऐसा मौक़ा कभी-कभी ही मिलता है, जब बेटा इतनी शांति से बात सुनता है। प्रकाश उसमें कोई चूक नहीं करना चाहता था।

अगर एक कलेक्टर ऑफ़िसर का काम, क्लर्क का काम और चपरासी का काम भी करने लग जाये तो कलेक्टर के काम करने के लिये उसके पास समय कहाँ बचेगा? वो तो बस उसी में उलझा रहेगा और सुबह से शाम तक का समय ख़त्म, और 5 साल बाद जब उनकी उपलब्धियों की चर्चा होगी तो वे कलेक्टर साहब सबसे ज़्यादा विफल कहलाये जायेंगे। कोई ये नहीं कहेगा कि इन्होंने हमारे तीन लोगों की सैलरी बचाई और उनका काम इन्होंने ही किया।

इसका मतलब ये क़तई नहीं है कि ऑफ़िसर, क्लर्क या चपरासी का काम आवश्यक नहीं है, बल्कि वो भी सब अपना-अपना काम बख़ूबी करें। वे भी वो काम नहीं करें जो कोई और कर सकता है, वरना वो काम कौन करेगा, जो उन्हें करना है। हर काम आवश्यक है, पर हरेक को वही काम करना चाहिये जो सिर्फ़ वो ही कर सकता है एवं कलेक्टर साहब की सफलता में उनका भी उतना ही योगदान होगा, जितना कलेक्टर साहब का। सफलता किसी एक की नहीं होती, बल्कि सामूहिक होती है। टीम वर्क की तरह और सबकी अपनी-अपनी ज़िम्मेदारियाँ होती हैं, जिसे उसे

बख़ूबी निभाना चाहिए। एक परिवार, व्यापार, संगठन भी सरकार की तरह होता है। परिवार में, व्यापार में, संगठन में आपस में सभी के काम बँट जाने चाहिये और सभी अपना-अपना काम करें। वो ना करें जो कोई और कर सकता हो तब सफलता जो होगी वो सफलता परिवार, व्यापार की, संगठन की होगी। हर एक मेम्बर की होगी। उसका क्रेडिट भी सभी को मिलना चाहिए। हरेक मेम्बर उस सफलता का आनंद लेगा।

कुछ समय के लिये अपने काम में व्यवस्थित हो जाओ और बाक़ी सब कामों में अव्यवस्थित हो जाओ। सब कामों में व्यवस्थित होने की कोशिश करोगे तो सभी में अव्यवस्थित हो जाओगे।

हर चीज़ को स्वयं व्यवस्थित करने के रोग से भी बचना होगा।

कहीं काम और व्यवस्थायें हम पर भारी नहीं हो जायें, हम उन पर भारी हों। हम काम पर घोड़े की तरह सवारी करें। ध्यान रखना, कहीं बाज़ी पलट नहीं जाये और काम हम पर सवारी करने लग जाये। ऐसा अक्सर हो जाता है। सवार ही घोड़ा बन गया और घोड़ा सवार।

वैसे तो व्यवस्थित तरीक़े से किये गये किसी भी काम के लिये 24 घंटे पर्याप्त होते हैं।

जोसेफ़ हाल ने कहा है – हर दिन एक लघु जीवन है तथा हमारा संपूर्ण जीवन सिर्फ़ एक ही दिन की पुनरावृत्ति है इसलिए हमें एक-एक दिन को इस प्रकार जीना चाहिये जैसे वह जीवन का आख़िरी दिन हो।

पापा! अपने हाथ से काम करने में कुछ अलग संतुष्टि मिलती है, और ख़ुशी भी।

देखो, तुम्हारी संतुष्टि-असंतुष्टि किस पर आधारित है? माना कि तुम काम करोगे तो थोड़ा ज़्यादा व्यवस्थित, अच्छा और सुंदर होगा पर वो तुम्हें तुम्हारे जीवन के लक्ष्यों से, सपनों से, उद्देश्यों से दूर ले जा रहा है और तुम्हारा ये जीवन, मनुष्य भव घुल रहा है। क्या तुम इस बात की इतनी बड़ी क़ीमत चुकाने को तैयार हो? अगर तुम इस काम को संतुष्टि की इतनी बड़ी क़ीमत चुकाने को तैयार हो तो ये तुम्हारी मर्ज़ी और फिर ज़िंदगी भर यही करते रहो और फिर ये नहीं कहना कि मैं जीवन में कुछ कर नहीं पाया और पूरे जीवन कुछ हाथ नहीं लगा।

दीपक को समझ तो आ रहा था, पर वह कैसे छोड़ दे अपनी पुरानी घिसी-पिटी आदतों को। जो समय तो पूरा खाती हैं और हाथ कुछ नहीं लगता, मानो कुत्ता जो अपनी आदत से मजबूर है हड्डी को चबा रहा है, ख़ून तो उसके गाल में से आ रहा है और वो समझ रहा है कि ये ख़ून हड्डी में से आ रहा है। हम घोल तो रहे हैं अपनी बेशक़ीमती ज़िंदगी और समझ रहे हैं मज़ा इन बाहरी चीज़ों से आ रहा है, जिसमें वास्तव में समय ख़राब हो रहा है।

एक बुढ़िया चने और ज्वार का ढेर लगा कर बेच रही थी। प्रकाश ने एक रुपया दिया और कुछ चने उठा लिये और पानी में फेंक दिये, देखते ही देखते सैकड़ों मछलियाँ उन पर टूट पड़ीं और मचलने लगीं।

देखो, दीपक तुमने देखा? चंद चने के दानों पर कितनी मछलियाँ टूट पड़ीं और मुश्किल से एक-दो के हाथ हमारे चने आये होंगे। जीव-जंतुओं में सिर्फ़ दो ही संज्ञाएँ होती हैं – एक तो आहार संज्ञा और दूसरी मैथुन संज्ञा।

क्या मतलब? दीपक तुरंत आश्चर्य से भौंहें चढ़ाते हुए बोला।

इन जीव-जंतुओं में सिर्फ़ दो ही प्रबल इच्छाएँ होती हैं – एक तो खाना खाने की तीव्र इच्छा और दूसरी मैथुन (सेक्स) करने की तीव्र इच्छा। उनकी पूरी ज़िंदगी इसी में निकल जाती है, बेटा। अगर हम भी सिर्फ़ वही दो काम कर रहे हैं तो सोच लो हम में और बेचारे उन जानवर में क्या फ़र्क़ है?

दीपक के चेहरे की भाव-भंगिमा बता रही थी कि अब वो सब सोचने पर मजबूर हो गया था, जिसकी उसने आज तक परवाह ही नहीं की थी।

प्रकाश मछलियों को देखता जा रहा था और बोलता जा रहा था...

ज़रा सोचो तो यार! हम सुबह से शाम तक, एक महीने से दूसरे महीने, एक साल से दूसरे साल तक कर क्या रहे हैं? अपने किन गोल को पूरे कर रहे हैं, किन लक्ष्यों के पीछे भाग रहे हैं और उनको पाने के लिये कहाँ तक पहुँचे?

अब प्रकाश बोलते–बोलते चुप हो गया, क्योंकि वो भी चिंतन की गहराइयों में पहुँच चुका था, विचार तेज़ी से चलने लगे थे।

उसकी बातें व्यावहारिक थीं, इसलिये दीपक पर ज़्यादा इफ़ेक्ट डाल रही थीं।

प्रकाश भले ही ये जानता था, बेटे को समझा भी रहा था पर ये सब उसके अपने लिये भी तो था, जिसे बार-बार उसे अपने लिये भी चिंतन करना पड़ता है। सही उपदेशक या समझाने वाला वही होता है जो उसे स्वयं भी फ़ॉलो करे, जीवन में उतारने की लगातार कोशिश करे।

हँसते-हँसते प्रकाश बोला - हमें चाय जल्दी पीने की पड़ती है कि कहीं ठंडी नहीं हो जाये। पिक्चर देखने भागने की पड़ती है, कहीं स्टार्टिंग छूट नहीं जाये। घर के ही चार लोग अगर एक ही प्लेट में हापुस आम खा रहे हों तो हम फ़ोर्क भर-भर कर जल्दी-जल्दी खाते हैं कहीं ख़त्म नहीं हो जाये। गाड़ी से कहीं जाना हो तो बेवजह ही अपनी स्पीड बढ़ा देते हैं, जबकि 10- 15 मिनट पहले पहुँचकर भी वहाँ कुछ उखाड़ नहीं लेना है। यह जानते, समझते हुए भी कि ये जानलेवा हो सकता है। मौत की क़ीमत पर भी हमें स्पीड चाहिये और ज़िंदगी के मेटेरियलिस्टिक, सोशल और स्प्रिच्युअल गोल के लिये? सब आराम-आराम से, क्या जल्दी है? कर लेंगे, हो जायेगा, अभी तो पूरी ज़िंदगी पड़ी है? कर तो रहा हूँ? और क्या करूँ? मर जायें क्या?

अरे भाई! अपनी ज़िंदगी में भी तो कभी सेन्स ऑफ़ अर्जेन्सी पैदा करो, कभी तो स्पीड बढ़ाओ, कभी किसी चीज़ को भाग कर तो पकड़ो। सीमित समय में कुछ असीमित तो कर डालो। कुछ करने लायक़ ना रहो उससे पहले अपना काम तो ख़त्म कर लो। अगर हम मरण शय्या पर पड़े हैं और डॉक्टर कहे कि बस, अब चंद घंटे ही शेष हैं तो सेन्स ऑफ़ अर्जेन्सी समझ आती है, पर तब कुछ हाथ नहीं रहता है।

बोर्ड की परीक्षा में बैठे हो, गणित का पेपर हो, सिर्फ़ 3 घंटे का। अगर एक प्रश्न के उत्तर खोजने में 20 मिनट भी ख़र्च हो जायें तो हमारी स्पीड कितनी बढ़ जाती है, क्योंकि हमारे पास सिर्फ़ टोटल 3 घंटे का ही समय है। उस वक़्त ना तो पानी पीने का होश रहता है और ना ही पेशाब जाने का, और अगर ज़ोर से लग भी आए तो रोक कर बैठे रहते हैं, क्योंकि वहाँ घड़ी की टिक-टिक सुनायी देती है। एक-एक मिनट की बर्बादी ज़िंदगी की बर्बादी दिखाई पड़ती है।

याद रखो ज़िंदगी के घंटे तो वही फ़िक्स हैं। बस, इसमें तुम अपनी ज़िंदगी की कितनी बल्लियाँ गाड़ सकते हो ये देखना है, प्रकाश मुस्कराया।

बल्लियाँ गाड़ सकते हो? मतलब, दीपक ने थोड़ा मुँह टेढ़ा करते हुए आश्चर्य से पूछा।

बेटा, तू बहुत छोटा था जब देश में केबल टी.वी. शुरू होने जा रहा था। लोग इसके बारे में जानते भी नहीं थे। मेरे बचपन के दोस्त ने इसे अपने मोहल्ले में शुरू किया। देखते ही देखते चार-पाँच और प्रतिस्पर्धी उसी मोहल्ले में केबल टी.वी. शुरू करने के लिये उतर आये जैसा कि हर नये काम में होता है। मेरे दोस्त ने सोचा, अगर इन सबने एक साथ काम शुरू कर दिया तो मैं तो घर से ही बाहर नहीं निकाल पाऊँगा, तो उपाय क्या है? उन दिनों इसके कोई एरिया तो बँटे नहीं थे, रात को उसने सोचा कि केबल बाँधने के लिये जो बल्लियाँ गाड़नी हैं, अगर मैं वो बल्लियाँ जितनी दूरी तक जितनी जल्दी गाड़ दूँ वो एरिया मेरा हो जायेगा। बस, वो जुट गया इसी काम में अपने सरवेन्ट के साथ लगातार 48 घंटे सुबह से रात तक बिना सोये, बिना खाये। बस गड्ढे खोदता रहा और बल्लियाँ गाड़ता रहा। जहाँ लोग सोच ही रहे थे और तैयारी कर रहे थे, उसने न केवल अपने ही मोहल्ले में बल्कि आसपास के चार और मोहल्ले में अपनी बल्लियाँ गाड़ दीं। यहाँ तक कि उन लोगों के घर के सामने भी बल्ली गाड़ दी जो केबल का काम शुरू करने वाले थे। जब प्रतिस्पर्धी ने पूछा, ये क्या किया तुमने तो बोला - जहाँ तक जिसकी बल्लियाँ गड़ी हैं वो उसका एरिया है, बाक़ी आप लोग देख लो। हुआ ये कि बाक़ी सबका धंधा सिमट गया और वो पूरे एरिया का राजा हो गया हमेशा के लिये, ये है सेन्स ऑफ़ अर्जेन्सी ऐंड स्पीड, बेटा।

मतलब अब ज़िंदगी में अपने लक्ष्यों की बल्लियाँ गाड़नी होंगी। दीपक समझते हुए बोला।

बेटा, कभी अनुभव किया है, जब पतले दस्त लगे हों और पायजामे का नाड़ा खुल नहीं रहा हो, दीपक हँसने लगा। वह थोड़ा रुका और फिर ज़ोर से ताली मार कर ठहाके मारने लगा। उस सीन को विजुलाइज करके, उसकी हँसी रुक नहीं रही थी। उसे इस बात से भी फ़र्क़ नहीं पड़ रहा था कि आसपास के लोग उसे देख रहे थे।

बात में दम है, पापा।

हाँ, बेटा।

सच कह रहे हो।

और क्या?

सुनने में बुरी लग रही होगी बात पर इसमें गहराई बहुत है।

हाँ, गहराई तो है अगर कोई समझ ले तो।

देखो ना, उस समय तुम्हारा फ़ोकस, टारगेट, लक्ष्य अपने पायजामे का नाड़ा खोलने पर ही रहता है, जो उलझ गया है और स्पीड की तो बात ही छोड़ दो, उससे तेज़ स्पीड तो रॉकेट की भी नहीं हो सकती, कहते हुए दीपक अपनी हँसी रोक नहीं पा रहा था। प्रकाश उस समय कोई तुम्हें अपने लक्ष्य से भ्रमित करके तो दिखाये, भटका कर तो दिखाये।

पता है दीपक, ये सब तुम क्यों कर पाते हो, क्योंकि ये मजबूरी है तुम्हारी। करना ही पड़ेगा, जब प्रकृति ने करवा दिया तो कर लेते हैं। ख़ुशी-ख़ुशी अपने सपनों के लिये, अपने जीवन के लिये हम स्वयं सेन्स ऑफ़ अर्जेन्सी पैदा नहीं कर सकते?

दीपक, ज़रा कल्पना करो कि हम हवाई जहाज़ में बैठे हैं और जहाज़ 35,000 फ़ीट की ऊँचाई पर उड़ रहा है। अचानक पायलट अनाउन्समेंट करता है - हमारे जहाज़ में तकनीकी ख़राबी के कारण सारा फ़्यूल लीक हो गया और अब सिर्फ़ अगले 10 मिनट का ही फ़्यूल बचा है जिसमें हम ना तो पीछे के हवाई अड्डे पर लौट सकते हैं और ना ही हम अपनी मंजिल पर पहुँच सकते हैं। दुर्भाग्य यह है कि 10 मिनट की दूरी पर आस-पास ना तो कोई समतल जगह है और ना ही कोई हवाई अड्डा, दूसरा दुर्भाग्य यह है कि इस तकनीकी ख़राबी के कारण हमारे सारे पैराशूट और ऑक्सीजन मास्क भी ख़राब हो गये हैं। मुझे बताते हुए बहुत खेद है कि अब आपके पास बचे हैं जिंदगी के सिर्फ़ अंतिम 10 मिनट, अब आपको जो करना है वो कर लें। मुझे बेहद अफ़सोस है।

दीपक, उसका काम तो सॉरी कह के निबट गया पर तुम उस हवाई जहाज़ में बैठे हो। बोलो, इन दस मिनट में क्या करोगे? दोनों के बीच सन्नाटा सा छा गया। दोनों बीच सड़क पर ही बेसुध खड़े हो गये। सुन्न से खड़े दीपक से कुछ कुछ बोला - भगवान का नाम लूँगा... प्रार्थना करूँगा... अपने परिवार को याद करूँगा... मन ही

मन सबसे माफ़ी माँगूगा... और सबको माफ़ कर दूँगा... अपने आप में ध्यान करने की कोशिश करूँगा... शांत हो जाऊँगा...

वो रुक-रुक कर बोलता जा रहा था। एक गहरी लंबी सी साँस लेकर प्रकाश ने कहा बेटा - ज़रा सोचो। तुमने इसमें ऐसे किसी काम का नाम नहीं लिया जिसमें अभी हमारा सारा समय जा रहा है, और जिन चीज़ों के तुमने नाम लिये वो तुम्हारे लिए इतने महत्त्वपूर्ण हैं जिन्हें हम अंतिम बचे 10 मिनट में करना चाहते हैं, मतलब वो सब तुम्हारे लिए बहुत महत्त्वपूर्ण हैं। दीपक सच बताना, क्या हमें अपने अगले 10 मिनट का भी भरोसा है? अगर नहीं तो क्या हम वो कर रहे हैं जो हम अंतिम 10 मिनट में करना चाहते हैं? समझ लो ना, ये अंतिम 10 मिनट ही चल रहे हैं, तो अभी कर लो ना वो सब जो अंतिम इतने क़ीमती समय में करना चाहते हैं, क्योंकि अपने जीवन के समय का क्या पता? अगर समझ लो हमारे पास अब जीवन के अंतिम 10 मिनट ना सही 10 साल ही बचे हों तो भी तो ये काम दिन में 10 मिनट के लिए कर लो, और प्रकाश चेहरे पर गंभीरता लिये मिश्रित भाव के साथ मुस्करा दिया।

ना हमें भगवान का नाम लेने की फुरसत है, ना प्रार्थना की, ना परिवार के साथ रहने बैठने की फ़ुरसत है और ना ही शक्ति है किसी से माफ़ी माँगने की और ना ही हिम्मत है किसी को माफ़ करने की और ना ही सोचते हैं 10 मिनट शांति से बैठकर ध्यान करने की, हमें लगता है कि हम तो अमर होकर आए हैं और ये सब तो बुढ़ापे में कर लेंगे, पर किसे पता हमारा बुढ़ापा आएगा भी या नहीं। अगर आ भी गया तो हम किस लायक़ रहेंगे?

ज़िंदगी की क़ीमत तो मौत के समय ही पता चलती है। तब हाथ मलने के अलावा कुछ हाथ रहता नहीं है पर वे भाग्यशाली होते हैं जिन्हें जीते जी ज़िंदगी की क़ीमत समझ आ जाये और वो सब कर लें जो करना चाहते हैं। फिर मौत कभी भी आ जाये उन्हें ना तो मौत की चिंता होती है और ना ही डर।

दीपक के पास बोलने को अब कुछ नहीं बचा था, सिर्फ़ सिर हिलाने के सिवाय। दीपक तुम जानते हो एक पारसमणि होता है, जो लोहे को छू ले तो लोहा सोना बन जाता है।

हमारे पास हमारा समय भी एक ऐसा ही जादुई पत्थर है, जिसे जहाँ लगा दो तो वो चीज़ पल्लवित होने लगती है, बढ़ने लगती है। अब तुम ही सोच लो अपने इस अनमोल जादुई पत्थर को कैसे उपयोग में लेना है। ऐसी जगह लगाना है जिससे जीवन में कुछ हो सके या ऐसी जगह जिससे जीवन के अंत में जब हम अपने जीवन की बैलेंस शीट बनायें तो दोनों कॉलम ख़ाली रहें और हमारे हाथ में कुछ भी नहीं आये।

समय ही शक्ति है, जिसका प्रतिपल रिसाव हो रहा है, जिस तरह अंजलि का जल या मुट्ठी में बँधी रेत।

रात बढ़ती जा रही थी, टहलने वाले लोग वापस लौटने लगे थे। ठेले, खोमचे वाले भी अपना बचा-खुचा सामान लेकर अपने घर जाने के लिये अपनी चलती-फिरती दुकान समेट रहे थे। पार्किंग से गाड़ियाँ निकलती जा रही थीं। आसपास का माहौल शांत होता जा रहा था। दीपक एकदम से गंभीर हो गया। माथे पर सिलवटें आ गयीं। दो मिनट के लिये चुप हो गया और डोली पर बैठ कर पैर हिलाने लगा।

प्रकाश के भावुक होने के दो कारण थे। एक तो बात ही कुछ ऐसी थी और दूसरे दीपक का चेहरा बता रहा था कि उसे इन बातों की स्वीकारोक्ति थी, पर उसे समझ कितना आ रहा था ये पता नहीं।

जीवन के दिन छोटे होते हैं और साल ज़्यादा होते हैं। बुढ़ापे के दिन लंबे होते हैं, साल कम होते हैं।

दीपक पापा को देखता रहा। देख क्या रहा था, पापा की आँखों में झाँक रहा था और बात समझने की कोशिश कर रहा था।

दीपक को जैसे ही ये बात समझ आयी, उसकी आँखों में चमक आ गयी और उसे अपने वर्तमान और भविष्य का वास्तविक ज्ञान हो गया। साथ ही ये भी समझ आ गया कि अभी मेरे पास क्या है और भविष्य में क्या होने वाला है, जिस समय को मैं काटने की बात रहा हूँ वो तो मुझे ही काट रहा है। वो समय तो मेरे हाथ से निरंतर फिसलता ही जा रहा है, ज़िंदगी पिघलती जा रही है।

जवानी के साल तो बहुत ज़्यादा होते हैं पर कैसे निकल जाते हैं, पता ही नहीं चलता और बुढ़ापा तो कितने से सालों का होता है, पर दिन बहुत भारी होते हैं। जब हम कुछ करने लायक़ होते हैं तो करते नहीं हैं, समय को बरबाद करते रहते हैं और जब कुछ करने का मन होता है तो कर नहीं पाते हैं तो पूरी ज़िंदगी फ्रस्टेशन में ही निकल जाती है। इसलिये ज़िंदगी में सेन्स ऑफ़ अर्जेन्सी तो चाहिये ही।

दीपक ऊपर से तो शांत दिखाई दे रहा था, पर भीतर विचारों का समुंदर उमड़ने लगा था।

ज़िंदगी में ये दो शब्द कभी मत जबान पर लाना, एक तो - "मैं बोर हो रहा हूँ।" क्या होता है ये बोर? क्या तुम्हारे पास कुछ भी करने को बचा नहीं जो तुम बोर हो रहे हो? क्या सब कुछ ख़त्म हो गया है जो तुम बोर हो रहे हो? किस चीज़ से बोर हो रहे हो? इतना काम करने को है, जीवन उसे करने के लिए छोटा पड़ता है और तुम बोर हो रहे हो? जो ये कहता है वो दिशा हीन है, दृष्टि हीन है, लक्ष्य हीन है, स्वप्न हीन है। और दूसरा शब्द - मैं तो समय काट रहा हूँ। अरे भाई, इतना कितना समय है तुम्हारे पास जो काटना पड़ रहा है? बड़ी मुश्किल से मिला है ये समय जिसका एक-एक पल अमूल्य है और तुम काटने की बातें करते हो? अरे, काटें तो वे बेचारे कुत्ते, बिल्ली, चींटी, मकोड़े जो अपनी गति भुगत रहे हैं और तुम्हें यह

अनमोल मनुष्य भव मिला है जो जन्म-जन्मांतर के लिए कुछ कर गुज़रने के लिए है और तुम इसे काटने की बातें करते हो, जो ये कहता है कि उसे उसकी कतई क़ीमत नहीं है जो उसके हाथ लग गया है।

बाप-बेटे दोनों उठे और चल पड़े अपनी गाड़ी की ओर, घर का रास्ता लगभग 20 मिनट का था। गाड़ी का ना तो एफ़एम चल रहा था और ना ही दोनों आपस में कोई बातचीत ही कर रहे थे। गाड़ी में सन्नाटा था पर भीतर तूफ़ान था, जो दीपक को नयी दिशा में ले जाने वाला था।

उसने मन ही मन कुछ कठोर निर्णय ले लिये थे, वो समझ गया था अगर समय को मैनेज नहीं किया तो ये समय ही हमें खा जायेगा। ये समय तो शेर की सवारी है या तो इस पर चढ़े रहो, अगर उतरे तो ये ही खा जायेगा और हाथ में कुछ नहीं बचेगा।

ड्राइंग रूम में अंधेरा था, किसी ने लाइट भी नहीं जलाई थी। प्रकाश ने अपने कमरे में जाते-जाते अंतिम लाइन दीपक से कही - बेटा, मन में शिशु समान निर्दोषता हो। अपने जीवन के प्रति अति संवेदनशीलता हो और दुनिया के प्रति बेपरवाही हो। ऐसे में तुम्हें अपने उद्‌देश्य से कौन भटका सकता है?

दोनों अपने अपने कमरे में सोने चले गये, बिना कुछ बोले। रातभर इधर प्रकाश करवट बदलता रहा और उधर दीपक। प्रकाश भले ही दीपक को समझा रहा था, पर असर उसी पर ज़्यादा पड़ा। थोड़ी सी देर गहरी नींद का एक झोंका आया, उसमें आज की रात प्रकाश ने अपनी मौत देख ली, अपनी शव यात्रा देख ली। प्रकाश दूर खड़ा एक-एक पल को देख रहा था। अर्थी पर अपने आप को लेटे हुए हर क्रियाकर्म का दर्शक बन रहा था, लोगों के चेहरे के भावों को भी पढ़ रहा था।

लोग बिलख रहे थे, चीख़ रहे थे। कौन, कितना और क्यों रो रहा था और कौन रोने का नाटक कर रहा था, कौन अपने आप को रोता हुआ दिखाने की पूरी नाकाम कोशिश कर रहा था। पंचायती लोग अर्थी को बाँधने में व्यस्त थे, बिलकुल प्रोफ़ेशनल की तरह, जैसे ये उनका रोज़ का काम हो। अर्थी उठी। राम-नाम सत्य है के नारे धीमे आवाज़ में लगने लगे, बिलकुल रुटीन की तरह। अपनी चिता को अग्नि देते हुए अपने बेटे को भी देखा और धू-धू जलते हुए अपने नश्वर शरीर को देख ही रहा था कि अचानक नींद खुल गयी और वो बैठ गया ना कोई घबराहट ना कोई सल्ल, उसने गहरी लंबी साँस ली। मुँह पर दोनों हाथ फेरे, पास रखे पानी के जग से एक गिलास पानी पिया और उठ कर बालकनी में आ गया। वहाँ पहले से ही दीपक खड़ा था। एक, दूसरे को देखकर ना तो दीपक ही चौंका और ना ही प्रकाश, और ना ही दोनों ने एक, दूसरे से कोई बात की, ना जाने दोनों खुले आसमान में तारों के बीच क्या देख रहे थे। चुपचाप खड़े प्रकाश को आज जीवन का यथार्थ सत्य प्रत्यक्ष दिखाई दे गया

था, जिसके बारे में जानते सब हैं पर देख कोई नहीं पाता है। प्रकाश ने उसे आज देख लिया था, और उसे जीवन का एक ब्रेक-थ्रू मिल गया था।

प्रकाश बहुत गहराई से सोचने लगा – कौन मेरा है और मैं किसका हूँ? ये सब साथी कितने समय के हैं? ये सारे संयोग किसके हैं? और कितने समय के हैं? मैं किसके पीछे अपने जीवन का ये अनमोल रत्न ख़र्च कर रहा हूँ? ये सब तो मुझे मिलकर जला आये। ना तो मेरे साथ ये कोई गये और ना ही जो मैंने कमा कर इकट्ठा किया वो मेरे साथ कुछ भी गया और जो मेरे साथ गया, उसके बारे में मैंने अभी तक कुछ सोचा ही नहीं। जो मेरे साथ गया नहीं, ऐसी सजीव और निर्जीव चीज़ों के कारण जितने कषाय और पाप के भाव क्रोध, मान, माया, लोभ, ईर्ष्या, हिंसा, झूठ, चोरी, परिग्रह आदि मैंने किए और उससे जो कर्म बँधे, वो मेरे साथ गए और जिसके कारण ये कर्म बाँधे वो सब यहीं रह गये, जिसके बारे में कभी भी विचार भी नहीं किया, उन कर्मों के कारण ही मेरा भविष्य निश्चित होने वाला है। अरे रे! ये कैसा घाटे का सौदा है। ये जो भी रोए-गाये सब अपने स्वार्थ और राग को रोये मैं तो चल बसा। जब चला ही गया तो फिर मेरा इनसे क्या कैसा संबंध? और मैं मूरख कहाँ परेशान हो रहा हूँ। कहाँ और क्यों आकुलित हो रहा हूँ?

आज समझ आया, जो पढ़ा था उसका मतलब, सभी संयोगों का एक साथ छूटने का नाम ही मौत है, जिस पर तेरा कोई वश नहीं है तो तेरा वश किस पर है रे मूरख, और मैं इन संयोगों के कारण ही अपने को छोटा-बड़ा, अमीर-ग़रीब मान रहा था। सफल, असफल मान रहा था और इन्हीं संयोगों के कारण मैं सभी तरह के पाप और कषाय कर रहा था। अपने परिणाम ख़राब कर रहा था। बुरे भाव कर रहा था, जो एक दिन छूटने ही वाले थे। इसके बाद मुझे कहाँ जाना है उसके बारे में भी मैंने कुछ सोचा ही नहीं। मैं भी कैसा मूरख दो-चार साल के लिए इतना चिंतित और अनंत काल जो सामने पड़ा है, उसके बारे में तनिक भी विचार नहीं...

प्रकाश के जीवन की धारा बिलकुल बदल ही गयी। चिंतन की धारा ही बदल गयी। वो बाहर से तो सभी को बिलकुल वैसा ही दिखाई दे रहा था, पर अंदर की विचारधारा में आमूल-चूल परिवर्तन हो गया था। अब वो इस दुनिया में रह तो रहा था, पर सबसे डिटैच हो गया था।

अब उसे किसी भी परिस्थिति में कोई फ़र्क़ नहीं पड़ रहा था, जो अपने अनुकूल हो रहा है वो भी ठीक और जो प्रतिकूल हो रहा है वो भी ठीक। वो उपलब्ध सारे भोग, भोग तो रहा था, पर भोग नहीं रहा था। मतलब बाहर से तो सबको सब कुछ वैसे ही भोगते हुए दिखाई दे रहा था, पर जो अंदर से उन सबसे विरक्त हो गया था, क्योंकि उसे इन सबका अंतिम सत्य समझ आ गया था। वो उदासीन नहीं था और ना ही परेशान, ना ही असहज, ना ही दुखी, ना ही आकुलित, बल्कि अत्यंत

उत्साहित, अत्यंत सहज, अत्यंत ख़ुश, अत्यंत रिलैक्स, अत्यंत निराकुलित, अत्यंत आत्मसम्मुख, क्योंकि वो अब सब चीज़ों को, सभी स्थितियों को, परिस्थितियों को एक साक्षी भाव से देखने लगा था। उनके प्रति उसका सहज भाव, समता भाव आ गया था। उनसे निर्लिप्त, उनसे भिन्न, उनसे जुदा अपने आप को अनुभव करने लगा था। उसे समझ आ गया था, दुनिया का और वस्तु का सही स्वरूप, अब दुनिया में उसे कोई दुखी कर ही नहीं सकता था।